TOUTES LES HISTOIRES D'AMOUR DU MONDE

Médecin généraliste, Baptiste Beaulieu est l'auteur d'un premier livre remarqué, *Alors voilà. Les 1001 vies des Urgences*, qui a connu un très beau succès de librairie, a été traduit en 14 langues et a reçu le prix France Culture « Lire dans le noir ». Il a également fait l'objet d'adaptations sous forme de roman graphique et au théâtre. Son roman *Alors vous ne serez plus jamais triste* a reçu le prix Méditerranée des lycéens en 2016 et *La Ballade de l'enfant gris* le Grand Prix littéraire de l'Académie nationale de Pharmacie en 2017. Il est également chroniqueur depuis 2018 dans l'émission « Grand bien vous fasse » sur France Inter. Son blog « Alors voilà » compte plus de 8 millions de visiteurs.

Paru au Livre de Poche :

ALORS VOILÀ : LES 1001 VIES DES URGENCES
ALORS VOUS NE SEREZ PLUS JAMAIS TRISTE
LA BALLADE DE L'ENFANT GRIS

BAPTISTE BEAULIEU

Toutes les histoires d'amour du monde

MAZARINE

Photographies intérieures :
© Collection privée Baptiste Beaulieu.

P. 78 : © Collection particulière Alain Caplain,
avec l'aimable autorisation d'Alain et Jacques Caplain.

Source citation p. 436 : Fernando Pessoa, *Poèmes ésotériques*,
traduit du portugais par Michel Chandeigne et Patrick Quillier.
© Christian Bourgois éditeur, 1988.

ISBN : 978-2-253-24078-5 – 1re publication LGF

Pour mon père,
mon oncle,
et Florian…

… mais pour M. et H., avant tout.

Dans l'Antiquité, les Grecs usaient de quatre termes différents pour désigner ce qu'on regroupe aujourd'hui sous le même mot « amour ».

Quatre termes, comme autant de façons de définir quatre sentiments distincts.

Il y avait l'Éros, la Philia, l'Agapè et la Storgê.

La légende raconte qu'il existait un cinquième terme, une cinquième manière d'aimer, mais que les Hommes, jaloux et cupides, finirent par l'oublier faute de l'utiliser.

Prologue

Je sais que la scène s'est déroulée en 1956, dans un austère bureau d'une grande gare parisienne.

Tu étais assis. Le pasteur, venu d'Allemagne spécialement pour toi, avait installé à ton côté un projecteur 16 mm (les plus commercialisés à l'époque), puis avait quitté discrètement la pièce.

Ce que tu as ressenti quand la bobine a commencé de tourner ? Difficile à dire... Je crois pourtant entendre le ronron de la machine et vois même l'image un peu jaunie, un peu fanée, sur le mur blanc. La lumière s'y réfléchit sur ta figure pâle et y dépose le reflet, vivant et jeune pour toujours, d'une petite fille. Blonde, la mine réjouie, on la voit entrer dans un parc d'attractions et adresser un salut poli vers le cameraman.

Tu sais que tu ne la reverras pas, c'est fini. Alors, j'imagine que tu as dû accueillir chaque seconde du film, chaque grain, chaque photon, et que ta gorge devait être serrée pour ne surtout pas geindre, hurler, ou renverser la table...

Le mystère de votre histoire te revient encore et encore. Tu es éclaboussé de rayons : la robe de la fille, le sourire de la fillette... tout te tasse au fond du siège, comme on casse les os aux défunts pour les emboîter dans la caisse.

Tu aurais pu être un grand-père aimant et chaleureux, tu ne seras qu'un homme-caillou calcifié par les remords, recroquevillé loin des vivants.

C'est à cet instant précis que tu es mort à la vie.

Je pense, ou je devine, que ta décision de sauvegarder toute la vérité, tu l'as prise quand tu as su – et accepté – que tu voyais ta fille pour la dernière fois.

Combien de temps auras-tu mis pour écrire votre histoire, à tous les deux ?

Une existence entière.

Moi, ton secret, il m'aura fallu des semaines de lectures, de rires, de larmes et de rencontres humaines pour le percer.

On riait et on pleurait aussi bien à l'époque qu'aujourd'hui, et pour les mêmes raisons.

Alors je veux dire à la personne qui lit ces mots : croyez-moi sur parole, de la tête au cœur, il n'y a pas UN mot de cette mystérieuse, extraordinaire et injuste histoire qui ne vous concerne pas.

Première partie :

QUELQUE CHOSE D'EXTRAORDINAIRE QUI VOUS TOMBE DESSUS

Philia : sentiment désintéressé, fait d'élan, de générosité et de chaleur humaine qu'on rapprocherait aujourd'hui du terme « amitié », mais une amitié solide, sur laquelle on est sûr de compter.

Aujourd'hui

Surprendre les malades de la salle d'attente à tourner leurs yeux vers moi, puis vers l'horloge accrochée au mur au-dessus de ma tête, dans un cri silencieux et commun : « Quel ennui, docteur, d'attendre ici avec tous ces inconnus... », génère un sentiment d'oppression que je ne souhaite à personne, mais c'est l'usage. Je l'accepte et je l'entends. Pourtant, toujours, revient cette même et obsédante pensée : « Qu'infini est le flot des êtres à consoler ! »

Il devait être 10 heures et le cabinet médical où j'officiais comme remplaçant était plein comme un œuf quand quelque chose d'extraordinaire m'est tombé dessus.

Je raccompagnais le neuvième patient de la matinée, mon regard s'est accroché à un grand gaillard chauve aux yeux bleus cernés de tristesse. L'homme m'a souri maladroitement. Son air, doux, faussement rassurant, je le connais par cœur.

« Mais qu'est-ce que tu fais ici ? »

Le ton de ma voix... J'étais sur la défensive. Six mois que nous ne nous étions plus parlé, mon père et moi. Depuis la mort de papi. Ma sœur et ma mère, au téléphone, m'informaient de temps en temps : « Il lit, je ne le dérange pas », ou : « Il est au grenier, je crois qu'il bricole. » Tout pour ne surtout pas évoquer la raison du froid glacial que la vie avait jeté entre nous. Après être entré dans mon bureau sans une bise, comme si de rien n'était, il a farfouillé dans un sac à dos, l'air fébrile.

« Il nous a menti pendant des années, Jean. Il nous a menti à tous.

— Qui ?

— Ton grand-père. »

Je ne sais pas trop à quoi je m'attendais. Qu'il s'assoie et confesse : « Je suis désolé de ce qu'il s'est passé entre nous, de ne pas avoir été à la hauteur de tes attentes, de ne pas avoir compris, je veux qu'on se réconcilie, je veux que tout soit comme avant, qu'on revienne à ce jour lointain quand tu m'as regardé dans les yeux, à la maternité, et que tu m'as couronné père quoi qu'il arrive » ? Et qu'il ajoute en tendant une main vers moi ce mot qu'il n'utilisait plus : fiston.

Au lieu de ça, il a poussé dans ma direction un paquet soigneusement enveloppé dans du papier bulle.

« Qu'est-ce que c'est ?

— Des lettres », a-t-il grommelé.

Son teint était terreux, comme si le sang chassé de son visage ne saurait plus jamais retrouver son chemin.

« Presque une centaine. Toutes adressées à la même personne et écrites dans des cahiers. »

J'en ai déballé trois.

Un bleu, un vert et un jaune.

Ils m'ont fasciné immédiatement. Pourquoi ? Peut-être l'idée des mots (donc de la voix) qui avaient patienté si longtemps en eux. Eh quoi, si on y pense un peu, le monde est plein d'attente ! Les platanes, par exemple, ceux qui sont dans les cours d'écoles désertes le dimanche soir. Et les plaques d'égout sur lesquelles nos enfants joueront aux billes le lundi matin. Il y a les treize pages cornées de notre roman préféré, oublié sous une pile de livres, qui attendent d'être relues. Et la figurine de soldat que nous avons tant aimée ? Elle a glissé derrière un meuble, personne ne le sait, personne ne la dérange. Espère-t-elle bientôt être redécouverte ? La poussière tombe sur elle comme heures et années tombent sur nous.

Il y avait ces carnets et leurs lettres, dans une boîte en carton au grenier.

Elles avaient fini d'attendre, elles.

Les chanceuses.

« Moïse les a toutes écrites pour une femme, a dit mon père en grimaçant, le teint de plus en plus livide.

— Une femme ? Quelle femme ?

— Elle s'appelle..., a-t-il commencé avec difficulté, comme s'il cherchait tout à coup un peu d'air.

— Tu vas bien ?

— Elle s'appelle... »

Je l'ai vu soudain agripper sa poitrine de la main droite et s'effondrer sur le côté en emportant les carnets avec lui, vers le sol.

Quelques minutes après, je tenais sa tête en attendant les secours, ma main dans celle, moite et molle, de mon père, quand il reprit connaissance et, d'une voix vacillante, prononça un prénom et un nom.

Quel effondrement ! Quel cataclysme ! Personne dans la famille n'avait jamais entendu parler d'Anne-Lise Schmidt.

3 avril 1960

Une maison sans fenêtres,
mais pas sans père

Ma petite Anne-Lise,

Ce n'est pas une fable que je veux t'écrire, mais l'histoire de ma vie, qui, elle, a été un vrai roman.

Parfois, la nuit, quand je ne dors pas, et c'est si souvent, je revois des époques heureuses ou malheureuses, et je pense qu'il aurait suffi de bien peu de choses pour que mon existence soit tout autre. Pourtant, je le sais bien, je dois accepter que ce qui s'est passé ne peut être changé. C'est la dure loi des Hommes et je n'y dérogerai pas.

Mon récit te paraîtra peut-être exagéré… Moi-même, je me dis : « Est-ce bien arrivé comme cela, Moïse ? ! N'as-tu pas rêvé ? »

Eh bien oui, tout cela est arrivé. Et même plus encore.

Mais commençons par le commencement.

Je suis né le 3 juillet 1910, un dimanche, à Fourmies, petite ville industrielle et sans issue de 15 000 habitants, située à la limite nord de l'Aisne.

Le relief est vallonné, le caractère des habitants

est rude (« celui des gens du Nord », disent les gens du Sud).

Ma mère était venue au monde à Glageon, papa à Anor, une commune très proche.

Mon père était fort grand, la barbe fournie en couenne de lard, et toute piquetée de marguerites de cimetière, comme on disait à l'époque. Il jouait de l'accordéon, animait des bals le dimanche, faisait valser les jeunes dans les estaminets, et c'est ainsi qu'ils tombèrent fous amoureux.

Ma mère, Marie de son prénom, Bastien de son nom, était jolie, potelée, brune aux yeux couleur de cendre, à la filature depuis ses 12 ans. Elle ne sortait que depuis son dix-septième anniversaire et seulement accompagnée de ses frères.

Sitôt son service militaire terminé, mon père avait dû épouser ma mère rapidement, car il avait mis la charrue avant les bœufs et maman enceinte…

Mais, parce qu'en ce temps-là curés et patrons marchaient main dans la main, mieux valait ne pas causer Église avec mon père.

Il était très socialiste : il avait mal aux intestins quand il voyait de l'injustice. Pourtant, il croyait aussi au Christ, « le premier socialiste venu au monde ! Et mis à mort par les bourgeois et la Religion, en plus ! ».

Il ajoutait même, la main sur le cœur : « Moi, je serai comme lui, je mourrai à 33 ans. » Bien sûr, tout le monde souriait, sauf ma mère, plus superstitieuse que socialiste :

« Si j'étais sûre de cela, j'aurais plutôt marié le voisin ! »

En guise de cadeau de mariage, mes deux tantes maternelles offrirent un grand couvre-lit en coton tissé. Toutes les trois y avaient travaillé des années durant et il était depuis toujours convenu que ce serait pour la première à se fiancer. Mon grand frère, Petit-Georges, naquit sur ce couvre-lit, en octobre 1905, au sein d'une bicoque miséreuse, aux meubles achetés à crédit.

« On vit peut-être dans nos créances, mais on y vit heureux. »

Il est vrai que mes parents formaient un ménage uni. Hélas, les jours de chômage se multiplièrent. Papa gagnait trois francs par jour, maman un peu plus de deux francs. La vie était trop rude, et mes parents durent se résoudre au pire.

« Il crie trop fort, expliqua papa en abandonnant Petit-Georges devant la porte de mes grands-parents. Mieux vaut que vous le preniez quelque temps parce que, la nuit, quand je me promène avec lui dans les bras, je pense souvent : "Si ce n'était pas à moi, je te balancerais ça par la fenêtre !" »

J'ai su bien des années plus tard que cette séparation l'avait tant blessé qu'il n'en avait pas desserré les mâchoires d'une semaine. Et puis, et c'est le plus important, notre maison, c'était quatre pans de mur et un toit, rien d'autre. Y'a jamais eu de fenêtres chez nous par lesquelles jeter les petits garçons bruyants.

3 avril 1961

Mon cadeau de naissance,
je l'ai gardé toute ma vie

Ma chérie,

Je voudrais revenir à ma naissance, un dimanche matin. Mes parents logeaient pas bien loin de l'église. Maman était dans les douleurs quand les gens gagnèrent l'office, et lorsqu'ils repassèrent une heure après, j'étais là.

Man Fine, ma grand-mère maternelle, déposa dans mon landau une petite bible à la couverture beige, aux coins ferrés de cuivre, mignonne comme tout parce qu'elle était neuve, et qu'on ne voyait pas tous les jours des objets neufs par chez nous, encore moins des livres.

« N'oublie jamais : Quand on vient avec le vin de messe, le Christ reste toujours à nos côtés », promit-elle.

Pour le Christ, je ne sais pas, mais pour la petite bible, voilà plus de cinquante ans qu'elle m'accompagne et ne me quitte jamais.

Parce que son copain d'enfance avait eu la bonne idée de se noyer dans la Meuse une quinzaine de jours avant ma naissance, papa insista pour m'appeler Moïse en souvenir de lui. Quelques années avant le triomphe de Hitler de l'autre côté du Rhin, convenons-en, ce n'était pas sa meilleure idée. Aucune bible au monde, si neuve et mignonne fût-elle, ne me protégerait contre ça.

Quand le chômage redoubla, en 1912, mon père conçut un grand projet : récupérer Petit-Georges, puis partir travailler dans les Ardennes, où se trouvaient son frère, Jacques, et de bien meilleurs salaires.

Ma mère résista quand même deux ans :

« Pense donc ! Quitter mon pays, mes parents, et m'en aller si loin… À cent kilomètres ! »

On ne dira jamais assez la beauté des Ardennes, surtout « la Vallée », comme on l'appelle. De Charleville à Liège, la Meuse serpente entre les montagnes et, parfois, il n'y a vraiment de place que pour elle. Les villages sont bâtis soit à flanc de coteau, soit en bord de fleuve quand par bonheur la vallée s'élargit et grignote un peu sur les collines.

Bien sûr, ce n'est que plus tard que j'ai apprécié pleinement cette nature. Pour l'heure, je n'étais qu'un bébé bien rondelet, brun, les yeux bleus bordés de longs cils, adoré par son papa bourru qui m'appelait son « gros gamin ».

À vrai dire, de lui, je n'ai gardé que quelques souvenirs, des clichés sans grand lien entre eux :

— Mon père est allé traquer pour les chasseurs. Croyant me faire plaisir, en repassant devant la maison, il me montre une petite biche capturée vivante, la robe gris de lin et le poitrail aussi clair qu'une fleur de pêcher. De grosses larmes bleues coulent de ses yeux. Je n'ai jamais pu oublier cette bête, ma petite Anne-Lise, et l'eau dans son regard devait résonner en moi bien des années après, lors de circonstances infiniment plus malheureuses auxquelles tu ne serais pas étrangère…

— Plus tard, c'est la nuit noire, juché sur ses épaules, je regarde un grand feu autour duquel des jeunes gens dansent en rond. Je me souviens des ombres derrière la flamme et de mon père qui dit : « Voilà qui est beau pour toujours, mon gros gamin. »

J'ignore pourquoi il a précisé *pour toujours*, mais, même après toutes ces années, je n'ai pas oublié les feux de la Saint-Jean. Il me suffit d'y penser et je retrouve cette image en moi, intacte et *toujours* bien jolie. Un père, tu vois, ça ne ment pas.

Aujourd'hui

« S'il s'agit juste d'un malaise lié au surmenage, pourquoi le gardent-ils à Saint-Antoine ce soir, maman ? chuchotai-je vers la femme penchée au-dessus du lit de l'hôpital parisien où mon père, épuisé, dormait à poings fermés.

— Je ne sais pas. C'est toi, le médecin. »

Dès son arrivée dans le service, ma mère m'avait dressé un état des lieux épouvantable, loin du tableau idyllique qu'elle et ma sœur me servaient à chaque appel téléphonique : depuis la découverte de ces carnets, Denis, mon père, passait ses journées au grenier et sur Internet, à appeler des mairies, à compulser de vieux annuaires, des comptes rendus municipaux.

« Il a même jeté sa collection de trains électriques pour faire de la place. Tu te rends compte ? »

Mon père entretenait pour ses locomotives réduites une passion dévorante, inexplicable. Tranquillement, dans un atelier aménagé sous les combles, équipé de lunettes binoculaires qui agrandissaient ses yeux bleus et lui donnaient un air de vieux hibou, il reproduisait à coups de pinceau des gares, des chemins de fer, des morceaux de villes avec un souci acharné du détail.

Que mon père se soit défait du fruit d'années de patience et de minutie en disait long sur son état.

« Il cherchait quelque chose, ne dormait presque plus, ne prenait même plus son traitement pour le cœur. Ce qu'il avait lu dans ces lettres le rendait triste, mais triste ! Tu n'imagines pas.

— Pourquoi ne m'en a-t-il pas parlé ? Et pourquoi n'avez-vous rien dit ? »

Elle s'approcha et murmura à mon oreille, comme s'il pouvait entendre :

« Tu veux vraiment qu'on aborde la raison pour laquelle vous êtes devenus deux imbéciles incapables de communiquer, papa et toi ? De plus, nous avons dû lui promettre de nous taire. »

Avant que j'eusse pu répondre quoi que ce fût, elle se tourna et déposa avec amour un baiser sur son front.

« Depuis quand tu n'as plus vu de formes dans les nuages, hein ? »

Incapable d'agir en adulte face à la maladie, ma mère use de métaphores toutes plus obscures les unes que les autres. Ainsi, le dépressif « ne voit plus de formes dans les nuages », notre grand-père n'est pas mort d'un cancer, il a « touché du doigt l'os du squelette infini ». D'ailleurs, et cela ne cessait pas de m'étonner, ma sœur Anna-Lisa était pareille. Bien qu'adoptée, elle avait en grandissant affiché peu à peu le même tempérament doux qu'elle, les mêmes fragilités aussi. Parfois, leurs ressemblances étaient presque effrayantes : la voix, le sourire, les expressions, la position quand elles dormaient ou mangeaient, la façon de pleurer même... Je ne pouvais m'empêcher d'y voir une supériorité de l'amour sur le biologique : nous sommes – ou plutôt devenons –

qui nous a aimés, et non ce que nos gènes ont programmé pour nous.

« Il était obsédé par la vie de Moïse, parlait de ses derniers instants en permanence. Il souhaitait partir sur les traces de son enfance. Il surchauffait », ajouta-t-elle, en tendant vers moi un joli Moleskine à la couverture violette où je reconnaissais l'écriture de mon père. Dedans ? Une compilation de cartes, d'éphémérides, de dates et d'adresses, divisée en cinq grandes parties, toutes délimitées par des Post-it de couleur. Avec des noms sur chacun : Robinet, Victorine, Pujol, Anne-Lise, évidemment, mais aussi des noms de lieux : rue de l'Égalité, Vireux-Molhain, Wallerand, le Déluve, etc.

« C'était son grand projet. Il était obnubilé par tous les lieux que Moïse avait connus de son vivant, mais aussi les gens évoqués dans les carnets et ayant gravité autour de lui. Il voulait aller enquêter dans un petit village des Ardennes, d'abord. Puis en Allemagne.

— Avez-vous lu les carnets, Anna-Lisa et toi ?

— Tu rigoles ? Il nous aurait mordu la main s'il nous avait vues y poser un seul doigt ! »

Son téléphone vibra.

« Ta sœur, commenta-t-elle après avoir jeté un regard à l'écran. Elle arrive, je vais la chercher. »

Ma mère quitta la chambre, agitant les bras au ciel et rouspétant : « Toute cette histoire n'a aucun sens. »

La porte se referma derrière elle, et je me tournai vers le lit où se reposait mon père.

« Je sais que tu fais semblant de dormir, soufflai-je sans trop savoir comment m'y prendre pour m'adresser à lui. Je te connais. »

Je le vis entrouvrir un œil :

« Elle est vraiment partie ? risqua-t-il d'une voix faible.

— Oui. Tu peux arrêter ta comédie.

— Merci. C'est que, tu comprends, j'appréhende le savon que ta mère et Anna-Lisa vont me passer. »

J'attrapai la chaise posée dans un coin de la chambre et la rapprochai, tandis qu'il trafiquait les boutons de télécommande électrique de son lit pour remonter son dossier. Quelques secondes passèrent à nous regarder dans le blanc des yeux. Quelle tristesse ! Aujourd'hui, un embarras envahissant meurtrissait ce silence, ce beau et doux silence, familier comme une vieille connaissance, qui était jusqu'à il y a peu de temps la norme de notre relation. Nous n'avions pas besoin de mots pour être un père et un fils. Maintenant il me semblait devoir en trouver tellement pour rétablir ce qui avait été brisé !

Voilà sans doute la raison pour laquelle nous évitions soigneusement de nous retrouver dans la même pièce depuis six mois et que je sortis la première question qui me vint à l'esprit :

« Je voudrais que tu me parles de Moïse.

— Que veux-tu savoir ? Qu'à la fin de sa vie il avait l'air tellement vieux et seul, ça lui faisait comme un silence autour du corps ? »

Il eut un geste de la main, agacé.

« Bonjour au revoir merci, et c'est tout. Puis un simple signe de tête vers la salière quand il voulait du sel, vers la platine quand il avait besoin qu'on change la face du disque. Tu ne te souviens pas ? »

Je me souviens : son café, qu'il buvait dans un vieux quart cabossé, puis sa musique, cet isolement sonore quotidien comme une manière de pousser davantage le volume de sa solitude.

« Sale menteur ! » aboya mon père en direction du vide.

Dur pour lui d'encaisser que le bloc muet et minéral se relevait la nuit pour adresser ses secrets à une autre.

« Il y a quoi dans ces lettres ?

— La plus belle histoire d'amour que j'aie jamais lue.

— Ce n'était pas avec grand-mère, cette histoire, hein ?

— Évidemment que non ! »

3 avril 1962

Tous les chemins
rendent égaux, à la fin

Ma chérie,

Nous avions déménagé et habitions une maisonnette à Vireux-Wallerand, au 33 rue de l'Égalité, une venelle à flanc de colline, toute en montée. On y jouissait d'une cuisine, d'une cave de plain-pied donnant sur une ruelle où étaient les water-closets, de deux chambres à l'étage, dont la nôtre. Un vrai château !

Il y avait à l'époque des « rues de l'Égalité » un peu partout en France et toutes conduisaient à un cimetière.

C'est de là qu'elles tiraient leur nom, l'Égalité.

La distance a ça de bon qu'elle permet parfois aux illusions de se maintenir. Mon père et son frère, qui s'imaginaient amis, se querellèrent bien vite. Faut dire : l'oncle Jacques avait la boisson mauvaise, il frappait tante Hélène, qui le lui rendait bien. J'ai pas souvenir des traces, mais Hélène dissimulait les bleus sous de la poudre de craie, issue de la carrière.

« Elle se maquille en femme qui ne se fait pas dérouiller par son homme, alors ça se voit deux fois plus », disait maman en pinçant les lèvres. Elle avait beaucoup de philosophie, ma mère.

Une fois, j'ai cru voir du vernis au bout des doigts d'Hélène.

« Mais non, mais non, c'est des croûtes de sang qu'elle garde sous les ongles. Elle promène son Jacques un peu partout, comme ça… », affirmait doctement Petit-Georges, qui avait beaucoup de philosophie lui aussi.

Les griffures de son visage, mon oncle en accusait les branches et les sous-bois. C'était pas une bonne manière de s'aimer, et quand ça criait trop, Jacques flanquait toute sa famille dehors et, bien sûr, la tribu arrivait chez nous, souvent en pleine nuit. Plusieurs fois, mon père avait essayé de le raisonner, mais en vain. Alors arriva un jour où les deux frères ne s'adressèrent plus la parole. Cependant, la maison resta toujours ouverte pour la tante Hélène, ses cinq enfants, sa craie blanche et ses petits bouts de mari sous les ongles.

À Vireux, tout Français avait droit à deux lopins de terre pour planter des patates, plus une part de bois. Les terrains étaient gratuits, retirés au sort tous les vingt ans. Je me souviens encore où étaient les nôtres à cause de ce trou sombre, dans le fond, où on amassait les mauvaises herbes.

« C'est un nid de sangliers sauvages ! » avait dit papa, un jour, en croyant plaisanter.

Je m'en étais trouvé tellement effrayé que,

le lendemain, il m'y avait fait découvrir un nid d'alouettes avec de jolis petits œufs dedans, très colorés, mystérieux, fragiles et beaux à pleurer.

Aujourd'hui qu'il est tard dans ma vie et que je suis devenu père à mon tour, je sais bien la vérité, ma petite Anne-Lise : il les y avait mis exprès durant la nuit pour dissiper mes craintes.

J'aimerais savoir en faire autant pour mon fils, malheureusement je suis devenu ce que je détestais chez ma mère : un parent incapable de câliner son propre enfant.

3 avril 1962

Sur les genoux de mon père,
j'apprenais à craquer une allumette

Ma petite,

Je m'étais promis de t'écrire une lettre par an, c'est tout, et voilà que je me relève la nuit pour poursuivre mon histoire… M'est avis que ce n'est pas la dernière fois que cela m'arrivera. Il ne faut pas trop croire les hommes, tu sais ?

En haut de la grande côte qui plongeait dans le pays, il y avait deux immenses châtaigniers de mer encadrant une petite chapelle, les troncs à demi rongés par les ours. Quand on poussait une brouette bien chargée, avant d'entamer cette descente vers mon pays vert et jaune, tout le monde s'arrêtait à l'ombre de ces arbres quelques instants. Au printemps, l'un fleurissait tout blanc, l'autre tout rose.

« C'est parce que celui-là, ses racines sont si profondes qu'elles poussent depuis la Japonie ! » disait papa sans trop savoir à quoi il avait affaire : pays ? continent ? ville ?

« C'est en Japonie qu'est fabriquée cette couleur. Si tu vois du rose, où que ce soit, tu peux être sûr que la Japonie y est pour quelque chose ! »

Chacun des villages avait son école et ceux qui réussissaient à dépasser le certificat d'études devenaient internes dans une ville voisine, plus grande.

« Vous, faut pas y compter ! C'est des trucs de bourgeois », avait froidement prédit ma mère.

Les hameaux étaient tellement modestes, quitter la bourgade était comme changer de pays : on ne se mélangeait guère et, dans les bals, il y avait de la bagarre entre jeunes gens de communes différentes…

Quoi qu'il en soit, nous fûmes vite adoptés. Tout près de chez nous, il y avait monsieur Jérôme, le facteur, qui avait un garçon, Jean, plus âgé que moi d'un an, mais le plus grand ami et peut-être le seul vrai que j'aie jamais eu (je suis assez âgé aujourd'hui pour pouvoir affirmer une telle chose, ma petite Anne-Lise). Notre voisin le plus proche, un cousin germain de mon père, s'appelait Pierre Marjolet, un homme à la figure vraiment sympathique, mais, au village, ni nous ni personne ne lui parlait, car il était belge et, comme disait papa, « il faut quand même pas pousser ! ».

La Belgique, on y allait de temps en temps. Maman en rapportait du café, du chocolat, et du tabac pour papa, le tout caché sous sa jupe à cause de la douane. La route longeait l'aciérie où mon père travaillait, seulement séparée par les voies ferrées et les eaux. Nous lancions des baisers à papa, mais aussitôt une dizaine d'ouvriers nus jusqu'à la ceinture, plus poilus que des ours, venaient lancer des plaisanteries qui faisaient rougir et fuir ma mère. Je ne me souviens plus de ce qu'ils criaient d'aussi embarrassant, mais, à leur âge, j'ai dû faire les mêmes plaisanteries à d'autres jeunes filles. Parce que c'est comme ça sur terre depuis le commencement, et peut-être que c'est même pour ça qu'elle tourne en rond.

En ce temps-là, maman tomba enceinte pour la quatrième fois (une sœur, enfant mort-née après moi et avant René, elle n'en parlait jamais). Mon frère René vint au monde en février 1914, en même temps qu'une petite cousine chez l'oncle Jacques. C'était leur sixième.

Pour me rassurer de tous ces cris que maman poussait, Man Fine m'avait appris une chanson sur le petit Jésus, qui allait à l'école en portant sa croix sur son épaule. Qu'est-ce que je l'ai aimée, cette chanson ! J'ai cherché à la retrouver, impossible. On ne choisit pas ce qui reste dans nos mémoires, mais je suis sûr que le dernier souvenir qu'on brûle, c'est l'amour. Tu seras la dernière à t'en aller de ma tête, ma Lisette, et tant pis pour moi ! T'oublier m'aurait rendu la vie bien moins pénible, il faut que tu le saches.

Man Fine resta un bon moment avec nous, car René en naissant avait laissé « des morceaux de phlébite dans la jambe de maman », disait Petit-Georges. C'était une femme potelée, mais au caractère sec, « même que son sang donnait des grumeaux ».

Mon entrée à l'école ? C'est papa qui m'y

conduisit et, pour que je ne pleure pas, il m'avait acheté un cornet de bonbons au Familistère, ce qui ne m'avait pas empêché de hurler quand il avait fait mine de me lâcher la main. Du coup, il m'avait ramené à la maison, où ma mère confisqua les bonbons, me cala sous son bras, puis me ramena dare-dare à l'école, la jambe encore grosse et rouge à cause de son sang qui caillait. Là-bas, mes pleurs ameutèrent toute l'école. La directrice, mademoiselle Fernere, une personne d'un certain âge et moustachue, ne fit qu'accentuer ma panique en voulant me consoler. C'est une institutrice, madame Gaufrette, qui vint, se mit à genoux, puis me serra contre elle si fort que je tombai amoureux d'elle sur-le-champ.

Le soir, je grimpais sur les genoux de mon père et il m'amusait en faisant passer son allumette sous les quatre pieds de la lampe à pétrole, car nous n'avions pas encore l'électricité. Petit-Georges, à la lueur safranée du flambeau, tirait la langue en essayant de faire ses A-E-I-O-U sur son cahier d'école. Quant au petit dernier, il devait dormir, car, lui, je ne m'en souviens pas.

Hélas, ma petite souris, ma petite Anne-Lise, ce bonheur paisible, ce bonheur fragile, ce bonheur de tous les bonheurs, si précieux et si ancien pour moi aujourd'hui, il ne devait plus durer longtemps.

Aujourd'hui

« Mais n'a-t-il jamais évoqué une autre femme ? Une double vie ? Je ne sais pas, moi... N'a-t-il jamais semblé ému sans raison ?

— Non, non. Il était comme tu l'as connu. Âpre. Taciturne. Quand j'avais 8 ans, je m'étais écorché le genou à vélo au parc Monceau, à Paris. Je me souviens de m'être jeté dans ses bras, je le serrais contre moi en pleurant, Moïse, lui, eh bien, il avait les bras levés, le corps figé et le visage crispé comme quand on vous impose un contact physique désagréable. L'était comme ça, ton grand-père.

— Je vois très bien ce que tu veux dire. Oui, vraiment très bien... »

Avais-je prononcé cette phrase dans le but de blesser mon père ? De le confronter à cette situation insupportablement similaire qui nous touchait aujourd'hui, lui et moi ? Je ne savais pas. Voulant fuir le silence qui suivit ma réponse, je baissai mon visage vers les carnets de Moïse.

Pourquoi avoir raconté sa vie à cette femme ? Qui aime quelqu'un sans le connaître ?

Mon père balaya l'air devant lui. Décidément, tout cela le blessait prodigieusement.

« Une fois, peut-être, boulevard du Montparnasse,

des touristes s'étaient perdus... Il leur a indiqué le chemin et j'ai eu l'impression qu'il prenait beaucoup de plaisir à discuter. Il...

— Il... ?

— Il parlait un peu allemand, contrairement à ce qu'il avait toujours prétendu.

— Rien d'autre ? »

Silence. J'insistai.

« L'as-tu déjà vu pleurer, par exemple ?

— Non. Enfin, peut-être, à la toute fin, quand il m'a confié combien il regrettait de ne jamais m'avoir dit qu'il m'aimait.

— C'est tout ? »

Mon père releva la tête, heurté.

« Pardon. Ce n'est pas ce que je voulais dire... »

Sa paume vint se poser sur la manche de mon sweat. Je crus, un instant, qu'il allait toucher ma main, mais non.

« J'ai besoin d'une pause. Laisse-moi le temps d'y réfléchir. »

Que signifiait tout cela ? Tout ce bruit après tout ce silence ? Ces pages et ces pages gribouillées après ces années muettes ? Mon grand-père avait mis de l'ouate autour de son existence, il avait feutré tous ses rapports avec ses fils, avec sa femme, avec ses petits-enfants, et maintenant il nous faisait ÇA ? Il écrivait la vérité et l'adressait à quelqu'un d'autre ? À une inconnue ?

Pépé, salaud.

« Il y a bien eu cette fois, reprit mon père au bout d'une minute. Quand ta mère et moi sommes allés les voir, maman et lui, pour leur annoncer que nous étions en train d'adopter ta sœur. Il a eu l'air réjoui. Vraiment.

C'était assez rare pour que j'en garde la trace là-dedans (il se tapota la tempe).

— Que s'est-il passé ?

— Il était là, sur son fauteuil préféré, avec son casque sur les genoux et le disque vinyle en train de tourner. Je leur racontais notre visite à l'orphelinat, j'ai dit : "Elle a 5 ans, elle est noire, elle vient du Cap-Vert et elle s'appelle Anna-Lisa." Il a blêmi, a bafouillé, et s'est retiré dans sa chambre sans donner d'explication. »

J'ouvrais la bouche pour le faire creuser plus avant dans cette direction quand mon père a secoué la tête et balbutié des morceaux de phrases :

« Anna-Lisa, Anne-Lise... Ça a dû se catapulter dans sa tête. Tu en comprendras la raison quand tu auras avancé dans la lecture des lettres. Tout est là-dedans. Et dans cette satanée photo : la vérité y était depuis toujours. Qu'est-ce qu'elle me fait mal, cette photo...

— Quelle photo ? »

Il a pris le Moleskine posé sur mes genoux, a feuilleté quelques pages où les listes de noms et de lieux s'accumulaient en désordre, puis sorti un cliché jauni : lui, âgé d'une dizaine d'années, accompagné de ses parents dans une rue de Paris.

« Il la tenait serrée contre lui quand il est... Bref, elle est dans mon portefeuille depuis la mort de papa. »

« Papa », sa façon de prononcer ce mot... Je me suis senti immédiatement ému : je n'arrivais plus à l'utiliser moi-même, il me restait coincé dans la gorge à chaque tentative. Il a agité les carnets remplis de Post-it sous mes yeux.

« Je voulais partir passer quelques jours à Vireux sur les traces de ton grand-père. M'imprégner des lieux de son enfance. C'était la toute première étape de mon projet pour retrouver cette femme. Les billets de train et l'hôtel étaient déjà réservés et payés… »

Il a tourné son visage vers la fenêtre, terrassé. Par quelle étrange défaite ? Aucune idée. Je suis allé pour lui prendre la main, mais il a tressailli, alors j'ai stoppé mon geste net. Le frôlement de nos peaux est ce qu'il y a de plus abîmé, de difficile entre lui et moi maintenant.

Son agitation ne faiblissait pas.

« Comment je vais m'y prendre, moi, pour continuer mes recherches en étant coincé ici, hein ? Comment ? »

Le visage de mon père, son regard fuyant… Cette gêne, énorme, qui augmentait la pesanteur de l'air entre nous, les non-dits mais aussi l'insistance mise en œuvre pour les préserver, tout me parut soudain intolérable. Rester dans cette chambre ? Insupportable. Il me fallait partir. Vite. Loin. Alors, sans trop comprendre comment ces mots sortaient de ma bouche aussi facilement, je me suis entendu dire d'un ton résolu :

« Moi, je vais le faire. Je vais partir là-bas à ta place. Sur les traces de Moïse, comme tu dis. Avec les carnets. Et quand je les aurai terminés, je pourrai t'aider à chercher Anne-Lise. Mais seulement si tu me promets de te reposer. Je veux que tu prennes soin de ton cœur, d'accord ? »

Il a hoché la tête en demandant :

« Tu me raconteras ce que tu vois là-bas ? Les gens que tu rencontres ? »

J'allais lui répondre, mais il a alors déposé la photographie sur mes genoux, avec une lenteur solennelle. Il me confiait là un précieux talisman, un porte-bonheur appelé à m'attirer les faveurs du hasard et de la bonne fortune durant ma quête.

« Garde-la, a-t-il murmuré, avant d'ajouter d'un ton mystérieux : appelle-moi pour me raconter ce qu'est devenu le monde où a grandi Moïse. Mais, surtout, lis les lettres. Lis-les et tu comprendras tout, vraiment tout. »

Puis, à l'instant où je franchissais la porte de sa chambre, les précieux carnets à la main, j'ai frémi d'émotion : était-ce le fruit de mon imagination ou l'avais-je véritablement entendu prononcer ces mots tout bas, « Merci, fiston » ?

3 avril 1963
Le jour où il a tellement plu
que même les moutons ont rétréci

Ma souris,

J'aimerais que tu comprennes mon émotion quand, un jour d'août 1914, les cloches se mirent à sonner le tocsin. Le garde champêtre collait des affiches avec deux petits drapeaux croisés et en grosses lettres :

MOBILISATION GÉNÉRALE.

Des gens pleuraient dans la rue, d'autres chantaient, mon père rentra dare-dare du travail, se tailla la barbe, et ma mère lui prépara une musette avec les deux jours de vivres prévus sur le fascicule d'appel.

Au loin, des nuages se rassemblaient dans l'ombilic noir d'un orage. Bien sûr, je ne me suis rendu compte de rien, ou plutôt je ne m'en souviens pas. Ce que je me rappelle, c'est le départ : j'étais hissé sur le dos de mon père, et il pleuvait à verse. L'oncle Jacques entonnait des chants patriotiques. C'est comme ça, que veux-tu, la Guerre avait réconcilié les deux frères.

La petite place de la gare était noire de monde. Des épouses, des parents, qui accompagnaient pleins d'angoisse l'un des leurs. Le train arriva, les gens criaient, pleuraient, se tiraient par les vêtements, moi-même, de voir tout cela sans doute, je me mis à hurler et ma mère dut m'arracher des bras de mon père, un dernier baiser, des centaines de mouchoirs agités aux portières et ce fut tout. La Guerre commençait.

Ma mère en parlerait toujours de cette manière : « Il a tellement plu, ce jour-là, que même les moutons ont rétréci ! »

Moi, c'est le monde qui est devenu plus petit sans mon père pour me porter sur ses épaules.

Dans sa première carte postale, dictée à un camarade, on pouvait lire :

« *J'intègre la première réserve, à Saint-Nazaire, et monterai au front avant tous les autres. C'est de ma faute, j'aurais dû faire le nécessaire à la naissance de René, on m'aurait alors assigné aux territoriaux. Pour y avoir droit, il suffisait pourtant d'avoir trois enfants et de s'acquitter de quelques formalités.* »

Ensuite, il répétait plusieurs fois : « *C'est de ma faute.* »

On lisait aussi :

« *On ne pense jamais que la Guerre arrivera, ma chérie…* »

La vérité, c'est qu'il écrivait mal, mon père. Impossible pour lui d'avouer avoir récupéré les formulaires à la naissance de son troisième sans jamais avoir su correctement ni les déchiffrer ni les remplir.

« Il faut bien travailler à l'école, René, parce que sinon on nous enverra à la Guerre comme papa », entendis-je Petit-Georges murmurer au-dessus de son couffin.

Les premiers jours au village furent calmes, en dépit des convois militaires pleins comme des œufs de soldats au visage gris-jaune, inquiets et silencieux. La Guerre cloue le bec des hommes avant de les tuer. Je le sais, elle m'a tant blessé enfant, et tant blessé adulte, impossible de me remémorer une vie sans elle, ni avant, ni après…

Bientôt des rumeurs alarmantes coururent, les nôtres auraient perdu la bataille de Charleroi. Les routes furent envahies de réfugiés belges épouvantés, noirs de crasse, qui portaient leurs maisons sur le dos et colportaient les plus affreuses nouvelles : les Prussiens coupaient les seins des femmes et clouaient même les enfants aux portes des granges, comme des chouettes !

Dans le pays, ce fut la débandade et beaucoup de gens fuirent. Des bourgeois, qui habitaient en face, nous confièrent à la hâte leurs objets précieux dans l'idée de revenir les chercher après la Guerre.

Une phrase qui m'est restée, c'est quand le mari a balancé, en inspectant notre logis :

« Les soldats ne chercheront jamais de bijoux ici. »

Je me revois, pendu au tablier de ma mère :

« Ils s'en vont parce qu'ils ont peur, maman ? »

Et la voir répondre, encore, debout sur le seuil,

mâchoires serrées, billets dans la poche, ne sachant pas bien comment les regarder partir :

« Oui. Ils ont assez d'argent pour ça. Où qu'ils aillent, ils se sentiront en sécurité avec ça. Ils savent ce qu'est la vraie vie, eux.

— C'est quoi, la vraie vie ?

— Ah ça… Demande à ta petite bible. »

Ce jour-là, j'ai commencé à comprendre comment fonctionnait le monde des adultes.

Un après-midi, par prudence, les sapeurs firent sauter le pont et, moi, je n'arrêtais pas de me répéter que c'était terrible, car mon père était de l'autre côté du fleuve maintenant, coincé avec l'ennemi.

« Comment il fera pour rentrer s'il n'y a plus de pont ? demandai-je à ma mère.

— Il prendra le train. »

Ça n'avait aucun sens, mais cela me rassurait.

« Il y a toujours un train ou un autobus pour les papas », avait ajouté ma mère pour que je lui fiche la paix et la laisse étendre ses pommes de terre sur le trottoir. Elle était ce genre de personne. Incapable de mettre à sécher des patates et consoler son enfant en même temps. Sa besogne dura bien cinq minutes quand, soudain, elle releva la tête, l'air alarmé. Les canons du fort de Charlemont s'étaient tus.

« Leurs boulets partent au moins à dix kilomètres ! Ils vous mettront sous cloche, ta mère, tes frères et toi… », nous avait prévenus mon père.

Le soir même, notre mère insista pour qu'on dorme tout habillés, en gardant nos chausses aux pieds. Quelques heures plus tard, la sonnerie du tocsin nous réveilla en sursaut. Des gens couraient dans notre rue, vers les bois, en hurlant : « Sauve qui peut, les Prussiens arrivent ! » Sans un tremblement, elle cala le petit frère sur sa poitrine, prit quelques couvertures, deux, trois provisions, et, accompagnés de nos voisins les Jérôme, nous partîmes pour la forêt.

3 avril 1964
Les enfants sauvages

Ma petite Anne-Lise, ma petite souris,

D'autres familles se joignirent à nous au fur et à mesure. Nous campâmes à la lisière d'un bois très sombre, sous le regard bienveillant du garde champêtre, monsieur Robinet, qui nous construisit d'une main experte des abris avec des branchages en prévision des pluies et des nuits trop fraîches. Pour nous les gosses, c'était comme une aventure. Nous dormions sur un lit de fougères, le matin nous avions du lait chaud à volonté et, dans la journée, monsieur Robinet cuisait des patates dans la braise, c'était croustillant et délicieux ; le reste du temps, nous jouions dans les bois, pas trop loin, car nos mères n'étaient pas rassurées. De vrais enfants sauvages.

Une semaine passa, ou peut-être trois ? Je me rappelle Robinet murmurant à notre mère : « Si les Prussiens ont des chiens, nous sommes perdus. » Je n'avais pas compris : comment les chiens – mes amis depuis toujours – pourraient nous vouloir du mal ? « C'est pas des cabots comme les autres, m'affirma Petit-Georges d'un air très informé. Ils sont prussiens. » Au loin, nous vîmes de la fumée, très noire, et sitôt que le vent tournait, notre imagination s'emballait et il nous semblait qu'une menaçante odeur, très âcre, nous sautait à la gorge. Les adultes discutaient d'où cela pouvait provenir, pas de Vireux, c'était à l'opposé. Ceux qui connaissaient les bois parlèrent de Fépin ou de Haybes-sur-Meuse, distant d'une centaine de kilomètres.

« Je vais voir », se proposa courageusement monsieur Robinet.

Il partit le soir, à pas de loup, et le matin en revint épouvanté avec des rescapés de Haybes.

« Les Prussiens ont prétexté avoir essuyé des coups de feu, puis ils ont incendié le pays. Il ne reste pas une maison debout, les morts sont innombrables, et cette odeur… elle vous creuse le visage. D'après ce que je sais, une section de francs-tireurs retranchés sur les hauteurs a tenu les Allemands en échec toute une journée. Après leur départ, les Prussiens se sont vengés sur la population. »

Et le bon Robinet se retint très fort de fondre en larmes.

Les jours passèrent, le linge manqua, les vivres aussi, les adultes maigrissaient pour nous. Une décision s'imposait, il nous fallait un éclaireur. C'est Robinet, encore lui, qui se proposa. Il revint du pays quelques heures après : « Tout est calme… Vos patates sèchent encore sur le trottoir ! » Il n'avait pas trouvé un seul Fritz. Les gens tinrent conseil, et les plus courageux se décidèrent à regagner le village.

Comme nous habitions dans la rue qui menait au bois, et que notre mère avait le sang aussi froid que la tête et le cœur, nous redescendîmes au pays, et bientôt tous les autres suivirent…

Mais c'était compter sans les Allemands, qui se manifestèrent d'un seul coup, quelques jours plus tard, au petit matin, s'infiltrant dans nos rues comme une brume, cognant aux portes, arrêtant tous les notables, maire, curé, médecin, professeurs des écoles et commerçants.

Ils furent enfermés dans l'église et un lieutenant allemand les prévint : « Si un seul coup de feu être tiré, *kaputt*, vous être fusillés », et, pour montrer qu'ils ne plaisantaient pas, une mitrailleuse fut placée en batterie à la porte de l'église.

L'occupation commença, la faim s'installa. Nous manquions de tout. La mort dans l'âme, ma mère défit le fameux dessus-de-lit et, toute la Guerre, son cadeau de mariage servit à cela : nous donner des chaussettes. Je mettais mes pieds dans le mariage de mes parents.

Oh, nous touchions bien un peu de ravitaillement, et avec les jardins nous arrivions à ne pas mourir. Sans compter que madame Robinet, la femme du garde champêtre (elle tenait une ferme où nous allions chercher du lait avant-guerre), continua à nous en fournir, et sans qu'on la paye, en plus ! Je n'ai jamais oublié les Robinet… Ni les soldats allemands, avec leurs petits calots ronds, qui venaient chercher leur pitance dans une grange en face de chez nous. Inutile de te dire que nous dévorions des yeux leurs portions. Parfois, quelle aubaine, l'un d'eux nous jetait un morceau de pain ! Ils étaient peut-être en train de torturer mon père dans leurs prisons et, moi, je leur faisais des yeux doux contre des miettes.

Aujourd'hui

Pourquoi écrivait-il une fois par an ? Et pourquoi toujours à la même date ? Était-ce un acte d'amour ? De rébellion contre le temps qui passe ? Une manière de dire : « Tu connaîtras la fin de mon histoire, Anne-Lise, et je vais vivre encore assez longtemps pour te la raconter toute » ?

Mais pourquoi, alors, étaient-elles plus ou moins longues, ses lettres ? Comme si, certaines années, il se sentait inquiet de ne pas arriver au bout et, d'autres années, au contraire, l'idée de terminer, de TOUT dire, l'effrayait davantage encore.

Oui, de quoi avait-il peur ?

Moi, en attendant, je tourne les pages, à sa recherche dans cette forêt de mots, ressuscitant son monde en repassant l'encre délavée de ses lettres au stylo-bille. Je lui réécris dessus, je le fouille, calmement, lentement, mot après mot, avec une patience d'orfèvre.

Son écriture, la barre verticale du T, du I, du F, toutes ses lettres serrées autour de sa vie, ce sont des barreaux de prison. Sous l'encre et dans le blanc du papier : lui le taiseux en train de crier la vie d'un homme à la face d'un monde qui en a connu d'autres.

Je suppose que c'est la loi commune quand on raconte tout ce qu'il a fallu de drames pour tuer l'enfant en soi.

Tuer...

Qu'est-ce qu'il y a, sur cette fichue photo, qui a tant brisé mon père ?

Comment guérir un fils ? Comment guérir un père ?

3 avril 1965
Comment j'ai eu un prisonnier à moi, et rien qu'à moi : Aristide Pujol

Ma petite Anne-Lise,

La Guerre battait son plein.

Je ne sais plus quel âge j'avais quand les premiers prisonniers russes arrivèrent. 5 ans ? Ils étaient hirsutes, barbus, puant la charogne, grimaçant quand on leur collait une baïonnette au creux des reins pour qu'ils montent eux-mêmes les baraquements entourés de barbelés, indigne camp dans lequel ils s'entasseraient par dizaines, à six cents ou sept cents mètres du village. Les pauvres grognaient comme des bêtes, ils avaient encore plus faim que nous. À la saison des fruits, nous allâmes en marauder et leur en jeter par-dessus les barbelés, à la grande colère des sentinelles qui, parfois, tiraient. Y'avait plus de peur que de bonté dans notre démarche, car nous nous étions monté le bourrichon, comme quoi les Russes, poussés par la faim, s'échapperaient une nuit prochaine et viendraient nous grignoter les orteils.

Puis, les prisonniers français arrivèrent et le camp fut divisé en deux. Les Russes bâtissaient des casemates à l'orée du bois. Les Français aménageaient une voie ferrée. Les officiers allemands avaient réquisitionné l'hôtel de la Gare pour en faire leur cantine. La faim nous y faisait traîner souvent et, un jour, madame Robinet, qu'on avait réquisitionnée là-bas, me proposa un marché : elle me donnait à manger, en échange de quoi je fourguais en douce une pleine gamelle à un prisonnier, n'importe lequel. Mais j'eus bientôt un préféré, un qui ressemblait à mon père. Dès qu'il me voyait arriver, Aristide (c'était son prénom) demandait à la sentinelle la permission de s'éloigner pour poser culotte. Moi, je me glissais dans les genêts et les herbes, et j'arrivais à proximité. Nous attendions que le garde-chiourme tourne la tête et hop ! j'avais une gamelle vide et lui une pleine. J'avoue que parfois, par gourmandise, la fringale aidant, j'avais escamoté un morceau de viande.

Je me souviens d'un soir, Petit-Georges avait dit en se serrant le ventre : « J'ai tellement faim, je pourrais manger le cul d'un canard qui ne vole pas ! » et notre mère l'avait giflé : « Tout est possible dans un monde en guerre, Georges, mais tout n'élève pas ! Pas de gros mots sous mon toit ! »

Bien sûr, j'ai souffert de la faim et du froid, les longues soirées d'hiver sans lumière, juste le couvercle du poêle entrouvert, nous soupions de bonne heure pour nous coucher tôt et économiser le goûter et le bois du poêle. Mais pour tout te dire, ma Lisette, ce qui m'a le plus manqué, c'est la tendresse.

Ma mère n'était pas câline, oh ça non. Étais-je

propre et en bonne santé ? C'était le principal. Au départ de papa, l'affection dont il me couvrait, j'ai voulu la retrouver près d'elle, mais elle ne savait pas. Les événements, son absence… tout l'écrasait. J'ai jamais pu percer son secret, parce qu'il devait bien y avoir un secret derrière son incapacité à nous toucher, hein… Une mère, ça n'est jamais *comme ça* sans un sacré mystère derrière, non ? Elle me repoussait sans cesse, si bien que j'ai fini par me replier sur moi-même. Heureusement, nous avions une petite chatte, Minette, et c'est sur elle que j'ai reporté mon attachement, près d'elle aussi que j'allongeais mon corps, les nuits de grand gel. Hélas, un jour, ma Minette n'est pas rentrée. Nous avons appris par la suite qu'elle avait été mangée par des soldats allemands.

C'est comme ça, pendant la Guerre, que veux-tu, quand les riches maigrissent, les pauvres meurent.

3 avril 1965

La meilleure institutrice du monde avait le nom d'un biscuit

T'écrire, c'est être un peu avec toi. Alors je me relève pour rédiger une nouvelle lettre, ma petite souris.

Une fois, Aristide me fit cadeau de son immense béret rouge. Ma mère en confectionna une espèce de poupée en forme de chienne, que je baptisai Titine. Après Minette, c'est à elle qu'allait toute ma tendresse, et mon cœur en débordait. L'école continuait tant bien que mal, mais uniquement avec des institutrices, les hommes étaient au front.

Ma toute jeune institutrice, madame Gaufrette, bien que sévère, me témoigna des trésors de patience et de douceur. Elle connaissait un peu ma mère, alors elle avait « compris des choses ». Puis faut dire : elle n'était pas la plus intelligente du village par hasard, madame Gaufrette. L'esprit vif, très sensée, grande amatrice de mathématiques, elle plaçait tous ses espoirs dans la science et le progrès.

« C'est la raison, Moïse, qui mettra fin à la Guerre ! La raison ! Pas les canons ! »

Je l'aimais bien : un jour, je lui apportai un oiseau sculpté en bois de pin, échangé contre une boîte de carottes à un prisonnier russe.

Je crois qu'elle n'aimait pas trop les cadeaux, car elle m'a embrassé et a pris son mouchoir pour s'essuyer les yeux. Ou alors « elle était allergique au pin », comme je le pensai à l'époque.

Puis, un jour, terrible jour, oui (je revois encore la scène… et comment l'oublierais-je ?), après avoir joué avec mon copain Jean, nous rentrions tous les deux en chahutant, j'ouvris la porte assez brusquement, mais restai cloué sur le seuil par le tableau qui s'offrait à mes yeux.

3 avril 1966
Gustave Mas est sorti de chez moi
en emmenant papa pour toujours

Ma petite Anne-Lise,

Il faut que je te raconte comment j'ai trouvé notre mère assise au salon en train de pleurer. Près d'elle, un homme inconnu essayait de la consoler. Des lettres et des cartes postales étaient étalées sur la table, elle serrait convulsivement son tablier pour s'en tamponner le coin des yeux. Le bonhomme, les vêtements plus noirs qu'un petit racleur de cheminée, et crotté de la tête aux pieds, s'est agenouillé et m'a pris les mains :

« Je suis désolé, petit. Ton papa a été grièvement blessé sur le front et il est parti au ciel. »

Ma mère, de sa place, a poussé vers moi un carré de pain au sucre apporté par le maire lui-même. La Guerre, tu entends parler d'elle tout le temps, puis un jour ça te surprend à l'heure du goûter et ça t'a pris ton père contre un bout de brioche.

Il avait 33 ans comme le Christ. Il avait agonisé trois jours.

Le corbeau qui tapotait avec douceur l'épaule de ma mère était aumônier à l'hôpital, il l'avait vu arriver (et combien d'autres, hélas !). Après bien des difficultés, Gustave Mas (c'était son nom) avait obtenu de passer par la Suisse et allait, ainsi qu'il avait promis aux moribonds, de village en village, rapporter dernières paroles, missives et objets personnels aux familles. C'était sa mission, à ce brave Gustave : marcher, marcher et marcher encore, tant et si bien que je me souviens de l'usure de son pantalon, tout déchiré, aux bords roussis, au travers duquel on apercevait des varices grosses comme mes cordes à sauter. « On meurt vraiment quand tous les gens qui nous ont aimé meurent aussi, ou quand il n'y a plus de souvenirs. Contre la mort, je ne peux rien, mais pour le reste, ça, j'en fais mon affaire, et j'en fais mon combat… »

Moi, je ne me souviens que des bulletins et des cartes, étalés sur la table, il y en avait une pour moi et une pour mon frère Georges. La mienne (que je possède toujours, ma petite souris), c'est une vue du port de Saint-Nazaire et, au dos, au crayon, quelques mots tendres, hâtivement écrits. Sur le moment, je n'ai pas bien réalisé, et je n'ai même pas essayé de pleurer. Papa mort ? Il me semblait que cela ne me concernait pas. Et puis, mort, qu'est-ce que cela voulait dire ? Notre mère avait teint quelques affaires en noir, et on avait toujours aussi faim, voilà. Heureusement, à la saison des nids, nous avons mangé des grives musiciennes, des merles noirs, des geais à la belle robe bleu turquin, quelques pies dominos. Les écureuils étaient très recherchés, les petits lapereaux au bon fumet de noisette aussi :

« Tu peux deviner leur taille à celle du trou de leur terrier, mon gros », m'apprenait mon frère.

Nous faisions ventre de tout et avions pris goût à tout, si bien qu'après la Guerre nous avons continué à en mouliner quand l'occasion se présentait, comme ça, machinalement. La Guerre, la faim, la peur, le froid, ça vous laisse de drôles d'habitudes, et une démangeaison dans les dents.

3 avril 1967
La boutique la plus utile
de tout le village

Ma petite souris,

De nouveaux voisins emménagèrent. Ils s'appelaient Victorine et Prosper, étaient frère et sœur. La trentaine. Prosper n'était pas souvent à la maison, quant à Victorine, qui parlait déjà bien allemand, elle devait prendre des leçons de perfectionnement, car les soldats allemands s'y succédaient jour et nuit. On murmurait dans son dos : j'entendis même une fois des bigotes à la messe expliquer qu'elle faisait « boutique son cul ». C'était une femme très généreuse, et je suis sûr que même les pauvres pouvaient se servir, s'ils n'étaient pas trop mal fichus.

D'ailleurs, les gens n'osaient rien lui dire, d'autant qu'elle n'était pas mauvaise fille, et qu'elle nous sauva la mise plus souvent qu'à son tour… Surtout une fois, alors que nous avions dépassé les bornes et la frontière.

Une nuit, Petit-Georges m'avait réveillé. Il tenait deux baluchons bien lourds et des trésors de discrétion dans la voix.

« Papa n'est pas mort, Moïse, c'est que des mensonges. Je vais le chercher. Tu m'accompagnes, et bébé René aussi !

— Mais…, balbutiai-je la bouche encore pâteuse de sommeil, et pour le quatre-heures ? »

Il tapota son baluchon.

« J'ai des brioches, de l'argent, et on mangera des écureuils.

— Oui, mais… et les Fritz ? »

Il sortit deux beaux lance-pierres de sous le lit :

« Les Fritz, on s'en occupera ! chuchota-t-il. Toi et moi ! »

Petit-Georges avait tout prévu : on allait essayer de rejoindre nos lignes (et donc notre père) en passant par la Hollande.

Nous partîmes ainsi tous les trois, dans le silence et l'obscurité. Direction la nuit, tout droit jusqu'au matin. Petit-Georges portait René en bandoulière et je me chargeais des provisions. Je serrais très fort sur mon cœur ma petite bible.

Deux jours plus tard, c'est une mère devenue à moitié folle d'inquiétude à cause de notre disparition qui ouvrit la porte et tomba nez à nez sur deux Allemands, figure sanguine, baïonnette au canon. À Victorine, accourue, ils expliquèrent qu'ils devaient convoyer maman à Givet, à la Kommandantur.

Plus tard, nous devions raconter aux copains de l'école comment nous nous étions fait prendre à la frontière hollandaise par des Allemands furibards. Ils exigeaient de savoir qui avait en charge l'éducation de ces gosses qui avaient tué quarante d'entre eux – ce chiffre devait considérablement varier au cours de l'hiver. En vrai, on s'était égarés dans les bois et on avait écorché, peut-être, un coin d'oreille teutonne au lance-pierres !

Ce fut Victorine qui nous sauva la mise, sans qu'on sût jamais vraiment comment. Se retroussant les manches et la jupe, elle vint dare-dare nous chercher à la Kommandantur, y entra comme si c'était chez elle, puis s'enferma avec deux Fritz.

Sans Victorine et sa boutique, qui sait quel drame se serait joué ? Je crois que, à partir de ce jour, toutes les mères le devinèrent, que les mauvaises langues le comprirent aussi. Elle et sa fantastique boutique méritaient une médaille pour service rendu au pays, à mes frères et à moi-même. Je peux te promettre que tante Hélène et notre mère ne laissèrent plus jamais quiconque lui manquer de respect. Désormais, c'était à la vie à la mort entre elles.

Aujourd'hui

S'il existe une expérience de pensée folle, c'est bien d'imaginer nos parents et nos grands-parents à nos âges. Je tremblais déjà d'émotion en découvrant Moïse enfant, qu'en serait-il lorsqu'il raconterait ses années de jeune homme amoureux ? L'arracher au passé et le lire adolescent, aimant, montant à l'assaut du corps de l'autre, fêtant ce corps, puis le quittant ? Le surprendre trompé, trompant peut-être, pleurant, confiant, puis capable d'aimer à nouveau ? Bref, vivant ce que je vivais aujourd'hui... Et tout cela en 1925 ? 1928 ? Mais quelle époque impossible à concevoir pour moi ! Ne serait-ce que ses années de jeunesse : en ce qui me concernait, elles ne signifiaient rien.

Pourtant, entre 1910 et 1920, Léon Tolstoï meurt, mère Teresa vient au monde, Sigmund Freud publie *Totem et tabou*, Coco Chanel commence à se faire un nom et un jeune chercheur du nom d'Albert Einstein développe la théorie de la relativité générale.

J'aurais pu ajouter Marie Curie en train d'isoler le radium, ou la grippe espagnole de 1918 : un milliard de contaminés, 30 millions de morts en Europe. Qui se souvient d'un seul d'entre eux ? Les gens, leurs histoires, les liens d'amour et d'amitié, tout se dilue comme nos larmes sous une pluie violente.

La Mort, le Temps, c'est ce qui efface les visages.

3 avril 1967
L'enfant qui cherchait un visage dans les visages

Hiver 1916. La Guerre continuait, des renforts arrivaient et les Allemands réquisitionnaient des chambres.

« Je suis obligée de leur céder la vôtre, les garçons. Vous irez dormir au sous-sol, nous expliqua notre mère. Tâchez de ne rien avoir à faire avec eux. Qui sait s'ils ne sont pas de ceux qui ont tué mon Georges ? »

Moi, ça ne me paraissait pas vraiment grave. D'abord, mon père n'était pas mort, c'était un mensonge. Ensuite, les Allemands qu'on gardait près de nous, c'était ça de moins dans ses pattes à lui.

Toute la journée, ils préparaient l'offensive d'une bataille que l'Histoire retiendrait à jamais : la Boucherie de Verdun (tu as sûrement dû en entendre parler dans les livres, mon Anne-Lise).

Une nuit très sombre et profonde, des avions français vinrent lâcher quelques bombes, et nous eûmes bien la frousse, à cause du poste de défense anti-aérienne installé derrière chez nous. Réfugiés dans la cave de nos voisins, nous pûmes voir les faisceaux jaunes des projecteurs fouiller les ténèbres et les rendre bleues. Quand ils trouvaient un avion, ils ne le lâchaient plus, et toutes les pièces d'artillerie de la DCA s'en donnaient à cœur joie pour le clouer au ciel étoilé. Malgré le tragique de la situation, nous, les gosses, tâchions de sortir pour jouir du spectacle. À 6 ans, t'as encore l'âge de croire que la Guerre, ça peut être époustouflant de beauté. À 6 ans, t'as aussi l'âge de commencer à haïr le monde entier parce qu'il t'a pris ton papa.

D'après les Allemands restés à Vireux, Verdun était tombé et leur armée victorieuse marchait sur Paris pour casser la ville en petits morceaux.

« Propagande ! » nous assurait Victorine et, ma foi, Dieu sait si elle s'appliquait nuit et jour à être la mieux renseignée de nous tous. Sainte femme.

Des trains de la Croix-Rouge bondés de blessés s'exfiltraient vers l'Allemagne. Massés au passage à niveau, on les regardait rouler au pas, on voyait leurs figures bandées de chiffons, leurs yeux fixés sur le vide, caves, interdits, secoués de tremblements, et tout le rouge de leurs blessures. On avait le cœur serré devant tant de souffrance, et toujours, parmi eux, c'est le visage de mon père que je cherchais.

3 avril 1968

Un docteur si habile qu'on croirait que tous ses doigts sont des pouces

Ma petite Anne-Lise, ma petite souris,

À l'école, sans faire des étincelles, j'allais mon petit bonhomme de chemin grâce à ma bonne mémoire qui me permettait d'être assez bien classé, car à la maison je n'avais guère le temps d'apprendre mes leçons. Il fallait bien aider notre mère. Et puis… j'étais gêné de découvrir tous ces mots que je n'avais jamais entendus chez moi, et que je me gardais bien de répéter. Je crois que cela me culpabilisait d'avoir quelque chose que notre mère n'avait pas, même si c'était juste des lettres et des phrases. Elle, elle ne savait même pas lire, alors…

Souvent, le dimanche, pour soulager notre budget, nous allions chez les Robinet. Ils nous ouvraient la porte, collaient une petite eau-de-vie entre les pognes de maman, puis, en lui faisant signe de la boire :

« Allons ! Allons ! Finis d'entrer ! »

C'était comme ça à l'époque : on n'était pas totalement chez eux tant qu'elle n'avait pas sifflé son verre. Ensuite ils se tournaient vers nous et c'était toujours la même question : « Et l'école ? Ça va ? » Ces gens-là, ils avaient l'obsession de l'école.

Plusieurs fois, nous y rencontrâmes notre voisin de toujours, Pierre Marjolet. C'est en papotant avec lui qu'on s'aperçut qu'il était pas si méchant pour un Belge et que, d'ailleurs, c'était peut-être le cas de beaucoup de Belges.

Veuf avec un grand fils, Alfred, couvreur de son état, Pierre était une sorte de couteau suisse humain, aussi bien marin que cordonnier ou bourrelier, ce qui était précieux en temps de Guerre.

Une fois, il nous procura du blé que nous passâmes dans un tournis très fin pour en retirer un son bien aéré, puis il alluma notre foyer et nous prépara du pain.

« Vous, les enfants, vous aurez droit à une énorme rabasse[1] ! »

Sa voix donnait l'impression de sortir d'une grotte. Ça tétanisait ma mère à chaque fois, et elle rougissait, tressaillait ou baissait les yeux devant tant de graves. Je crois que, sans son mari, elle avait peur des grottes et du noir. Ou des Belges. C'était peu de temps avant qu'elle n'arrête de s'habiller en noir.

L'hiver 1917 arriva, aussi froid que les autres hivers de guerre. La venelle en pente était devenue une vraie patinoire, et même les Fritz s'amusèrent

1. Pomme cuite à l'intérieur d'une pâte à pain encore chaude (note de l'éditeur, NdE).

avec nous. À 7 ans, quand on t'offre une luge, tu la prends. Tu regardes pas si le casque de ton bienfaiteur est rond ou pointu. On a tous trahi nos pères cet hiver-là, en jouant avec les Boches. Sauf ceux dont le paternel était mort à la guerre. Mais bon, je ne savais pas trop ce que pouvaient ressentir ces gamins-là, j'attendais toujours que le mien rentre et me pardonne d'avoir, le temps d'une glissade, fraternisé avec les Chleuhs. J'attendais qu'il rentre et donne tort à ce vieux corbeau d'aumônier : la mort, ça fait peur et ça fera toujours peur, alors autant se raconter des petites histoires bien rassurantes, et d'ailleurs les enfants y ont droit, c'est comme ça.

Puis, sans prévenir, je tombai malade.

J'avais de vilaines marbrures sur les jambes, les yeux caves, le teint jaune, des sueurs nocturnes.

« Il a bu de la neige ! » répétait Petit-Georges, qui n'était pas le dernier à dénoncer les bêtises des autres.

La purge du docteur Sernez n'y fit rien (monsieur Sernez était un vieux docteur qui n'avait plus que deux remèdes : la purge et les sangsues, et ce n'est certainement pas grâce à lui si j'ai survécu, tu peux me croire sur parole). Victorine, experte en herbes de toutes sortes, vint aussi, et je devais prendre tellement de tisanes qu'on avait descendu mon lit à la cuisine. Mon état empirait. Sans remords, ma mère cassa la tirelire et convoqua un autre docteur, mais belge.

Le savant me saisit comme une poupée, me déshabilla, me retourna dans tous les sens, m'écouta le cœur, les poumons, l'abdomen, debout, allongé, pendu par les pieds, avec un savoir-faire et une virtuosité qui firent dire plus tard à mon frère : « On aurait cru que tous ses doigts étaient des pouces ! »

Finalement, il m'abandonna sur le côté, pantelant, et d'un air très sombre il annonça son diagnostic : « Encore cette chienne de grippe espagnole ! », ce qui valut à ma mère cette phrase mémorable de bon sens :

« Impossible, docteur ! Mon fils est 100 % ardennais. »

N'avais-je pas filé un mauvais coton exprès, dans l'espoir d'obtenir quelques tendresses de sa part ? Ça, je ne l'ai jamais su… Pourtant j'en ai guéri comme ça, de cette fièvre, peut-être parce que personne dans la famille n'avait jamais eu le moindre sang espagnol dans les veines. Jusqu'au bout, j'ai espéré que ma mère me prendrait dans les bras.

Pendant ce temps, ce que nous ignorions, c'est que les États-Unis étaient aussi entrés en Guerre… Ma petite souris, le nez dans nos histoires, on ne sait jamais quand l'Histoire est en train de se faire.

Aujourd'hui

La vie fournit souvent la solution du problème qu'elle a elle-même créé. Françoise fut cette solution que j'attendais.

Au début, je n'avais pas remarqué sa présence en m'asseyant dans le train pour Charleville-Mézières, d'où je pensais gagner Vireux, la conviction chevillée au corps que je tenais là le meilleur moyen de nous réconcilier, mon père et moi. Pourtant... quelle femme ! Mince, la cinquantaine, de grands yeux verts ourlés de longs cils noirs, qui parlait en agitant doucement les mains, avec une véritable capacité à créer des territoires. La voisine idéale pour un peureux comme moi, angoissé par tout ce qui peut potentiellement dérailler, couler ou s'écraser.

« Et vous, comment réussissez-vous à ne pas avoir peur en voyage ? » lui lançai-je avec un rire nerveux.

Pour évacuer mes craintes, nous avons commencé à échanger. Sur moi, sur ce muet de Moïse, et sur ses carnets que j'étais patiemment en train de décrypter.

« Je m'accorde deux mois de congé. Mon père veut que je lui rapporte ce qu'est devenu le monde où a vécu Moïse, et moi je veux qu'il aille mieux.

— Je peux les voir ?

— Bien sûr ! »

Elle feuilletait les premières pages avec des gestes empreints d'un grand respect quand elle sursauta en apercevant un mot inscrit par mon père sur un Post-it :

« Ça alors ! Mon nom de jeune fille est Robinet ! »

Le hasard, le hasard total (ou était-ce quelque chose d'autre ?) nous avait placés côte à côte. C'est là que j'ai eu l'idée de mentir à mon père. Très facilement.

« Vous... vous pensez qu'il pourrait s'agir des mêmes Robinet ?

— Ça m'étonnerait vraiment, estima-t-elle. Il existe plusieurs familles Robinet autour de Vireux, continua-t-elle, et dans les Ardennes, vous n'imaginez même pas ! Mon grand-père s'appelait Paul, Paul Robinet. Peut-être a-t-il été garde champêtre pendant la guerre ? Malheureusement, je n'ai plus personne à qui demander. »

Tout ce qui lui restait d'eux était une vieille photographie bouffée par les mites dans un grenier. Son arrière-grand-père et sa femme, en habits du dimanche, à l'air doux et aux yeux noirs, incrustés de charbon.

C'était en évoquant les histoires de famille et leurs secrets que nous en arrivâmes à son activité de psychologue clinicienne.

« J'ai travaillé toute ma vie pour des ONG. J'ai terminé hier une mission dans le camp de réfugiés de Calais », expliqua-t-elle.

La spécialité de Françoise ? Le stress post-traumatique. Là, elle rentrait dans les Ardennes se réconforter auprès des siens. La dernière histoire dont elle s'était occupée l'avait fait vieillir de vingt ans.

« Pourtant, j'ai suivi des cas plus difficiles, je ne saurai jamais pourquoi celui de Kasim et Kayoosh m'a heurtée de plein fouet, comme ça. »

Alors, Françoise, sans le savoir, s'était mise à raconter la première histoire d'amour dont j'allais me servir pour tenter de rafistoler celle, manquée pour toujours, entre Moïse et mon père malade, et celle, qui restait à sauver, entre ce père malade et moi...

Aujourd'hui
Histoire de Kayoosh et Kasim

Kasim a 29 ans quand sa trajectoire de vie percute celle de ma voisine de compartiment. Parti de Mossoul, en Irak, il débarque à Calais après un long périple. L'accompagnent son épouse, Kayoosh, et leurs deux enfants : une petite de 3 ans et un bébé à naître.

« Ils ont dû fuir ensemble la progression de l'État islamique. Kayoosh n'aime pas Kasim, et je l'ai tout de suite senti. Elle a 21 ans, c'est un mariage arrangé. Qui peut imaginer cela, ici ? » s'interrogea Françoise, le regard fixement attaché à la pluie qui rinçait la fenêtre du train.

Arriver n'importe où, attendre des heures, se cacher, avoir faim, soif, froid, se sentir sale, grimper dans des camions au crépuscule, au petit matin, à minuit, un bébé sur son sein, un autre dans le ventre, la longue attente sur Lampedusa avant de gagner Calais.

Là, je pensai à mon grand-père. À sa famille, à ses voisins et à son village fuyant l'avancée des Prussiens dans la forêt.

« Leur violence... C'est à cause d'elle qu'on m'a fait appeler. La cloison des cases n'est pas épaisse, ils s'échangent des coups en permanence, au point que leurs cris réveillent tout le monde. Les voisins n'en peuvent plus. Et tout le camp parle d'eux. »

Image de tante Hélène et de sa flopée de marmots se réfugiant la nuit chez eux, pour échapper à l'oncle Jacques que le vin rend mauvais.

« Un soir, c'en est trop. Kayoosh et les petits sont emmenés à l'écart, en sécurité. Kasim se lamente à l'entrée de leur abri, l'existence lui est insupportable, il ne s'y accroche plus que pour ses enfants. Son espoir est pourtant de construire pour eux un meilleur avenir que celui qui les attend dans un pays ravagé par les bombes. Il part se réfugier au fond de sa case, nous crie : "Si on m'enlève les enfants, je m'immolerai par le feu." »

Un vent glacé traverse leurs vies et leur baraque, des coupelles en plastique sont savamment disposées sur le sol afin de récupérer l'eau potable qui goutte par les trous du toit. Les jouets des petits, des figurines de super-héros américains, jonchent le sol.

« Et j'ai marché dessus », dit Françoise, comme si c'était grave, et sans doute l'est-ce un peu pour elle à ce moment-là.

Ils n'avaient que de la douleur et de la colère à s'échanger, des interrogations aussi : rester ? Partir ? Rentrer au pays ? Tenter l'Angleterre ?

« Et ces gamins entre eux, ces gosses innocents qui ont été balancés sur terre au mauvais endroit, au mauvais moment. »

Françoise Robinet s'interrompit, les mains ouvertes, impuissantes. Il me semblait l'apercevoir, debout, seule, des pans de bâche en plastique volant autour de sa tête, les pieds dans la boue de ce camp de l'enfer, un camp comme tous les camps, né d'une guerre absurde comme toutes les guerres. Mais ce malheur terrible, si réel, et si lointain pour moi aujourd'hui, moi l'enfant d'un Occident en paix, qu'est-ce que j'en connaissais ?

« Au moment de mon départ, reprit-elle, Kayoosh a surgi. Elle venait d'apprendre le projet suicidaire de son époux. Elle asperge sa robe et les murs de leur case d'essence et me dit devant lui en se frappant la poitrine : "Je pensais ne pas aimer Kasim, mais nous avons traversé trop d'épreuves jusqu'à présent. Si Kasim brûle, nous brûlerons ensemble." »

Un long silence nous a cueillis, Françoise et moi, jusqu'à l'arrivée en gare de Charleville.

Avant de nous séparer, nous nous sommes promis de rester en contact : je la tiendrais au courant de mes recherches, tandis qu'elle m'enverrait une copie du cliché de ses arrière-grands-parents.

Toutes les épreuves de la terre peuvent se dresser en travers de nos histoires d'Hommes, au moment exact où la mort frappe à la porte, les anciennes haines sont balayées, les défenses tombent et il ne reste que cela : l'urgence d'être présent pour l'autre et de ne pas céder un pouce de terrain à l'aigreur, aux regrets ou à la férocité du monde. En cela, le récit de Françoise constituait la première pierre du pont qui allait me ramener vers mon père. Notre brouille faisait pâle figure comparée à ce que ce couple avait dû affronter. Leur histoire nous obligeait, mon père et moi.

Quand, au téléphone, je lui détaillai cette rencontre inattendue, puis le nom de jeune fille de Françoise, sa première réaction fut un cri où l'étonnement le plus profond le partageait à la plus réconfortante excitation (aussi, et surtout, de la reconnaissance envers moi, moi qui n'espérais que cela). Voilà pourquoi, lorsqu'il me fit la remarque suivante :

« Mais il doit y en avoir plein, des familles Robinet, dans les Ardennes, non ? »

Je n'ai pas su répondre autrement :

« Détrompe-toi ! Très peu ! »

Oh, c'était un minuscule mensonge, ridicule même, mais largement suffisant pour semer la graine du doute dans sa tête. Je laissais une porte ouverte à son imagination surchauffée.

« À notre arrivée en gare, Françoise Robinet a posé une main sur mon bras et s'est confiée une dernière fois. Elle avait cru longtemps que la relation entre Kasim et Kayoosh relevait du simple devoir face à l'adversité, mais en me parlant dans ce train elle avait soudain pris conscience d'autre chose : ce qu'elle avait surpris dans leurs yeux ce jour-là était plus grand que de la fidélité. C'était la révélation pour l'un comme pour l'autre d'une possibilité.

— Une possibilité ? a demandé mon père.

— Une histoire d'amour, peut-être. Une vraie.

— Elle le croyait vraiment ?

— Elle n'a rien garanti, papa. Elle a juste haussé les épaules, l'air subitement apaisé, son corps accablé s'est redressé, comme guéri, puis, au moment d'attraper son petit bagage, elle a ajouté qu'elle n'y pensait que maintenant, mais qu'elle n'avait pas répondu à la question que je lui avais posée en entrant dans le train.

— Laquelle ?

— "Et vous, comment réussissez-vous à ne pas avoir peur en voyage ?"

Elle m'a répondu en riant : "C'est le regard de Kayoosh qui m'a donné la réponse : il suffit de ne plus avoir peur de la mort." »

« Elle asperge sa robe et les murs de leur case d'essence et me dit devant lui en se frappant la poitrine : "Je pensais ne pas aimer Kasim, mais nous avons traversé trop d'épreuves jusqu'à présent. Si Kasim brûle, nous brûlerons ensemble." »

Monsieur et madame Robinet (à droite), en habits du dimanche, aux alentours de 1910.

3 avril 1969
La prophétie d'Aristide Pujol

Ma petite souris,

Le printemps et l'été 1918 passèrent. Un jour, nous vîmes des troupes allemandes qui revenaient du champ d'honneur et leurs soldats n'avaient plus l'air victorieux du tout, mais plutôt cramés pour toute la vie, le regard fixe, encore attaché à la boue et aux cadavres.

Un autre jour, à l'automne, les Allemands qui étaient à Vireux plièrent bagage à leur tour. La gare et toutes les voies de garage étaient pleines de wagons de marchandises, que les gens se mirent à piller, tout comme nous : on trouvait aussi bien du matériel chirurgical que des meubles, du ravitaillement, des fusils, des munitions… Nous, nous cherchions surtout de quoi nous caler les joues et du linge, ce qui rendait le vol moins grave, non ? Quand même, le soir, je collais ma petite bible contre mon cœur et je demandais à Dieu s'il me pardonnait et si j'irais en enfer pour avoir volé. Longtemps, je me suis posé la question (au moins jusqu'à la Deuxième Guerre).

Les premiers prisonniers français s'étaient libérés tout seuls, et le mien, celui auquel j'avais tant de fois porté à manger, celui au calot noir, vint à la maison :

« Bonjour madame, je m'appelle Aristide Pujol, et je voulais vous remercier d'avoir fait un gentil gars comme le vôtre. Sans lui, je serais mort de faim. »

Il enleva son béret, le colla sur sa poitrine et déclara, solennel :

« Un jour, ce que j'ai mangé lui sera rendu, j'en suis sûr. »

Il se tourna vers moi, me passa la paume de sa main sur la joue dans un geste d'une infinie douceur et, juste avant de franchir la porte et de disparaître pour toujours, il marqua un arrêt et lança tout haut, sans se retourner :

« Quant à moi, je vous le promets : un jour aussi, j'apporterai à d'autres tout ce que votre petit m'a offert. »

Je ne voulais pas le voir s'en aller, évidemment, mais il partit et jamais je ne le revis. Ça, je peux le dire, ma petite souris, ça m'a mis la rage aux tripes, une rage folle, à en donner des coups de pied à mon ombre.

Enfin, un jeudi, par la Victorine qui savait tout avant tout le monde grâce à sa boutique, on apprit que les Allemands demandaient l'armistice.

Les jours passèrent, puis, en janvier 1919, les premiers soldats démobilisés arrivèrent, via un service de bétaillères réquisitionnées dans les fermes et qui stoppaient à Vireux tous les soirs. Je guettais sans relâche, échappant à la surveillance maternelle pour être là-bas à 18 heures pétantes. Il me semblait que j'allais voir mon bonhomme sauter du marchepied et me serrer dans les bras. « Ah ! Mon gros gamin ! » qu'il dirait… Mais ça n'arrivait jamais. Oh, parfois, le palpitant me sautait dans la poitrine : parmi les soldats qui surgissaient du bahut, il m'avait semblé l'apercevoir. L'arrêt de bus se vidait, je restais seul encore un peu avant de, tout triste et retenant mes larmes, m'en retourner à la maison transi de froid. J'ai naturellement haï le monde entier à cette époque-là, et surtout EUX, les Allemands. Mais voilà que l'attente et la haine, ça dure depuis cinquante ans, maintenant, et je suis fatigué de guetter, et je suis fatigué de haïr, ma Lisette : j'ignore bien comment les gens réussissent à se défaire de leurs absents. Y en a qui parlent. Qui paient pour parler. Je suis pas très causant, tu sais ? On m'a pas appris. Ma mère ne m'a pas appris. Je ne sais même pas comment finir mes lettres. Peut-être vais-je continuer à t'écrire encore un peu ce soir.

3 avril 1969
Si maman m'avait vendu,
je ne t'aurais jamais connue

C'était vraiment la débine à la maison.

Madame Robinet, qui était toujours aussi bonne avec moi, hébergeait un couple d'Américains qui avaient perdu leur fils unique à la bataille des Ardennes.

Chaque fois que j'y allais, la femme n'arrêtait pas de m'embrasser, de me regarder, de me serrer dans ses bras, et de pleurer. Tellement que ça en était embarrassant.

« On voit son fils mort passer et repasser dans ses yeux, comme un nageur », me fit remarquer Petit-Georges en mimant un champion de natation, et, ma foi, je crois qu'il avait raison.

Un jour, le maire fit appeler notre mère :

« Je ne sais pas comment te le dire autrement, alors je vais être direct avec toi. »

Le maire était gentil, mais il tutoyait les pauvres et vouvoyait les riches. Ce qui n'est pas très juste grammaticalement, vu que nous, les crève-la-faim, étions quand même plus nombreux.

« Ils veulent adopter Moïse. Ils m'ont demandé

de te faire remarquer que lui a une très belle situation et que, là-bas, ton petit sera choyé et instruit. De plus, chaque mois, tu toucheras une pension qui t'aidera à élever seule ses deux frères. Réfléchis bien. »

Elle se leva, choquée.

« Tut-tut-tut, fit le maire. J'ai dit : "RÉFLÉCHIS BIEN." »

Puis il glissa une enveloppe sur la table.

Je te raconte cette histoire, ma petite Anne-Lise, car tu verras plus tard combien l'existence d'un homme est parfois semée d'incroyables coïncidences.

Sur le moment, ma mère n'a pas dit non ; elle pleurait, se tordait les poignets et les pensées, nous étions si malheureux et elle ne voyait pas bien où était son devoir. Elle ouvrait et refermait sans cesse l'enveloppe, on n'avait jamais vu autant d'argent ! Ça brûlait les doigts, toute cette espérance ! Mais quand ils vinrent pour faire signer les papiers, elle ne s'y résigna pas, et les Américains eurent beau la supplier, la femme surtout, avec son petit baigneur sur les pupilles, rien n'y fit. Même si, à mon âge, je ne me sentais pas vraiment concerné, j'aurais certainement bien souffert s'il m'avait fallu quitter ma mère. Elle nous aimait à sa manière, sans doute un peu bancale, un peu compliquée. Pourquoi m'aurait-elle gardé, sinon ?

Les Américains insistaient, insistaient, et elle répétait « non, non, je ne peux pas, non » et, à chaque fois, mon cœur se gonflait de joie, même que ça faisait paf ! comme un bouchon qui saute.

Je me suis souvent demandé : et si…

Mais la question ne m'intéresse plus : si elle m'avait vendu, je n'aurais pas fait la guerre plus tard, et je ne t'aurais jamais connue.

Bien sûr, Petit-Georges était un peu jaloux : tout à coup tout le monde m'voulait comme fils !

J'étais trop petit pour saisir tous les tenants de cette sombre affaire : elle avait refusé l'arrangement proposé par ce couple par loyauté envers mon père. Faudrait pas comprendre les grands, parfois. Ne rien deviner de la culpabilité qui guide tant de leurs actes. D'ailleurs, dans la vie, faudrait rien comprendre tout court. Elle aurait eu l'impression de trahir leur union, de le tuer une deuxième fois. Elle aurait craint qu'il ne revienne la hanter la nuit. Et ma mère, elle avait peur des fantômes.

Comme je la comprends, maintenant que je suis adulte et bientôt vieux.

Allez, il est tard et temps pour moi de t'embrasser. Tu as vu comme j'essaie d'éviter au maximum les effusions et toute marque de tendresse. Toutes me paraissent inappropriées et gênantes, compte tenu de l'histoire que tu vas lire. Ton histoire.

3 avril 1970

Un jour, peut-être, toi et moi,
nous irons à la pêche à la fourchette

Ma petite souris,

Le frère de Victorine passait plus de temps chez lui. Le gaillard taquinait sacrément bien l'accordéon et, quand il faisait bon, le son attirait ma mère sur le pas de la porte. Transformée en colonne de silence, elle l'écoutait jusqu'à ce que la nuit vienne, son torchon sur l'épaule, la tête ailleurs. Pour elle, son époux était encore là, quelque part dans l'air, entre elle et l'instrument de musique. À chaque fois, j'essayais de glisser ma paume dans la sienne, mais sans succès. Heureusement, y'avait Jean. Lui, il n'avait pas peur de tenir la main à quelqu'un d'autre.

Nous ne nous quittions guère. Pour lui faire oublier la Guerre et le malheur, ses parents venaient de lui acheter une chienne, Lionne. Nous fûmes ses amis tout de suite. Quand nous avions de la famille à la maison, nous partagions mon lit. Lionne se pelotonnait entre nous et qu'est-ce qu'elle nous tenait chaud ! C'étaient les moments qui donnent envie d'être et de rester un enfant pour toute la vie, et même après.

Aussi, je me souviens, Robinet nous avait confectionné chacun une épée en bois et nous jouions sur le mont Vireux, où nous pourfendions des monstres de toutes sortes. Avec Jean, j'aurais été partout, même sur l'échine d'un ours. Il y avait une carrière et une source. Le courant y actionnait nos petits moulins fabriqués à la main.

« Un jour, Mo', disait Jean, nous prendrons tellement de poissons que nous serons assez riches pour partir loin d'ici ! Sur un bateau ! »

Jean, son grand rêve, c'était de devenir un vrai monsieur. Alors, nos pieds nus dans l'eau glacée, même en hiver, nous soulevions délicatement les galets, les petits poissons qui n'avaient pas senti la pierre partir étaient à découvert (avec la lumière du soleil, on aurait juré de fines larmes d'or fondu ou de mercure), ça gigotait un peu et hop, d'un coup de fourchette, nous les clouions au sol ! C'est ça, mon Anne-Lise, la pêche à la fourchette. Un jour, peut-être, toi et moi. Enfin, tu vois… On ira au Déluve enlever nos chaussures.

Nous avions la charge de ramener la nourriture des lapins, mais nous connaissions les lieux, alors on traînait, on levait des cabanes avec des genêts, si bien dissimulées que nous seuls savions les retrouver.

« Quand on sera grands, Mo', disait Jean, nous construirons de si belles cabanes que tous les gars du coin voudront la leur. Alors nous serons assez riches pour partir loin d'ici ! On prendra un avion ! »

Pour parvenir au bonheur, il faut construire son

propre territoire. Moi, je le faisais avec Jean, sa main dans la mienne et les animaux et les forêts et les cabanes. Ça, c'était la joie, la vraie, la seule ! Et dire que je ne le savais pas ! Nous y passions de longues heures à lire ou rêvasser, couchés sur le côté, bercés par le vent, on se serait crus dans la dunette d'un bateau. Nous en avons imaginé, des voyages autour du monde ! Nous en avons surpris, des secrets : parfois, des amoureux avaient des rendez-vous à quelques mètres. Nous étions vraiment bien cachés, faut dire aussi : Pierre Marjolet, dit le Belge, nous donnait des cours de construction de cabanes.

Nous allions de plus en plus souvent chez monsieur Robinet, et, presque chaque fois, le couvreur à la moustache rousse y dînait aussi. Il donnait toujours l'impression de s'être rasé avec une biscotte (je suis étonné de me souvenir avec une telle acuité du piquant de sa barbe, et pas de celui de la barbe paternelle. C'est, à chaque fois, comme une infidélité que je lui témoigne).

Bien sûr, Pierre Marjolet nous invita un jour à déjeuner chez lui, il cuisinait très bien pour un homme. Ma mère les invitait aussi, je crois qu'elle n'avait plus peur ni de sa voix caverneuse ni de son sang de Belge, car, un jour, ce qui devait arriver arriva.

Aujourd'hui

Moïse est mort avant que j'apprenne à le connaître. Bel et bien mort. Alors pourquoi je pense à lui, tout à coup ? Pourquoi je rêve de lui ? Pourquoi est-ce que je l'entends quand j'ouvre ses carnets ? Au début, je ne l'ai lu que pour aider mon père, et, maintenant, je ne vois plus que lui, sa silhouette, dans ses mots, et c'est sa voix qui parle, la nuit, dans mes rêves.

Pourquoi nos morts sont-ils si mal gardés, parfois ?

Pourquoi est-il là, dans ma tête ?

Ma sœur m'a appelé : mon père n'a de cesse d'évoquer ma rencontre avec Françoise Robinet : « C'est ELLE, j'en suis sûr, c'est la petite-fille du garde champêtre ayant sauvé la vie de Moïse quand les Prussiens ont envahi le village ! Celui qui les a protégés dans la forêt ! » Je crois qu'il voit dans notre rencontre la manifestation d'une force extérieure guidant mes pas. Cette idée le remplit de joie et, précisément pour cela, je ne le détromperai pas : le médecin estime que son état demeure encore trop fragile.

Page après page, je vais avancer dans l'histoire de Moïse. Je vais faire revivre son monde pour mon père, puis, quand j'aurai fini ma lecture, nous serons fin prêts à trouver Anne-Lise.

3 avril 1970
Le Belge

Ma mère et Pierre décidèrent de se marier, mais il y avait un hic : si elle se remariait avec un étranger, elle perdrait sa pension. Même veuve de Guerre, une femme doit rester fidèle à son époux, sinon elle est punie. Dans la Bible, on leur jette des pierres ; dans notre pays, on leur enlève des sous. Pierre adressa une demande de naturalisation à la préfecture, mais, comme c'était très long, ils se mirent en ménage. Pour moi ? Pire qu'un crime de sang ! Après tout, je n'avais personne d'autre à blâmer.

« Papa lui manque, à mon avis. C'est pour ça, essayait de m'expliquer doctement Petit-Georges l'index en l'air.

— Ben justement. Papa. Pas quelqu'un d'autre, et surtout pas ce… ce… BELGE ! »

Et je me jetais sur le lit, visage enfoui dans les draps.

Jamais Pierre n'eut un sourire de moi, et j'aurais battu mon frère René qui, encore bébé, l'appelait parfois « papa ». Pourtant, comme il fut bon pour nous tous, un vrai magicien ! D'une main, il redonna un sourire au visage de ma mère, de l'autre, il prit Petit-Georges avec lui pour lui enseigner tous les secrets d'un bon charpentier-couvreur.

Après la Guerre, et les villes en ruine, les contrats sortaient littéralement de sous les pavés. Prospérité serait peut-être un bien grand mot, ma petite souris, mais nous mangions de la viande tous les jours. Alors, après la misère que nous avions connue, pour nous, c'était l'abondance. Pense donc : nous avions droit à autant de pain que nous voulions.

Tout doucement, le temps s'écoula. On s'employa à oublier la Guerre, à aller mieux, sourire plus, pleurer moins, et on prit même une femme de ménage pour s'occuper de nos lessives ! Sans le savoir, je m'apprêtais à faire une des rencontres les plus déterminantes de ma vie.

3 avril 1970

La petite fille aux cheveux si noirs qu'ils en semblaient quasiment bleus

Ma petite Anne-Lise,

Vers 1920 (1921 peut-être), je fis la connaissance de la nièce de Pierre Marjolet, une petite fille à la chevelure tellement noire qu'à certaines heures du jour la lumière glissait dessus comme sur une étoffe moirée et bleutée. Elle s'appelait Couronnée (la bien nommée, car elle était née coiffée), c'était la fille d'Alphonse, le plus jeune frère de Pierre, et elle était un peu moins âgée que moi. La première fois que ma mère nous avait dit son prénom, Petit-Georges et moi avions pouffé de rire. Couronnée, ce n'était pas un nom de fille !

Nous formions un sacré groupe, mon copain Jean, mon petit frère René, la cousine Couronnée et moi. Après l'étude, nous nous attendions pour rentrer, car, parfois, à la sortie, il y avait de la bagarre. Jean et moi protégions les deux autres, même si Couronnée n'était pas la dernière à aimer distribuer des salades de doigts, oh ça non ! Il arrivait à Jean de rester en retenue (il n'apprenait pas très bien), alors je ramenais René et Couronnée jusque chez Victorine et, là, à seule fin que Jean ne soit pas grondé par ses parents qui nous verraient rentrer avant lui, nous l'y attendions. Je le vois encore, les yeux d'une belle teinte noire de suie, le sourire malicieux, pommettes saillantes, passant sa tête par la fenêtre ou frappant celle-ci quand elle était fermée, ses cheveux toujours coiffés à la diable. D'ailleurs, nous n'allions pas chez le coiffeur, car c'était trop cher, mais chez mademoiselle Blanche Gravette, qui n'y connaissait pas grand-chose, tremblait comme une feuille, mais ne demandait que la moitié du prix. À Vireux, c'était elle, ma grande copine. Vieille fille, elle tenait un magasin où il y avait un peu de tout, mais surtout des ciseaux rouillés. Derrière son immense vitrine, toutes sortes d'oiseaux empaillés. Oh, ils n'étaient pas à vendre, mais ils servaient à retenir le badaud. J'aurais passé des heures à les contempler, d'autant plus que, presque toujours, j'avais droit à un bonbon. Une fois, même, nous admirions avec un copain une superbe montre pour enfant, un de ces objets d'exposition, factices, mais qui pour nous étaient quelque chose de merveilleux, que nous avions juste le droit de regarder parce qu'on était pauvres (un peu comme le certificat d'études primaires). Le camarade insista pour que j'entre demander le prix. Mademoiselle Blanche Gravette sourit et me la mit au poignet : « Tiens ! J'te la donne parce que t'as de beaux yeux bleus ! Même que j'en ai jamais vu des comme ça ! »

Tout fier, je l'exhibai au copain, qui m'entraîna un peu plus loin dans une ruelle et me l'arracha de force du poignet. Je me suis bien défendu, mais il avait bien deux ou trois ans de plus que moi.

Deux jours après, tout en sourires et en coquards, Jean et Couronnée me la rapportaient. Nous décidâmes de la porter à tour de rôle, un jour sur trois, donc. Ce fut entre nous comme la signature d'un pacte, l'assurance que notre loyauté serait indéfectible.

Ça, le cadeau pris puis rendu, volé puis reconquis, vraiment je ne l'ai pas oublié et je ne l'oublierai jamais. Même après tout ce qui nous a séparés tous les trois par la suite et que je n'aurais pas cru possible un jour.

3 avril 1970
Le petit soldat de la science et de l'industrie

La vie passait, les jours heureux vont si vite.

Bien que n'étant plus mon institutrice depuis plusieurs années, madame Gaufrette vint à la maison deux fois par semaine, à ma demande, pour me préparer au certificat d'études primaires. J'avais 12 ans. Je crois qu'elle éprouva autant de joie que moi lorsque je fus reçu, alors que le fils du directeur des courriers et le fils du boulanger virent leur diplôme leur passer sous le nez ! Bon, il faut dire la vérité : ces deux-là n'étaient pas des lumières et auraient étonné monsieur Darwin lui-même.

La tradition voulait que les reçus entreprennent une grande tournée, dans toutes les maisons du village, y compris la mienne. Ma mère avait mis les petits plats dans les grands et des draps épinglés aux murs pour cacher les lézardes… Et de nouveaux meubles fort beaux (qu'elle rendit quelques jours plus tard, le matin, très tôt, pour ne pas être vue). Je me souviens de ça, de nos voisins qui m'applaudissaient dans notre rue et de cette phrase qui me revenait sans cesse comme une exhortation : « Les riches et les savants font ce qu'ils veulent. » Je n'étais pas riche, mais je pouvais devenir savant.

Nous offrîmes un cadeau à notre instituteur, monsieur Rioux (qui venait d'épouser, je te le donne en mille, ma madame Gaufrette). C'était un homme gentil, aux mains blanches, à la peau fine, et qui avait toujours placé beaucoup d'espoir en moi.

« Dis-nous, Moïse, dans quelle usine ta mère compte t'envoyer ? »

Je n'en savais rien, je ne m'en étais jamais soucié. Aussi, madame Gaufrette et lui me dirent en me donnant une petite tape sur l'épaule : « Tu diras à ta maman qu'elle vienne nous voir à ce sujet, Moïse. Nous avons un bien meilleur projet pour toi. »

Je me sentais l'inconscient récipiendaire de leur confiance absolue en l'école républicaine. Madame Gaufrette, surtout, « au nom du progrès et des Lumières », essaierait de m'y faire entrer, car elle voyait en moi « un petit soldat de la science et de la raison triomphantes ». Quelle rêveuse !

Moi ? Aller au cours complémentaire ? Mais c'était impensable ! Sans trop comprendre de quoi il était question, Pierre voulut fêter cette nouvelle qu'il suspectait être bonne et acheta des oranges, tandis que j'obtins la permission de veiller en compagnie de Couronnée et de Jean.

L'année prochaine, quand je continuerai mes

lettres, il faudra que je te parle un peu plus de Couronnée, car elle allait tenir une place vraiment tragique dans ma vie.

3 avril 1971
L'incident

Ma petite Anne-Lise, ma petite souris,

En rentrant le soir, Jean et moi passions souvent chez l'oncle Alphonse, surtout les jours où Couronnée recevait des hebdomadaires, et nous les parcourions côte à côte, je lisais plus vite qu'eux, et c'était toujours sujet à de jolies disputes, car je devais les attendre pour pouvoir tourner la page. Nos pieds nus, sous la couverture, se serraient les uns contre les autres.

Nous terminions *Le Bon Point* quand l'incident se produisit.

L'oncle Alphonse et sa femme étaient là avec Prosper, Victorine et une cousine. Ils jouaient. Pierre donnait les cartes.

« Et toi, demandai-je à Jean, qu'est-ce que tu vas faire ? »

Il souffla au-dessus de nos têtes le grain de blé qu'il mâchonnait (curieux que je me souvienne de cet instant précis, du grain qui monte et redescend en l'air, quand je suis bien incapable de savoir quel plat j'ai mangé hier midi) :

« Avec l'arrivée de Charlot, le problème est résolu. »

La mère de mon ami venait d'accoucher d'un petit qu'on appelait Charlot (à cause de Charlie Chaplin, ma petite souris). Oh, madame Jérôme ne voulait plus d'enfant, mais, en ce temps-là, ce n'était pas aux femmes de décider. Financièrement, il était hors de question que Jean continue l'école. Il entrerait donc aux forges comme coursier. Plus question de prendre le bateau ou l'avion. Ça me mit en colère.

« Ça veut dire que nos longues balades sur le mont et dans les prés sont finies ? »

Il ne répondit pas et je compris.

C'est à cet instant que Pierre, trop accaparé par sa bonne main, en voulant remettre son cigare à sa bouche, se trompa de côté et se brûla vilainement à la lèvre inférieure.

« Tiens, laisse-moi te passer un peu de crème », dit ma mère, et la petite bamboche reprit bon train. Les jours passèrent. Puis force fut de constater que la brûlure de Pierre ne guérissait pas (pire, elle s'étendait).

« Il faut opérer, expliqua le docteur. Et tout de suite. *Hic et nunc.* »

Le docteur parlait latin et grec et ne se privait pas d'utiliser l'une et l'autre langue pour crâner auprès des petites gens comme nous. C'était un homme très bien, mais du genre à descendre de vélo pour mieux se regarder pédaler. Pierre avait résumé le bonhomme d'un air dépité : « Comme les femmes doivent s'ennuyer avec lui ! »

Aussitôt dit, aussitôt fait : sans autre anesthésie qu'une injection locale, le doc enleva le morceau de lèvre brûlé, puis cousit les deux berges. Pierre fut d'un courage extraordinaire et il reprit ses outils dès le lendemain.

Hélas, le médecin avait fait examiner le prélèvement et, contre toute attente, un mot fut prononcé : tumeur.

3 avril 1971
Monsieur Radium

Ma petite Anne-Lise, ma petite souris,

Longtemps, je me suis senti responsable d'avoir attiré le malheur sur nos têtes, et je priais la nuit, à genoux et en pyjama, le front collé contre ma petite bible : « Mon Dieu ! En voulant m'élever de ma condition, n'aurais-je point commis le péché d'orgueil ? »

Ne venais-je pas, grâce à madame Gaufrette et à monsieur Rioux, d'entrer au cours complémentaire, après tout ? En tant que pupille de la nation, j'avais eu droit à une bourse qui couvrait tous les frais (et ils étaient nombreux). La France avait envoyé nos pères crever sous les bombes, elle culpabilisait un peu.

Le résultat ne fut pas brillant, la mémoire ne suffisait plus, même les maths et le français... J'aurais tellement eu besoin de quelqu'un pour me les expliquer, pour me faire travailler le soir. Mais comment ? À la maison, rien n'allait. Maman n'y pipait rien du tout, et ses priorités étaient ailleurs. L'état de santé de Pierre empirait, et si sa lèvre avait bien cicatrisé, une grosseur – plus petite – était apparue sous sa mâchoire gauche.

« N'ayez crainte, les avait avertis le médecin. De nos jours, aucune tumeur ne résiste au radium ! Dans deux mois, votre Pierre vous sera rendu comme un sou neuf ! *In integrum* ! »

Maman et lui se rendirent donc, confiants, deux fois par semaine à la curiethérapie.

Pierre en sortait toujours avec le cou et la poitrine carmin, brûlés.

« C'est très douloureux, m'expliquait Petit-Georges. On pose à même la plaie une petite aiguille métallique qui – je te l'assure, Moïse – brille dans le noir ! Mais Pierre est courageux. »

Courageux et fier. Il n'avait rien d'un perdreau : au médecin qui avait toisé ses mains d'artisan et lâché plein de morgue : « Combien de poules vous avez étranglées avec ces pognes-là ? » Pierre répondit du tac au tac : « Sûrement moins que vous n'avez tué de patients avec les vôtres ! »

De ce jour, le médecin arrêta de parler grec et de nous prendre de haut.

Je ne pense pas que Pierre avait voulu faire le méchant, mais tout le monde sait que, derrière tout grand médecin, il y a un grand cimetière.

Les entrées d'argent ralentirent. Bientôt, je fis des commissions en marmonnant : « Maman vous paiera plus tard », j'étais honteux comme un voleur, chez le boucher surtout. Il consultait son gros livre en hochant la tête d'un air de dire « encore » et, moi, je rougissais. Le soir, n'ayant personne pour m'expliquer l'importance de bien mémoriser mes leçons, j'allais retrouver Jean. Qu'est-ce qu'il était gentil.

« Je vais t'apprendre les mots de patois entendus à l'usine. »

Tout lui était prétexte pour me faire oublier que le pauvre Pierre n'allait plus aux rayons, que sa grosseur avait atteint la taille d'une orange et s'était même ouverte.

C'est que cet homme d'un mètre quatre-vingt-cinq, pesant quatre-vingts kilos, qui passait la journée sur une chaise longue, dans la cuisine, à maigrir et maigrir sans fin, dévoré vivant par le mal, j'avais fini par l'apprécier, moi.

Ma mère, obstinément, amenait à ses lèvres des cuillerées de soupe. Il les refusait toutes. Bien que le docteur ait assuré que ce n'était pas contagieux, elle avait peur pour nous.

« Pierre a un couvert à part, du linge et des serviettes rien qu'à lui et, toujours, je veux que vous ayez sur vous de quoi désinfecter les objets qu'il a touchés. »

Je n'ai aperçu ce mal que deux ou trois fois sans bandage, c'était horrible à voir.

« Et l'odeur ! » me dit Petit-Georges.

Un jour, il y eut des morceaux d'os dans le pansement, la mâchoire à son tour était rongée, et bientôt ce furent les dents qu'on y trouva.

Une fois, se regardant dans le miroir, il hocha la tête et prononça en direction de maman : « Comment peux-tu croire qu'un trou comme cela peut se reboucher ? » Pour Pierre, qui était un homme simple et un bon artisan, sa maladie était un trou à reboucher. Il avait un nid-de-poule dans la joue, un toit défoncé.

Je ne sais plus pourquoi j'ai retenu cette phrase, ma petite Anne-Lise, mais bien des années plus tard, et devenu adulte, pendant la Seconde Guerre mondiale, juste après t'avoir vue débouler dans ma vie, sous les bombardements, je m'en suis souvenu. J'avais un camarade près de moi, un obus nous tomba sur la tête, et mon camarade disparut, laissant juste une énorme déchirure dans le sol, une énorme déchirure et moi, interdit, hébété, presque sourd et aveugle, et pourtant en train de revoir et ré-entendre le pauvre Pierre devant sa glace : « Comment peux-tu croire qu'un trou comme cela peut se reboucher ? » Comme nos mémoires sont étranges…

Tu remarqueras que je t'écris plusieurs lettres chaque année, maintenant, mais toujours le 3 avril, jamais à une autre date. T'écrire, c'est ma façon à moi d'être avec toi. Je n'en ai pas d'autre.

3 avril 1972
La femme en noir et en marbre

Ma petite souris,

Je reprends mon récit où je l'avais laissé. J'aimerais que sa lecture soit le plus fluide possible pour que tu me lises jusqu'au bout, tant que mes forces et les années qui me restent à vivre voudront bien me porter.

La dernière sortie de Pierre, ce fut avec moi. Il voulait aller voir notre champ de pommes de terre, mais j'ai vite compris qu'il voulait dire au revoir à toutes les couleurs du monde. Nous y allâmes au couchant, tous les trois, lui, moi et la petite Lionne qui courait à travers prés. Le ciel était beau à vous couper le souffle, et Pierre s'arrêta bien une dizaine de fois. Toute cette magnificence… il en aurait bien profité un peu plus longtemps.

« Dire que tu aurais réussi si je n'avais pas été un tel poids mort à la maison. Vraiment, Moïse, je te demande pardon pour l'école », a-t-il dit doucement.

Bien sûr, pour moi, il n'était plus guère question d'études : Pierre ne descendait plus de sa chambre, et ma mère y restait tout le temps. J'aidais Petit-Georges à préparer le petit bois, entretenir le poêle, cuisiner le dîner, aider au ménage, aux courses, au linge… Le tout en évitant de croiser madame Gaufrette et son époux. Quel piètre « petit soldat de la science et de la raison triomphantes » je faisais !

Jean me manquait. Pris par son labeur, je ne le voyais plus que le soir et le dimanche. Il était monté en grade et ne faisait plus le coursier, mais œuvrait aux trains à tôle, dans les forges, où on fondait les chemins de fer et où ça gagnait mieux.

Oh, ma petite souris, si j'avais su ce que le destin nous réservait, si seulement j'avais su.

Ça commença avec le curé. À la maison, jamais on ne l'avait vu. Sa bonne vint bien une fois, mais ce fut pour nous acheter ma lapine préférée (heureusement, elle nous avait donné plusieurs portées et je reportai ma tendresse sur un de ses petits). Un jour de janvier 1923, sentant un grand malheur arriver, maman fit appeler de toute urgence le curé, mais celui-ci n'eut rien de plus pressé que de les marier, « pour qu'il ne parte pas dans le péché » ! Victorine et le bon monsieur Robinet firent office de témoins. Pierre, dans le coma, ne se rendait compte de rien. Je suis sûr que le bon Dieu n'a pas eu besoin de cela pour le recevoir dans son paradis. Son martyre prit fin dans la matinée. Il avait 54 ans. Il y a eu une photographie de cela : ma mère pleure, habillée en blanc, la main crispée sur le bouquet que l'homme de Dieu lui a fourgué de force. J'ai jeté ce cliché, car il attirerait le mauvais œil, j'en étais sûr. Trop de souffrance dessus.

Est-ce qu'une partie de moi a pensé : « Maintenant que Pierre est parti, papa va pouvoir revenir » ? Oui. Et je n'avais pas tout à fait tort.

Quelques jours après l'enterrement, maman fut avisée que le corps de mon père serait exhumé pour être ramené au pays (il me devint alors de plus en plus difficile de nier l'évidence). Deux témoins furent exigés. Petit-Georges et l'oncle Jacques se rendirent au cimetière militaire.

« Ils ont ouvert le cercueil devant nous, me raconta mon frère. Tu l'aurais trouvé bien changé… »

Évidemment, imbécile, pensai-je, puisque ce n'était pas lui !

« Nous avons posé le corps dans la chambre de maman, Moïse, sur leur lit. Mais n'y va pas. »

Et pourquoi irais-je ? Est-ce que je le connaissais, moi, le pauvre type qu'on avait mis là-haut à la place de mon père ?

De nouveau, ce fut une cérémonie avec drapeau militaire, médailles sur un coussin et tout le tralala. Le « corps de papa » fut enterré à côté de Pierre, et le maçon qui avait été l'ami de l'un, puis de l'autre, leur fit un bel entourage commun, en ciment (et gratuitement en plus).

Pour nous, une page de notre vie était tournée. Je le sais parce que ma mère ne remit plus un pied à l'église et ne quitta jamais le noir.

Mais je continuais d'attendre, tous les soirs à 18 heures, à l'arrêt de bus. Et, tous les soirs à 18 h 14, mon cœur se brisait.

Aujourd'hui

« C'était dans les années 1990. J'avais 22 ans. »

Je relève la tête. Fixe la femme devant moi en train de parler.

Marie Neveux vit à Vireux et tient le troquet désert dans lequel je passe mes journées à décrypter l'écriture de Moïse, boire du café et rêvasser en faisant croire à mon père que j'avance dans ses recherches.

Je n'ai rien ressenti en mettant les pieds à Vireux.

Mon père espérait que je lui parle du village où avait grandi Moïse, mais tout avait changé. Les rues avaient été débaptisées, certains noms effacés, et le goudron avait retapissé les pavés. Le passé était repeint. La vérité – et elle est cruelle – est que nous naissons, nous aimons les lieux où nous vivons, nous y accumulons quantité de souvenirs, et nos petits-enfants n'y trouvent, cinquante ans, soixante ans après, rien d'autre que pierres, béton et ronces, qui ne représentent rien pour eux. Que pouvais-je ramener à mon père ? Quelle part du passé de Moïse et quel morceau à lui mettre sous la dent ?

Au bout de six jours, sentant sa voix au téléphone se teinter à nouveau de tristesse, et ses appels s'espacer peu à peu, je sentis une grande frayeur m'envahir : j'allais le décevoir, une fois de plus.

« Et la rue de l'Égalité, Jean ? Et la mairie ? Et les châtaigniers du Japon ? Tu sais, ceux dont les racines poussent en Japonie ? Tu ne retrouves rien ? Rien du tout ? »

Je n'avais pas de réponse à lui apporter. Aiguillonné par la peur, j'avais fini par confier mon trouble à Marie Neveux. Elle m'avait écouté attentivement, pleine de cette sollicitude qui fait des barmen les meilleurs psys du monde.

« Ton père te demande de lui raconter ce qu'est devenu le monde où a grandi votre Moïse, résuma-t-elle en donnant un coup sec de torchon au fond d'un bock, mais le monde, ce n'est pas seulement des pierres, mon grand. C'est d'abord des gens. Ce qui fait le lien entre le passé et le présent, ce n'est pas la façon dont les pavés ont vieilli ou été remplacés. Ce qui fait le monde d'aujourd'hui, ce sont les fils et les filles des hommes et femmes d'hier. Après, moi, je dis ça, je dis rien ! »

Je lui avais alors raconté mon mensonge à propos de Françoise Robinet, et la manière spectaculaire dont il avait amélioré l'état de mon père. Elle avait hoché la tête, puis m'avait adressé un clin d'œil :

« Reste après la fermeture et je te donnerai ce qu'il te faut... »

Le moment venu, elle avait sorti d'un tiroir plusieurs photographies : elle, vingt ans de moins, en haut d'une dune. Un jeune homme bronzé, nez busqué, profil de médaille romaine, très mâle, tient sa main. Il l'aime, ça crève les yeux. Elle aussi. Leurs regards alignés tricotent un fil d'Ariane. Deux solitudes se touchent.

« Sur cette photo, je suis enceinte et heureuse comme

peut l'être une femme quand une grossesse désirée avec un homme désiré se déroule parfaitement... »

Sa bouche s'étire. Ce qu'elle s'apprête à me confier la coupe en deux, pourtant elle sourit.

« C'était dans les années 1990. J'avais 22 ans. »

Aujourd'hui
Histoire de Marie

« Un jour, en août, je me sens fatiguée. Je me souviens de toutes ces voix de médecins inquiets qui discutaient entre eux à coups de sigles comme HRP, MFIU... Puis je comprends derrière ce charabia que bébé ne bouge plus, ne bouge pas, ne bougera plus. »

Elle étend ses bras, étire ses doigts, comme pour délier un fil invisible dans les airs.

« Après on m'oublie dans une salle, puis on déclenche l'accouchement. On me met mon fils dans les bras. Je n'arrive pas à le regarder. »

Nouveau recueillement. La peau de l'Autre, la peau des autres, ça n'a plus jamais été possible, après. « Pendant vingt ans, je n'ai plus pu embrasser, câliner, toucher, serrer mes autres enfants. Je ne supportais plus le moindre contact physique. »

L'homme au profil de médaille romaine la pense insensible, frigide même.

« J'ai senti la même distance s'installer avec la vie. »

Elle dit « la vie », mais elle veut dire « la joie », ce qui n'est pas pareil pour beaucoup de gens. Dommage.

Je repense à cet instant, quand mon père a tressailli au contact de mes doigts, à l'hôpital.

La peau est vraiment ce qu'il y a de plus profond entre les êtres.

« Je me sentais coupable de ne pas être meilleure mère. Et j'avais peur. »

Pause. Soupir. Impression de grande sérénité. Elle se redresse, cherche autour d'elle une présence (son fils ?), la trouve partout.

« Il y a pire que l'enfer, ajoute-t-elle, il y a un paradis raté. Ce jour-là, en 1993, quelque chose s'est cassé en moi. »

Marie Neveux sort les mains de sous la table, me les montre.

« Ma peau, mes paumes, elles avaient perdu le chemin. »

Elle les frotte. Quelle tache veut-elle effacer ?

« Les autres l'ont oublié, mais, moi, je ne l'oublierai jamais. Il s'appelait... »

Je recule mon siège d'un pouce, comme pour lui laisser de l'espace. Sur le zinc, mon téléphone vibre. Un courrier électronique. Ma sœur qui s'inquiète. Mon père a refusé de prendre son médicament ce matin et à midi.

« Corentin », parvient à murmurer Marie.

Je lui montre une photo de mon grand-père bébé, soutenu par sa mère, mon aïeule, Marie Bastien (rien qu'à la voir, on sent déjà que la fracture entre eux ne s'est pas encore produite. Pour l'instant, son corps n'est pas empêché par celui de l'enfant).

Marie caresse tendrement le cliché. C'est, peut-être, une sœur de douleur née cent ans plus tôt qu'elle retrouve, mais nul ne saura jamais la vérité de mon aïeule.

« Il faut parler pour donner de la place à son enfant

et à son deuil, reprend-elle. Le plus dur, c'est quand tout le monde semble avoir oublié. Moi, je serai toujours sa maman et, tous les matins, je me lève en pensant : encore un jour sans lui. Alors je vais à la rencontre de femmes qui ont vécu le même arrachement que moi. Je leur parle. Je leur dis : "On a le droit de continuer. On peut." Quoi que ton papa ait perdu, tu dois lui dire : il peut. On peut tous et toutes. »

Voilà comment je vais réconcilier mon père avec la vie et avec moi. Les vestiges du monde où a vécu Moïse ne seront ni des maisons, ni des lieux. Ce seront des visages. Des visages de descendants. Et dès que j'aurai terminé de décrypter les carnets, nous chercherons Anne-Lise. Nous la chercherons *tous les deux*. Moïse a des mystères ? Moi, j'ai un plan.

Plus tard, quand je fais mon rapport à un père bouleversé d'émotion, je lui présente Marie Neveux comme l'arrière-petite-fille de Prosper, le frère jumeau de Victorine.

« La retrouver grâce aux municipalités de Fourmies et Vireux-Molhain a été un jeu d'enfant.

— Dis-moi, par hasard, le bar où travaille cette Marie Neveux, il s'appellerait pas "Au Lapin ardennais" ? »

Sans en connaître la raison, les tremblements de sa voix me font dire que c'est important pour lui. Suffisamment pour qu'il ne se rende pas compte de l'impossibilité statistique pour un établissement de ne pas fermer ou au moins changer de nom en près de soixante-dix ans.

Alors je lui réponds oui, et sens aussitôt son agitation redoubler.

« Tu ne te rends pas compte ! Ce café... C'est là, sur la terrasse, qu'il l'a rencontrée pour la deuxième fois !

— Rencontrer qui ?

— Tu verras bien en lisant les carnets ! Je ne veux pas te gâcher la surprise... Continue ton histoire, s'il te plaît ! Parle-moi encore de l'arrière-petite-fille de Prosper.

— Il y a deux ans, elle est devenue bénévole dans un service de réanimation néonatale. Ça fait des années qu'on connaît l'influence des massages sur la croissance des prématurés. Trois câlins par jour de quinze minutes et tu obtiens un gain de poids de 47 % supérieur à celui des autres enfants ! Bébé reste moins longtemps hospitalisé. Alors, trois fois par semaine, elle vient, enfile un pyjama blanc et, pendant une heure, deux heures, trois heures, elle cajole des nouveau-nés à la chaîne.

— Tu t'en sors tellement bien ! Tellement mieux que moi ! »

Ses compliments sont de l'eau fraîche lancée à l'assoiffé. Sans doute la raison pour laquelle je m'entends dire :

« Et maintenant, c'est toi qui choisis : soit je reste, soit je prends un train pour Lille.

— Lille ?

— Oui. La préfecture a mis la main à la pâte, dis-je en feignant la plus vive excitation. Grâce à elle, je pense avoir remonté la piste de la famille d'un homme ayant connu Moïse dans les années 1916 ! Durant la guerre ! »

Il me demande lequel. Je lui dis : Aristide Pujol. Je crois presque l'entendre pleurer de joie au téléphone. Son choix est évident, et ma décision arrêtée. Il avait voulu venir ici s'imprégner des lieux, y ressusciter une époque. Mais je découvrais avoir mieux à lui offrir : quel meilleur moyen de voyager que les histoires ?

Au moment de raccrocher, il me demande avec timidité :

« Dis-moi juste une chose : elle t'a paru heureuse, l'arrière-petite-fille de Prosper ? »

Je souris : la graine plantée avec Françoise Robinet continuait de pousser.

« Très ! Et elle ne regrette rien. Avant de se séparer, sa dernière phrase a même été : "Le tout premier progrès que fait le nourrisson, vers un mois de vie, c'est de sourire et, moi, je trouve cette idée à la fois fascinante et réconfortante, car elle nous oblige, tu ne trouves pas ?" »

« Moi, je serai toujours sa maman et,
tous les matins, je me lève en pensant :
encore un jour sans lui.
Alors je vais à la rencontre de femmes
qui ont vécu le même arrachement que moi.
Je leur parle. Je leur dis :
"On a le droit de continuer. On peut." »

Moïse, bébé, avec sa mère, Marie Bastien, vers 1910.

3 avril 1973

Les reines qui pêchent

Ma mère me chercha une place comme coursier dans une poterie des environs. Une cousine de Victorine, Ginette, qui venait d'emménager chez eux, travaillait dans leurs bureaux et promit à ma mère d'appuyer sa demande auprès du grand patron.

Ginette avait bien de la chance, car son mari, tué non loin du fort de Charlemont, était brigadier des douanes : elle continuait à toucher une partie de son traitement en plus de sa pension de veuve de Guerre.

Victorine et sa cousine m'avaient vraiment à la bonne pour deux raisons.

Premièrement, Victorine m'avait sauvé les miches une fois, et quand on sauve la vie de quelqu'un, on se sent le devoir de continuer, car on est quand même responsable de tout ce qui arrive ensuite.

Deuxièmement, je les aidais à assouvir une passion secrète pour… la pêche à la ligne ! C'était moi qui, le matin, portais leur matériel très lourd en dehors du village, jusqu'au Déluve. À l'abri des feuillages, dans une petite crique, elles capturaient tanches, truites, ombres et saumons, perches, carpes, rotengles et gardons. C'était une pluie de couleurs : incarnat des ouïes, reflets roses des écailles, saupoudrées de pourpre, des barbillons comme des moustaches trempées dans un lait arc-en-ciel…

Le soir, j'allais chercher leur matériel et leurs bourriches. Bourriches aussi lumineuses que des tubes de gouache écrasés, que je rapportais chez elles contre une petite pièce. Les cousines, plus heureuses que des peintres en veine de belle lumière, revenaient les mains vides, innocentes comme l'agneau du Bon Dieu. On les entendait siffloter à l'autre bout du pays, grisées par la joie d'avoir pris dix, quinze et même parfois jusqu'à vingt poissons à l'heure !

Bien des années plus tard, j'ai compris pourquoi Ginette et Victorine suscitaient tant de messes basses sur leur passage. Peut-être n'étaient-elles pas vraiment cousines ? Peut-être, aussi, que le meilleur de sa boutique, Victorine le réservait aux femmes, et à celle-ci tout particulièrement ? Peut-être que ces deux-là pêchaient à la ligne et dans leur lit ? Mais en ce temps-là, ma petite Anne-Lise, ces amours n'avaient pas lieu de cité…

Monsieur Fernand m'embaucha et, si le travail ne m'effrayait pas, la figure du contremaître, toute tavelée par une ancienne et très vilaine vérole, ne m'inspirait pas confiance.

« Tu touches cinquante centimes de l'heure, mais tu turbines dix heures : de 7 heures jusqu'à midi, coupure jusqu'à 13 heures, avant de reprendre jusqu'à 18 h 15, et pas 18 heures, petit, car il te faut récupérer les quinze centimes du casse-croûte de midi ! »

J'acceptai docilement.

Mon office ? Faire les courses de madame Fernand, prénommée Mélanie. Moi qui espérais apprendre un vrai métier ! Cette dame au teint d'ivoire, au caractère austère, était devenue sourde après un chaud et froid à l'âge de 20 ans. Sans crayon, la discussion était difficile (parfois, au début, il m'est arrivé de taper dans mes mains derrière sa tête, juste comme ça, pour tirer un peu de jouissance en ne la voyant pas réagir. Comprends-moi, mon Anne-Lise : les petites gens ont de petits pouvoirs, de petits plaisirs et de petites revanches).

Balayer, chercher le vin, le lait à la ferme, la charcuterie... Ce n'était pas bien attrayant jusqu'au jour où le contremaître Fernand me glissa en douce le double de ma traite :

« Je veux que tu suives mon épouse sans te faire voir, et que tu me rapportes ses agissements et rencontres. »

Inutile de te dire que ma première action fut de la mettre au courant et de m'arranger pour que madame Mélanie me paie le double du double pour l'attendre des heures durant, à l'ombre d'un pommier. Je ne sais qui elle visitait ainsi, mais, à son retour, je la redécouvrais rajeunie, aussi pimpante qu'ébouriffée, les joues couleur cuisse de nymphe émue, et peu avare de ses sourires comme du portefeuille. Elle me faisait alors comprendre quoi raconter à son mari, ce que je m'empressais de faire avec passion et vénalité.

« … et là, après trois longues heures à poser des bandages avec les Petites Sœurs des Pauvres, elle a consolé un vieil homme sans bras ni jambes, en lui serrant la main très très fort. Comme ça. » Et je faisais mine de caresser un chat invisible devant moi. Lui, il buvait mes paroles, cet idiot de cocu, sans s'interroger sur l'extraordinaire difficulté qu'il y a à caresser la paume d'un manchot.

« Quelle femme impeccable ! s'enorgueillissait-il en versant sa larme, avant de me saisir par les épaules. Moïse, je te souhaite d'en épouser une aussi vertueuse, capable de distribuer autant de bonté avec autant de pudeur. »

Tout était bien : le contremaître dormait sur ses deux oreilles, les cheveux de son épouse étaient ébouriffés à horaires réguliers et, moi, je remboursais le boucher. Pourtant, je crois bien qu'il n'y eut jamais de congrégation des Petites Sœurs des Pauvres à Vireux, mais le contremaître s'intéressait trop peu aux autres pour que madame Mélanie fût inquiétée. Rendons cependant à César ce qui est à César : j'étais vraiment doué pour le mensonge. Tu en sais quelque chose : j'ai menti toute ma vie à ton sujet, et à tout le monde en plus. Même à toi.

Aujourd'hui

Je suis tombé sur deux femmes qui auraient pu être les voisines de mon grand-père, la Victorine et sa Ginette. Elles étaient rue de Dunkerque, près de la gare du Nord, où je m'apprêtais à prendre le train.

C'était un jeudi soir à 18 heures 34 minutes, vous ne pourrez plus les retrouver là-bas, c'est trop tard.

Deux femmes : une rousse flamboyante et une Asiatique au visage de porcelaine. J'ai retenu les hauts talons de la première, les ballerines de la deuxième.

Elles se tenaient par la main et marchaient. C'était étrange, parce que la rue était bondée, mais cet amour limpide et serein fendait la foule comme la proue d'un navire. Les gens s'écartaient devant ce couple, vous voyez ? Je vous parle d'un amour comme ça.

Tout à coup, un cri :

« Sales gouines ! »

J'ai entendu le mot et, aussitôt, surpris leurs doigts s'entrelacer plus fort. Un mouvement imperceptible, spontané, et nul autre que moi ne l'a vu – ou, tout le moins, je l'espère très fort, car ce cadeau qui venait de m'être fait, je voudrais m'en croire le seul bénéficiaire.

Je ne parlerai pas plus avant de l'insulte. Celui qui l'a proférée n'existe pas, pour moi. Mais le geste qui en a résulté… Ce geste. Elles ont eu la tentation de se lâcher les mains, bien sûr. Qui ne l'aurait pas ? Eh bien non : elles ont serré davantage.

J'ai vu toute la beauté du monde, ce soir-là, en ce geste, un jeudi soir à 18 h 34, tandis qu'au loin des parents récupéraient leurs enfants à la sortie d'une école. C'était l'heure bleue, quand le soleil fane et les enfants marchent main dans la main avec leur père : depuis six mois, cette image éponge en moi un besoin primordial d'être consolé.

Tous les jours, toute la beauté du monde vient nous visiter, l'ignorez-vous ? Elle éclate là, sous nos yeux. Elle est dans un baiser furtivement donné. Dans ces mains réunies, puis réunies plus fort. Dans le rire innocent et sans objet de nos enfants. Dans ce premier élan du cœur qui jaillit lorsque, de passage dans la rue, vous reconnaissez un vieil ami et que ce vieil ami vous reconnaît.

Elle change d'habits tous les jours, toute la beauté du monde ! Et ce n'est jamais chose aisée que de la reconnaître. Nous devrions passer les 24 heures de nos jours, 365 jours par an, toutes les années de nos vies ici-bas, à reconnaître ses masques.

J'ignore combien de temps je suis resté sur ce trottoir, bien après la disparition des deux « voisines ». La nuit avait totalement recouvert le monde, maintenant, les papas avaient disparu, emportant leurs enfants bien au chaud, dans leurs foyers. Mes angoisses étaient revenues, irrationnelles, mais ce geste, leurs mains jointes, me restait dans l'œil, comme le disque noir qui s'attarde sur la rétine quand on a contemplé le soleil trop longtemps.

J'aimerais que Moïse soit là, en face de moi. Lui dire : « Toi aussi, tu trouves que c'est beau ? Que ce n'est pas grave ? »

J'aimerais qu'il me dise que ce n'est pas grave, Moïse, et que, la nuit venue, il aille le murmurer aux oreilles de son fils, aux oreilles de mon père, cet homme entre nous qui est né grâce à lui, mais est devenu adulte à cause de moi.

3 avril 1973

À l'âge de 14 ans,
j'ai trahi pour toujours
le meilleur ami de ma vie

Ma première paie, je fus heureux de l'apporter à maman : 60 sous, soit 12 jours à 5 francs par jour. Je ne sais pas trop ce que j'espérais, l'amour d'une mère ne s'achète pas, mais, pour me récompenser, elle m'acheta une paire de sandales en cuir neuve, et c'était la deuxième fois (depuis ma petite bible) que je tenais entre les mains quelque chose de neuf et rien qu'à moi.

J'étais en train de les essayer, me réjouissant de les troquer enfin contre ces éternels godillots seconde main échangés habituellement contre des pommes de terre (et qui à bien des égards rappelaient de grosses patates dans lesquelles j'aurais enfoncé mes pieds), quand on tapa brutalement à la porte. C'était la maman de Jean, en larmes. Quelques instants plus tard, ma mère vint me chercher dans ma chambre :

« Ton Jean a été grièvement blessé à la tête par le crochet d'une grue qui a ripé d'un chariot », souffla-t-elle.

Elle leva une main malhabile vers ma joue, mais elle donna l'impression d'approcher d'une flamme.

Et moi je répétais en hoquetant :

« Je veux le voir, je veux le voir…

— On ira bientôt, Mo'. Pour le moment, il doit récupérer des forces. Il se repose à l'hôpital de Charleville. »

Il y resta quinze jours avant qu'un soir, à 18 h 14, on entende un cri terrible poussé de l'autre côté de la rue. C'était madame Jérôme, la maman de Jean, qui hurlait la mort de son petit garçon.

Je n'arrivais pas à croire une chose pareille. Je l'aimais plus qu'un frère, Jean ! Alors je me suis enfui dans la forêt, je me suis enfui dans le noir, je me suis enfui dans mes souvenirs et la cabane que nous avions construite.

Oh, la suite est bien vilaine… Non seulement les forges décidèrent la mutation du père Jérôme à l'autre bout du pays sous un prétexte imaginaire, mais elles refusèrent en plus de débourser le moindre sou pour les obsèques.

Il y a, entre Charleville et Sedan, un carré de terre consacrée pour les plus démunis, un carré toujours vert où poussent les genêts. Si les années n'ont pas construit et empilé des tours par-dessus depuis, peut-être peux-tu le voir encore. C'est là que les Jérôme firent enterrer notre Jean. Loin des siens. Parce que la pauvreté est un exil permanent pour les morts comme pour les vivants.

Avant leur départ, je ressentis le besoin impérieux d'aller saluer les Jérôme une dernière fois.

Quand j'arrivai, il n'y avait personne, je descendis au jardin les attendre. Il régnait un silence macabre, tous les animaux avaient été vendus, et seule ma Lionne, au tendre pelage fleur de seigle, demeurait attachée à sa niche : les deux pattes posées sur mes épaules, elle n'arrêtait pas de me lécher et d'essayer de voir derrière moi si son petit maître ne me suivait pas comme d'habitude. La pauvre, elle non plus ne devait rien comprendre à cela. Tout en la caressant, mes larmes coulaient, j'en voulais à tout le monde, au ciel, à ma mère, à Dieu (d'ailleurs, je n'avais pas ouvert ma petite bible depuis l'accident), même au fichu crochet de cette fichue grue, puis, sans repasser à la maison, je m'enfuis dans la grange où nous avions si souvent joué dans le foin, et c'est là que la maman de Jean, au moment de quitter la maison et de fermer l'étable, me trouva et me serra contre elle : je n'arrêtais pas de dire « mais pourquoi, mais pourquoi, mais pourquoi ».

Sans doute est-ce une émotion effroyable pour les morts qu'on a chéris que d'assister, impuissants, à l'œuvre du temps sur nos douleurs. Tout s'estompe, hélas ou tant mieux ! Même les plus gros chagrins s'émoussent. Mais les regrets, oh, les regrets… Toi qui me lis, souviens-toi des tiens, et tu seras d'accord : jamais ils ne disparaissent, les regrets. Ils enflent avec les années, ils vous dévorent le soir, ils teintent de tristesse le plus joyeux des rires et tournent à l'amer le plus sucré des mets. C'est là leur grand pouvoir sur nous. Et j'en sais quelque chose, ma petite Anne-Lise, car, de tous les remords accumulés au cours de ma vie, je n'en ai jamais eu qu'un seul aussi profond que toi, jamais eu qu'un seul aussi aigu que toi : celui qui est né en moi ce 1er mars 1924, à l'âge de 14 ans, quand la misère m'a poussé à cesser mon service auprès de madame Mélanie pour accepter la place de Jean aux forges.

3 avril 1973
J'avais 14 ans quand j'ai vu
la mer pour la première fois

Ma petite Anne-Lise,

À l'usine, les petits matins étaient frisquets. Maman m'avait acheté des pantalons longs et, bien que ce ne fussent que des bleus, ils me donnaient l'effet d'abandonner l'enfance.

Entre les ouvriers et moi, ce fut comme un coup de foudre et tous devinrent mes amis.

À 13 h 30, je prenais les bouteilles et j'allais à la bière, chez madame Adèle Jacquemart, une riche négociante, et pendant qu'elle faisait faire le plein de mes bouteilles, je lisais les deux feuilletons du *Petit Parisien*.

Parfois, Hippolyte, son mari infirme, me demandait de lui rouler ses cigarettes, car il tremblait trop et ne pouvait souffrir les industrielles. C'est comme ça que j'ai arrêté le crapotage, pour commencer à fumer régulièrement.

Au retour, je me mettais aux ordres de Jules pour l'après-midi. C'était une espèce d'ancien clochard que je ne sais quel malheur avait amené là, car il était très cultivé et s'exprimait avec une aisance peu habituelle pour un ouvrier. « Avec moi, mon gars, prépare-toi à apprendre enfin un vrai travail ! » J'allais devenir brûleur ou pontonnier, selon ce qu'on déciderait pour moi et, surtout, selon ce dont le village aurait le plus besoin.

Comme Jean, j'ai commencé à collectionner les jurons en patois et fait la fierté des ouvriers. Ils m'avaient vraiment à la bonne. Pourquoi ? Je devais le découvrir, fortuitement et bien tristement, quelques jours plus tard…

« La gare belge voisine organise un train de plaisir pour aller à Ostende, passer une journée à la mer ! m'expliqua Jules, un soir. Tout le chantier y part, mais, comme c'est trop cher pour ta petite bourse, les gars se sont tous cotisés pour toi ! »

Un samedi, après seulement quelques heures de sommeil, nous partîmes à pied jusqu'à la gare de Treignes. Bercés par le roulement du train, ils furent nombreux à s'endormir, mais pas moi : c'était mon premier grand voyage et, surtout, j'allais découvrir la mer. Il me sembla entendre la voix, légère, enjouée, de Jean : « Mais ça, tu vois, c'est le plus haut degré de bonheur qu'on atteindra jamais dans la vie ! »

Un beau soleil de juin nous accueillit. La ville entière sentait le poisson et, au détour d'une rue, ELLE m'apparut. Certes, j'en avais déjà vu des photos, mais de la trouver là, devant moi, en vrai, paraissant monter jusqu'au ciel, elle me fit un peu peur (oh, rien qu'une petite cigarette n'eût pu dissiper). Elle paraissait si offerte et si forte ! Pourtant, dans un même temps, ne berçait-elle pas ces minuscules voiliers d'un roulis à la douceur quasi maternelle ?

Au loin, un grand paquebot passait.

« Il part pour l'Amérique ! nous dirent les pêcheurs qui réparaient leurs filets sur les quais ou y déchargeaient leur pêche.

— C'est où, ça, l'Amérique ?

— Un pays où on mange tellement bien qu'on ne va plus aux toilettes, me répondit Jules. Qu'on m'a dit ! Tu partiras peut-être là-bas un jour ? »

Ahhhh, l'Amérique… Et quelle journée ! Mais quelle journée ! Quel enchantement ! Je regardais ces hommes chahuter, s'asperger, je les entendais rire aux éclats, et les mêmes paroles de Jean me revenaient au creux de l'oreille, encore et encore : « Mais ça, tu vois, c'est le plus haut degré de bonheur qu'on atteindra jamais dans la vie ! »

Et toi, ma Lisette, toi qui me lis, quel est pour toi ce moment de plus grande félicité ? Si tu devais en choisir un parmi tous dans ton existence ?

Le temps passa trop vite. À croire que les moments heureux et gratuits ont des moteurs au train arrière.

Le déjeuner terminé (la mer, ça vous ouvre tellement l'appétit que les dents finissent par vous gratter), on fit du lard sur le sable, avant de dire adieu à l'océan. Puis, la tête haute et jouasse, encore tout enivrée de vent, de lumière, nos fronts ceints de petites croûtes blanches de sel, on rejoignit le train. Si des ouvriers en étaient descendus le matin, ce furent des rois fatigués qui y remontèrent ce soir-là.

L'un d'eux sortit comme par magie une bouteille de liqueur et, quelques minutes plus tard, Jules et les gars, déjà un peu ivres, levèrent soudain leurs verres vers moi et trinquèrent en gueulant comme un seul homme : « À toi, petit ! À notre Jean ! À notre Jeannot ! » avant de subitement se rendre compte de leur bévue, mais trop tard. Ils baissèrent la tête et fixèrent piteusement leurs chausses.

C'était des braves gens, je te l'ai dit, mon Anne-Lise, mais si tous m'aimaient, c'est parce que tous culpabilisaient. Nous ne l'évoquions jamais, Jean. Jamais. Alors on rangea la bouteille, et le silence de mort qui avait soudainement envahi le wagon fit bientôt place à des ronflements. Et personne ne fit plus référence à cet incident.

Pourtant, si je me souviens avec autant de bonheur de cette journée (tu me découvrirais incapable d'enlever l'immense sourire qui me barre la figure en te l'écrivant), c'est bien à cause du geste qu'eut ma mère le lendemain, en me réveillant :

« Mais tu as vu l'heure, maman ! m'écriai-je en sautant dans mon petit pantalon.

— Je sais. Je ne voulais pas te la gâter trop vite, ta journée de vacances. »

Elle m'avait fait la grâce de mettre le réveil une heure plus tard que d'habitude pour que la mer continue à flotter dans ma tête. Il était déjà 6 h 30.

C'est bien qu'elle m'aimait quand même à sa manière, non ?

Aujourd'hui

C'est un jeudi à Paris, parc Monceau, à deux pas du boulot de ma sœur. Je fume une clope, il fait un temps à attendre seul dans un square qu'une inconnue vienne mettre sa main dans la vôtre sans poser de questions. Lassé de devoir déchiffrer l'écriture biscornue et à demi effacée par le temps de mon grand-père, je sors mon téléphone. Sur le compte YouTube « Military Homecomings », mes yeux hypnotisés voient défiler des vidéos de soldats américains filmant leurs retrouvailles en famille à leur retour d'Irak ou d'ailleurs. Il faut voir ces petits mecs se jeter dans les bras de leur maman, de leur papa, de leur petite copine. Il faut voir les larmes couler, entendre les cris. « Ces corps-là disent tout ce qu'il y a à savoir de nos solitudes humaines », suis-je en train de murmurer quand, tout à coup, une silhouette se dresse devant moi.

Anna-Lisa. Ma sœur. 34 ans.

C'est elle qui avait demandé ce rendez-vous. Besoin de parler, avait-elle écrit dans son texto.

La voilà assise près de moi, maintenant, et, du plat de la main, je trace de larges ronds dans son dos, comme pour mieux lui permettre de se confier :

« Je pense beaucoup à Moïse aussi, depuis que papa

nous a raconté l'existence de ces lettres, tu sais ? Ça se mélange un peu. »

Elle me rappelle alors pêle-mêle son visage, la chair de ses bras, son torse fatigué, amolli, ses cuisses longues, longues, longues, c'était sans fin et tout ridé.

« Tu te souviens ? Il s'asseyait dans son fauteuil. Avec son casque sur les oreilles. Il n'écoutait rien. Il regardait par la fenêtre. On l'aurait cru attendre la mort, mais elle ne venait pas. Ce silence, ça a vraiment fait souffrir papa, hein ? »

Elle attrape les carnets posés sur mes genoux :

« Tu savais qu'il avait été marié une première fois avant de rencontrer mamie ?

— Non. Mais j'imagine que ce n'est pas la seule chose qu'il a cachée dans ces carnets et que je m'apprête à découvrir, grande sœur. »

On les regarde ensemble, en silence.

Parfois, Moïse nous disait bonjour, mais se souciait-il vraiment de la qualité de nos journées ? Absorbé dans ses pensées, il disait des phrases comme : « Je vais sortir le chien. » Puis il partait, mais il rentrait, il avait oublié le chien. Il repartait, et c'était la balade, puis c'était le fauteuil, et c'était sa musique.

Comme tu habitais tout seul ton corps, grand-père, et tout seul ton fauteuil, tu habitais tout seul avec nous.

« As-tu un souvenir en particulier qui te revient, Anna-Lisa ?

— Oui, je dois avoir 7 ou 8 ans, voilà trois ans que les parents m'ont adoptée. Papa lui demande s'il peut m'aider à faire mes lettres et mes chiffres. Il s'agit de relier des nombres par ordre croissant, en tirant des traits entre eux, pour qu'apparaissent de grandes lettres. Papi bougonne, accepte, puis s'installe près de moi, tient ma main et guide mes gestes, la barre horizontale du "T", le ventre arrondi du "a" minuscule...

"Pourquoi tu trembles, pépé ? je demande.

— C'est comme ça.

— Parce que tu es vieux ?

— J'ai toujours tremblé."

Il tremblait déjà avant notre naissance, papa m'a dit. Un truc qu'il avait vécu à la guerre, je crois. Du très lourd ! D'ailleurs, quand il s'est penché sur mon cahier d'exercice, le massacre occasionné par les trémulations de sa main sur la mienne lui a donné un vilain coup au moral. Comme un truc terrible tapi en lui que des mots dits à voix haute pourraient rendre vrai, peut-être. Quand papa est rentré, Moïse avait réintégré son fauteuil, musique sur les oreilles, regard tourné vers la fenêtre. Et, moi, je n'avais pas progressé d'un pouce.

"Vous avez vu ? Comme on la voit bien ce soir ?" a murmuré papi en pointant une étoile dans le ciel.

Papa ne lui a jamais redemandé de m'aider. »

Ma sœur rit :

« Vingt-cinq ans après, c'est ton tour de devenir cet enfant, celui qui relie les points. »

J'accepte le deal, j'ai bon espoir que ça dessine, qui sait, peut-être un chemin, peut-être une femme, Anne-Lise ?

« Je n'arrive pas à croire que tu te souviennes aussi bien de cette époque, dis-je à ma sœur, tandis qu'au loin le gardien du parc essaie tant bien que mal de faire fuir des pigeons.

— Les parents m'ont acceptée sous leur toit, ils m'ont aimée, m'ont donné le meilleur..., répond-elle. Alors crois-moi : j'ai pris tous les souvenirs à ma disposition pour pousser ceux de l'orphelinat hors de la table. »

Silence. Je regarde mes pieds, toujours ma main allant et venant sur son dos.

« Pourquoi cette passion soudaine pour les descendants ? demande-t-elle à brûle-pourpoint.

— Je ne sais pas. Peut-être qu'il voit le temps passer ? Peut-être qu'il a peur de mourir ?

— Je ne parlais pas que de papa, là... Tous les deux... Vous... »

Elle pèse bien ses mots, puis reprend :

« Tu crois que je suis dupe ? Que je n'ai pas deviné que toutes ces histoires étaient du vent ?

— Ce n'est pas du vent. C'est simplement, comment te dire... J'ai besoin de temps pour décrypter les carnets, et notre père a plongé à corps perdu dans les écrits de papi. Je suis parti là-bas, à sa demande, dans l'espoir de lui ramener ce qui a survécu de cette époque. Mais il ne reste rien, Anna-Lisa. Juste du neuf ou des ruines. »

C'était vrai. Mes rencontres avec Françoise Robinet puis Marie Neveux, la visite de Vireux... J'en étais arrivé à cette conclusion : les pierres ne sont que des pierres. Vouloir fourrer une âme dans les lieux et croire qu'on peut capter cette âme est une maladie de la pensée. Ce qui survit, ce sont les gènes, qui donnent des visages, visages qui donnent des bouches, et des bouches qui donnent des histoires.

« Tout ce que je veux, c'est qu'il aille mieux, sœurette.

— Moi, je crois surtout que c'est ta façon de lui dire les choses.

— Lui dire quoi ?

— Tu le sais. Tu le sais même très bien. »

Le regard de mon père, six mois plus tôt, à la mort de papi, quand j'avais annoncé à mes parents que je vivais avec un homme et que je voulais qu'il m'accompagne aux obsèques, me revint en mémoire avec la brutalité d'un coup de poing. « Il compte beaucoup pour moi, papa. J'aimerais vous le présenter. Et que vous l'aimiez aussi. » Ses yeux s'étaient brouillés, perdus. J'avais déjà vu ce regard, mélange d'incrédulité et de chagrin : c'était celui que portent par-devant elles les personnes endeuillées. Mais endeuillé de qui ? De son père ? De son fils ?

J'avais quitté la maison ce jour-là, papi, je n'étais pas allé à tes obsèques et, depuis, cela avait été silence radio. Jusqu'à ce qu'il apparaisse au cabinet médical.

Ma sœur se lève, dépose un baiser sonore sur ma joue :

« C'est qui, ton prochain "descendant" ?

— Henri. Un travailleur social du Nord de la France que j'ai connu en bossant avec sa sœur, ancienne infirmière. D'ailleurs, je récolterai peut-être aussi son témoignage. Elle s'appelle Martine et c'est un sacré numéro. »

Elle sourit :

« J'espère que les histoires de Martine et de son frère sont bonnes. Papa mérite ce qui se fait de mieux en matière de bobards. Mais tu le sais déjà, ça, n'est-ce pas ? »

En arrivant chez moi, je me suis aperçu que mon portable n'était pas éteint. YouTube, « Military Homecomings », les vidéos de retrouvailles que je regardais dans ce square en attendant la venue de ma sœur, tout ça tournait encore sur le téléphone. J'avais parlé avec elle, quoi ? Vingt minutes ? Vingt-cinq ? J'avais déambulé dans Paris, j'étais même passé sur les Champs à quelques mètres de la tombe du Soldat inconnu et, dans l'obscurité d'une poche de pantalon (collés à tes carnets, mon vieux Moïse), sans que personne les regarde, des hommes et des femmes d'aujourd'hui, séparés par la guerre, se serraient les uns les autres dans les bras en pleurant.

J'avais des corps, des élans, des solitudes et des retrouvailles dans la poche, et je ne le savais même pas.

3 avril 1974

La jeune fille qui ne savait pas rouler les cigarettes

Ma petite Anne-Lise,

1925 : la vie continuait, nous étions moins malheureux, avec deux paies plus la pension de maman.

Chez madame Jacquemart, où je roulais toujours les cigarettes de son mari, cet été-là, alors que je venais d'avoir 15 ans, une manière de cousine éloignée venue de l'autre côté du Rhin débarqua le temps des vacances pour perfectionner son français. Ce fut une découverte pour moi : on pouvait, comme monsieur et madame Jacquemart, être français et avoir de la famille allemande ? Et on allait me demander d'être ami avec une Boche ? Tout le monde la surnommait Hennie, et il avait été décidé très tôt qu'elle deviendrait professeur de langues.

« C'est vous qui faites les cigarettes de mon vieil Hippolyte ? m'apostropha-t-elle le premier jour dans un français impeccable.

— Oui, dis-je penaud, gêné par son ton autoritaire et ses habits de qualité qui contrastaient avec mon bleu.

— Eh bien, vous allez m'apprendre ! Vous viendrez le soir, quand vous ne sortirez pas trop tard des forges. Je vous offrirai un verre de… comment appelez-vous cela ?

— Bière ?

— Oui, voilà. Je vous offrirai un verre de bière en échange. »

Ainsi fut fait, mais, curieusement, elle ne manifestait aucune disposition.

« Je suis trop gourde. Il vous faudra revenir la semaine prochaine, Moritz, hein ? N'est-ce pas que vous reviendrez ? »

Je n'ai pas dit non. Je n'ai pas non plus pensé : « Elle m'appelle Moritz, elle est allemande », ou : « Les tiens ont pris mon père, sale Chleuh. » J'ai pensé : « Elle parle vraiment comme une intellectuelle. » Impossible de m'avouer ce qui jaillissait sous ma peau de tressaillements et d'émotion innocente. Quelle candeur ! J'avais l'âge où on est ce genre de petit homme fier, qui tombe de cheval mais se relève en plastronnant : « Je voulais descendre ! »

Voilà pourquoi je me rendis chez madame Jacquemart tous les jours. Pourtant, Hennie ne progressait pas. Pire, elle semblait de plus en plus godiche.

« Quelqu'un de suspicieux, pas moi, hein, mais quelqu'un d'instruit, qui a de l'esprit, ce quelqu'un pourrait penser que vous forcez votre maladresse pour passer du temps à mes côtés, mademoiselle Hennie », lui fis-je remarquer.

Je n'avais, je pense, jamais autant pesé mes mots

ni parlé aussi bien de ma vie. Elle partit d'un grand éclat de rire, un rire de riche, qui peut tout se permettre, mais dénué de toute cruauté.

« Inventez-nous donc un nouveau prétexte, monsieur Je-sais-tout. »

Effectivement, elle ne vit aucun mal à ce qu'on laissât les cigarettes pour des parties d'échecs endiablées où elle était autrement plus douée.

Mince, des cheveux d'un blond presque blanc, des yeux bleus en amande et pailletés d'or, un visage à l'ovale charmant, un sourire auquel personne ne devait résister, voilà qui était la rieuse, la pimpante Hennie.

Bientôt, nous en vînmes au tutoiement, puis aux confidences. Son père était professeur, son oncle docteur chirurgien. Sa mère ne travaillait pas.

Timidement, un soir, je lui proposai une promenade pour le dimanche après-midi et elle accepta. L'exception devint la règle : dimanche après dimanche, je lui fis connaître toute la campagne environnante. Parfois même, je lui prenais la main et, fait encore plus remarquable, elle ne la retirait pas.

Le 15 août, à la fête de Marie, nous allâmes sur les manèges, puis écouter le concert. À une loterie, je gagnai le premier prix : c'était au choix un grand ourson en peluche ou un bijou, en toc, bien sûr, mais à la fière allure. Son désir se porta sur un bracelet qui, ma foi, était fort joli. Elle le mit au poignet et, me sautant au cou, elle m'embrassa sur les deux joues (inutile de te dire que le roi n'était plus mon cousin). Oui, elle était allemande, et alors ? Était-elle comptable des crimes de sa patrie ? Oh, bouillonnante jeunesse ! Oh, trouble incontrôlable ! Et surtout quel délice, quelle jouissance, quel affolement de garder cela entre nous ! Partager ce secret me donnait la sensation d'exister plus profondément et plus vivement que jamais auparavant. Surtout, je crois que je me sentais comme si j'étais seul à posséder une chose, rien que pour moi. D'ailleurs, je devais arrêter d'aller traîner vers la gare le soir à 18 heures cet été-là. Un amour chasse l'autre, car je n'attendais plus mon père depuis ma rencontre avec Hennie. Je me sentais riche : je vécus ce genre d'été inoubliable pour toute existence humaine, ce genre *d'été-là*. En as-tu vécu un toi-même ? Comment était-il, l'été de ton premier émoi ? Ton premier béguin de vacances, hein, t'en souviens-tu ?

Hélas, les meilleures choses ont une fin et, un beau soir, elle m'annonça son départ. Les vacances étaient terminées. Elle repartait de l'autre côté du Rhin. Nous échangeâmes de longs et tragiques adieux, nous promettant de nous écrire souvent. Sur le pas de la porte, elle m'embrassa à nouveau sur les deux joues, mais en prenant vraiment son temps. Bien qu'ayant le cœur brisé, une part faite d'irréductible espérance lovée en moi me promettait des retrouvailles prochaines. J'en étais sûr. Pourtant, si quelques lettres brûlantes furent écrites, bientôt, hélas, celles-ci s'espacèrent : Hennie était entrée dans une école importante et avait beaucoup de travail. De mon côté, ce n'était pas ce qui manquait non plus, et je dois l'avouer : le tarissement de notre correspondance, pour douloureux qu'il fût, m'épargnait une honte cuisante. Car, enfin, qu'aurais-je eu donc de palpitant, de romantique, d'aventureux à lui raconter ? Maintenant que Jules le contremaître m'avait tout appris, il me laissait couler les poches de fonte et en profitait pour se reposer. Va débusquer du passionnant, du poignant, du haletant là-dedans, ma petite souris ! Chacune de mes lettres était gênante à écrire. Couler de l'acier n'a jamais été un sujet de gloire nationale, tout comme la vraie vie des petites gens. C'est même peut-être pour cela que les pauvres se marient entre eux : pour ne pas avoir à inventer dans leurs lettres d'amour.

Aujourd'hui

L'incompréhension de mon père quand je lui avais annoncé la nouvelle, le jour où lui perdait le sien, était d'autant plus blessante qu'elle était isolée. Ma sœur, qui s'en doutait déjà, avait reçu cette information comme un non-événement. Le froid entre notre père et moi lui apparaissait donc totalement saugrenu, d'autant plus qu'elle aurait été incapable de se fâcher avec l'un d'entre nous plus d'une semaine. Ma mère aussi d'ailleurs. Peut-être parce qu'elles étaient indemnes de cette injonction masculine et idiote qui empêche trop souvent les hommes de reconnaître leurs torts.

Ma douce mère, aux trésors de tendresse cachés dans les paumes, aux yeux verts inépuisables d'indulgence, s'était pour sa part fendue le jour même d'un de ces petits messages très imagés dont elle avait su si bien partager la recette avec sa fille.

« *Mon chéri,*

Ta nouvelle, j'ai décidé de la tenir dans la main comme une branche d'ortie. J'ai passé le doigt dessus, je voulais savoir ce qu'elle ferait souffrir en moi. Eh bien, tu sais quoi ? Je n'ai pas eu mal. Pas un seul instant. Ce qui me blesse n'est pas d'avoir un fils différent, c'est qu'il soit jugé pour cela. Mon problème ne sera jamais qui tu aimes, mais la violence que des imbéciles te balanceront à la figure à cause de ça. Toute cette histoire avec ton père, ces questions de virilité mal placée sont des prisons pour mâles dans lesquelles vous vous enfermez peut-être afin de masquer votre gêne... Vous êtes très fragiles, les garçons. Ta maman qui t'aime, qui aime aussi ton père, mais qui vous trouve parfois bien idiots. Laisse-lui le temps. »

Le chagrin que j'avais ressenti ne m'empêcherait pas de consoler celui de mon père. Je songeais à tout cela au moment d'appeler ma mère pour, justement, lui demander des nouvelles. Sa voix douce peinait à cacher son trouble :

« Parfois il donne l'impression de remonter la pente, commenta-t-elle, puis tout à coup il replonge. Alors, c'est retour au grenier, où ses obsessions le rongent comme avant, nuit et jour.

— Comment arrives-tu à supporter tout cela depuis six mois, maman ?

— Mais, mon chéri, comme toute personne amoureuse depuis que le monde est monde : en serrant les dents. »

Fidèle à elle-même, elle a ajouté, sur le ton de celle qui énonce un lieu commun :

« Toutes les femmes mariées le savent bien : la chaussure peut user la chaussette, mais jamais la chaussette ne peut user la chaussure. »

3 avril 1975
L'homme qui parlait des deux côtés de la bouche

Afin de me consoler, maman me permit d'acheter une carabine et de tuer beaucoup d'oiseaux (ces maraudeurs qui venaient piller le potager sans rien nous laisser !). J'en tirais souvent, l'hiver surtout, en pensant à Hennie et à Jean toujours. Curieusement, faucher des grives et des merles me délestait de leur absence. Couronnée et Petit-Georges m'accompagnaient, mais, le plus souvent, je vagabondais seul et, chaque fois que je me penchais pour fourrer un oiseau mort dans ma besace, je laissais un petit bout d'Hennie ou de Jean par terre.

Une nouvelle tuile nous tomba sur le coin du nez quelques jours plus tard quand une silhouette habillée en noir s'en vint taper à la porte.

« Maman est sortie, je peux vous aider ? »

L'homme se tourna vers moi, dévissa son chapeau, révélant un crâne grêlé et pelé, puis s'exprima d'une voix blanche : notre propriétaire, la mère Potier, était morte. Ses enfants se partageaient les maisons. La nôtre, ils n'avaient rien de plus urgent que de la revendre.

« Si vous ne trouvez rien très vite, on vous jettera à la rue. Voilà. »

Dès le lendemain, mon petit frère René entra donc à son tour à la fonderie, mais je tannai Jules et obtins de lui qu'il y apprît un vrai métier. Il avait réussi son certificat d'études cependant, et je me souviens du jeudi de cette semaine-là où, l'œil noir et brillant, les mains pressant sur sa poitrine mes anciennes affaires d'écolier, je surpris ma mère à la cave. Elle qui nous bassinait tous les jours à coups de « Tiens ta place et tiens ton rang ! », voilà que je la découvrais, en secret, les dents serrées, le corps tendu et rentré à la fois, exprimant une révolte comme j'en avais rarement vu : « Jamais je ne désespérerai de voir René suivre un autre chemin que ses frères », semblait crier ce corps. Naïveté bienheureuse que ce rêve-là, déjà déçu deux fois.

Pauvre maman : elle n'avait, je crois, vraiment rien compris à la vie !

Le fils de la propriétaire, Henri Potier (dit le Bibi), avait hérité d'une belle maison. Célibataire, rentier, et surtout plus paresseux qu'une couleuvre, il semblait n'avoir qu'un objectif : passer la journée à uriner dans un pot de chambre. Il nous offrit trois lits : « À condition que vous vous occupiez de la maison et cuisiniez mon manger. Et j'accepte, par commodité, que nous mangions tous ensemble… quand nous ne pourrons pas faire autrement ! »

Bien sûr, il trouva toujours comment faire autrement. Nous comprîmes hélas, mais trop tard, d'où il tirait son sobriquet :

« Il picole à ne plus savoir marcher, expliquai-je à Petit-Georges, un jour de perm' (mon grand frère, finissant ses classes, avait intégré les dragons). Les bouteilles de rhum sont dans un placard et il va y téter sans cesse ! Heureusement, le matin, il se lève tard. Après déjeuner, il retourne à la sieste cuver de tout son saoul et maman est tranquille. Les problèmes arrivent le soir, lorsque je rentre vers 19 heures… »

C'était toujours après moi qu'il en avait.

Aussitôt rentré, je me changeais et fuyais le Bibi et ses coups de pied d'ivrogne. J'allais attendre Couronnée, la clope au bec, en face de son atelier de couture, en compagnie de quelques autres garçons dont les aspirations vis-à-vis des cousettes étaient bien moins innocentes que les miennes. D'ailleurs, on permettait à Couronnée de rentrer plus tard seulement parce que je l'accompagnais. Je la reconduisais chez elle, où j'étais ensuite convié à souper. Puis, côte à côte, le livre posé sur la table, nous lisions des histoires d'amour à l'eau de rose. Elle était devenue une belle jeune fille aux yeux couleur noisette, enjouée et vive, qui paraissait plus que son âge (d'aussi loin que je m'en souvienne, elle avait toujours été coquette, se donnant des airs de femme du monde, chérissant bas de soie, breloques et talons hauts). Je ne m'étais rendu compte de rien.

Tout se précipita quelques jours plus tard, à la fête du pays.

3 avril 1975
Le 11 décembre 1926

Nous étions partis par les rues, riant et chantant à tue-tête, joyeuse troupe pressée d'aller danser. La fête… C'est là-bas, comme je faisais tournoyer Couronnée sur la piste, qu'une connaissance d'un village voisin (pas même un copain !) me glissa à l'oreille : « Tu permets que je fasse danser ta poule ? » et, sans attendre mon assentiment, l'entraîna contre lui.

En la voyant virevolter avec cet étranger, un petit pincement au cœur me décilla les yeux. Pour notre plus grand malheur, je dois le dire. Je crois avoir été jaloux avant d'être amoureux.

Cette peur d'être oublié de la personne aimée au profit d'une autre, nulle existence humaine n'en fait l'impasse. Qui était-il, celui pour qui tu t'es mordu les lèvres la première fois et tourné les sangs ? Celui pour qui, la première fois, tu t'es sentie capable de toutes les violences ? De toutes les outrances et de tous les courages ? Te souviens-tu de son nom ? Peux-tu me le dire ? Je l'entendrai, je crois. Où que je sois, je l'entendrai. Et au seul son de ta voix, je connaîtrai toute l'histoire, tout comme tu connaîtras toute la tienne, bientôt, en poursuivant ce long récit en ma compagnie.

C'est le lendemain de cette fête que l'événement s'est produit. Nous jouions au volant dans le couloir, la porte fermée, ses parents lisaient à la cuisine.

Armés d'une raquette, un à chaque bout du couloir, nous nous renvoyions le volant et, quand il tombait par terre, nous nous précipitions tous les deux pour l'avoir en premier. C'était à chaque fois des cavalcades, des poursuites, des rires et des chatouilles à n'en plus finir. Je ne sais pourquoi, mais, quand vint un instant où nos fronts se heurtèrent, tout à coup, mon corps prit le pas sur ma raison et, comme aiguillonné par une fièvre venue du ventre, la tenant dans les bras, je lui pris les lèvres. Contre toute attente, elle me rendit mon baiser.

Dorénavant, quand je l'attendais en face de sa maison de couture en rêvassant, elle surgissait devant moi sans mot dire, me retirait la cigarette de la bouche pour la jeter au loin, et nous nous embrassions, avant de partir bras dessus bras dessous, poussés par les mêmes ardeurs, dans les ruelles désertes. Et le soir, quand nous lisions, nos mains se serraient furtivement sous la table.

J'allais à sa rencontre tous les jours et, quand par hasard je ne pouvais pas, quel bonheur de nous retrouver ! Quel élargissement des dimensions de mon cœur !

Le dimanche, nous gagnions Yerges pour danser avec les copains dans une copie de guinguette, au son d'un phonogramme, toujours chaperonnés de la voisine Victorine, à laquelle nos mères accordaient toute confiance depuis son intervention à la Kommandantur lorsque nous étions enfants.

Le long des petits sentiers, nous ne nous cachions plus pour nous donner le bras ou nous embrasser à pleine bouche, sous l'œil indulgent de tante Victorine qui, l'œil expert, avait compris bien avant nous ce qui se passait dans nos bas-ventres.

Nous étions le 11 décembre 1926.

J'avais 16 ans, j'étais amoureux de l'amour, je ne pensais plus à la Guerre depuis longtemps et, en Allemagne (l'autre bout de mon monde !), paraissait le programme d'un jeune politicien agité, essai pour une conception du monde qui devait marquer l'Histoire des peuples du fer rouge de la honte pour des siècles et des siècles.

Le 11 décembre 1926, Hennie avait 15 ans et, dans les librairies de son pays, on diffusait l'édition complète d'un livre : *Mein Kampf*.

3 avril 1975
La plus grande erreur de ma vie

Ma petite Anne-Lise,

Hiver, printemps, été… Les mois puis les années passèrent. J'avais totalement oublié Hennie. Ou pire : je l'avais remplacée. Tous les après-midi, j'allais attendre Couronnée à son travail et souvent à 13 heures, par Victorine, celle-ci me faisait parvenir une lettre.

Les missives étaient passionnées, toutes brûlantes de mots d'amour, et un jour il arriva ce qui devait arriver. On était en juillet 1927, il faisait chaud, et en compagnie de plusieurs garçons nous attendions nos cousettes sur le trottoir de la rue Nationale, face à la rue de la Soie. Nous les y entendions venir, pépiant comme une bande de moineaux.

Après m'avoir embrassé, Couronnée m'entraîna du côté opposé de notre route habituelle en murmurant : « Viens, j'ai une course à faire par là ! » Cela arrivait parfois, aussi je ne fus pas étonné (bien qu'après, en y repensant, je me suis rappelé que toutes les cousettes nous regardaient partir en souriant…). Nous avons tourné à droite, à gauche, de nouveau à droite, nous avons fait demi-tour un nombre incalculable de fois. Couronnée paraissait fébrile, ses yeux fuyaient quand je la regardais, la peau de son front perlait de sueur. C'était la fièvre dans son sang.

« M'enfin ! Où m'emmènes-tu, Couronnée ? » demandai-je au bout d'un moment.

Elle se jeta contre moi, me serra fort, avant de lâcher en rougissant (elle d'habitude si droite et si fière du haut de ses 17 ans) :

« Où tu voudras, mais je veux faire l'amour avec toi ! »

Bien sûr, j'aurais dû refuser. D'ailleurs je me souviens d'elle, plaquée contre un mur d'une ruelle, et moi, le visage collé contre le sien, qui la regarde, et cette voix qui hurle dans ma tête : « Non ! Nous sommes trop jeunes, trop inexpérimentés ! » Hélas, cela était au-dessus de mes forces, mon corps l'aimait trop.

À compter de ce jour et pour les mois qui suivirent, ce fut un embrasement, un vrai délire. Nous ne pensions plus qu'à cela, faire l'amour, et toutes les occasions nous étaient bonnes. Était-ce de la faiblesse ? Était-ce notre faute ? Non. Ce n'était peut-être même pas *nous* : c'était dans nos corps, dans nos peaux, dans nos odeurs, c'était dans *tout ça*, et *ça* commandait en nous.

Évidemment, en ce temps-là, aimer librement n'était pas sans conséquences.

« Mon Dieu, Moïse, mon Dieu… Je crois que je porte ton bébé ! »

On nous maria rapidement, avant que ses rondeurs se voient, le 10 mai 1928, j'allais avoir 18 ans. Maman avait marié Petit-Georges un peu avant moi, à une des deux sœurs Robinet, Simone.

J'emménageai chez mes beaux-parents, qui nous cédèrent la plus belle chambre, la leur. Le dimanche, quand il faisait beau, nous partions en balade, mon beau-père, Petit-Georges et moi, nos femmes nous rejoignaient avec le déjeuner et nous passions de belles journées à l'ombre des arbres. Les trois femmes tricotaient pour la layette du bébé à venir.

Souvent, je profitais d'une bonne sieste, la tête sur les cuisses de Couronnée, et quand je la fatiguais, elle me réveillait en me chatouillant avec un brin d'herbe.

Avec le recul, et à la lumière des événements qui suivirent, je me demande pourquoi je l'ai aimée comme cela, Couronnée. Bien sûr, elle était jolie, ma petite Anne-Lise, et bien sûr j'en étais flatté, mais je crois que c'est surtout le manque d'affection qui m'a poussé vers elle. Depuis le départ de papa pour la Guerre, jamais maman ne m'avait pris dans ses bras pour m'embrasser, ni même câliné comme tout enfant en éprouve le besoin. Avec Couronnée, je trouvais cet apaisement de l'âme qu'appelle en nous la tendresse et qui m'avait si cruellement fait défaut.

P.-S. : En t'écrivant ces mots, je m'aperçois combien je regrette de ne pas avoir su cajoler mon fils, Denis, comme j'aurais voulu que ma mère me cajole… Il a 22 ans cette année, c'est trop tard maintenant, pour nous. Écrire comme je le fais ici est plus facile que parler aux vivants. Il faudra bien qu'un jour quelqu'un dans cette famille rompe la malédiction transmise par ma mère !

Aujourd'hui
Histoire d'Henri

« Tous les dimanches matin, la caravane s'installe, à la rencontre des sans-logis, des précaires, des réfugiés, tous ceux qui dorment dehors. Crois-moi, mon gars, ça ne faiblit pas, bien au contraire. »

Lunettes rondes, casquette en cuir vissée sur le crâne et barbe blanche en dessous, Henri s'occupe de l'équipe « Petit déjeuner du cœur » depuis presque vingt-huit ans. J'avais fait sa rencontre l'été dernier, au cours d'un bref séjour passé dans le Nord de la France. Son charisme, sa grande gueule, m'étaient immédiatement revenus en mémoire quand ma mère et ma sœur m'avaient décrit la métamorphose opérée par le récit de Marie Neveux chez mon père, tant sur son moral que sur ses sentiments à mon égard.

« Je ne peux pas t'accompagner, s'était-il excusé au téléphone. De toutes les manières, tu n'as pas fini la lecture des carnets, et *elles* tiennent absolument à ce que je garde encore le lit... »

C'étaient surtout ses obsessions qu'il gardait, le pauvre. Et *elles*, c'était ma mère et ma sœur.

J'essayais de me rassurer : cela ne faisait que quinze jours qu'il avait eu son « malaise », après tout, et une semaine seulement qu'il était rentré à la maison. « Revoir des formes dans les nuages », ça demande du temps, de l'amour... et parfois quelques arrangements avec la vérité. Je ne m'en privais plus, convaincu d'être guidé par les meilleures intentions du monde :

« Comme je te l'ai dit l'autre jour, la préfecture de Vireux m'a aidé. Les archives de l'armée, aussi, avec la liste des anciens prisonniers de guerre. Mais vraiment je n'aurais rien pu faire sans les réseaux sociaux.

— Twitter, Facebook, MyHeritage.com, Instagram..., m'avait répondu mon père d'un ton las, un peu dépassé. Je ne pipe rien à ces trucs. Tu te rends compte qu'aujourd'hui un enfant de 5 ans a plus de photographies de lui que Marlène Dietrich à la fin de sa vie ? Un homme, de nos jours, c'est beaucoup de traces ! »

Voilà comment, après quelques échanges de mails, j'étais convenu avec Henri de nous revoir le jour de la distribution.

Il faut imaginer la scène : une cathédrale en briques noires derrière, les boutiques cossues fermées tout autour. Sur mes épaules, un sac à dos bleu : je suis descendu du train il y a deux heures à peine. Sur notre droite, des petits tréteaux sont dressés, où des hommes et des femmes en situation de grande précarité viennent prendre un petit déjeuner, mais c'est la matinée qu'ils agrippent et ne lâchent plus.

« Ils restent là jusqu'à midi. Ce sont des personnes assez isolées, alors, une fois par semaine, c'est important d'être assis autour d'une table et de ne pas y manger tout seul », m'avait confié Henri.

« Une fois, on les a emmenés à l'autre bout de la France, à Gruissan. C'était fou, un jeune venu de l'autre côté de ce cimetière à migrants qu'est devenue la Méditerranée retrouvait la mer après plusieurs années. La dernière fois, il était un gamin terrifié, sur une barque minuscule… Raymond, qui est sans domicile fixe, l'a pris par la main et, tout doucement, lui a fait redécouvrir la mer autrement. »

Long silence. Ça se bouscule dans la tête d'Henri. Je me tais et écoute.

« On en est déjà à six. Six habitués. Morts. Dans leurs squats. Seuls. C'est ÇA, la vie de la rue. Comment on le sait ? Ils viennent tous les dimanches, puis, un jour, ils ne viennent plus, puis on les cherche, puis on les trouve. Ils ne meurent pas d'être pauvres, ça non. Personne ne meurt de la pauvreté, tu sais ? On meurt d'être seul, ça oui, c'est tout, et c'est trop. »

Henri se tait, balaie l'espace devant lui d'un revers de main :

« Ça me révolte. Moi, je les vois, ces gens, je les vois vraiment ! Je ne me résignerai jamais. Parce que la solidarité n'est pas qu'un mot. Parce que le partage doit être inévitable. Parce que l'Autre, il ne m'est pas étranger. Ça n'existe pas, d'ailleurs, l'étranger. Y'a des solitudes et des détresses, ça oui, et on passe notre chemin, on ne devrait pas, mais on le fait. »

Il enlève son béret, le tourne entre ses mains. Chaque mot est comme un vêtement qu'il enlève. Je lui raconte alors la vie brève et tragique de Jean, le meilleur ami de mon grand-père. Le travail à 13 ans, les forges, le crochet de grue, le drame…

« … l'usine a obligé la famille de Jean à payer les obsèques de leur propre fils, juste avant de licencier le père. Sans explication. Comme ça. »

Je m'attendais à tout, mais pas à ça : il a ri. Un rire nerveux, un peu désespéré, celui du matelot écopant son navire et qui, parce qu'il n'en voit pas la fin, cède au désespoir.

« Ce vieux drame t'indigne ? Pourtant les enfants de l'Orient habillent ceux de l'Occident. Ils travaillent tous les jours dans des conditions similaires. La violence qui a touché le meilleur ami de ton grand-père n'a pas disparu. Elle a juste été déplacée. »

Son crâne lisse luit dans la lumière matinale qui tombe sur nous.

« J'ai 65 ans, j'aime ma famille, mes enfants, mes petits-enfants, et, si je pouvais leur laisser un conseil, ce serait : aime tout le monde quitte à te tromper, mais essaye l'amour en premier plutôt que la méfiance ! Un homme, ça se considère. »

Avant de nous séparer, Henri a souhaité qu'on parle un peu de la raison de ma venue :

« Si j'ai bien compris ton premier mail, a-t-il résumé en levant quatre doigts, d'abord tu décryptes de vieilles lettres laissées par ton grand-père Moïse. Ensuite tu collectionnes de bonnes histoires que tu racontes à ton papa, tout en lui laissant entendre que ce sont là des récits confiés à tes petites oreilles par les descendants des proches de ton Moïse, parce que ?...

— Parce que je veux ressusciter un peu de ce qu'il a été et du monde qu'il a connu dans la tête de mon père. Rétablir une continuité, un lien.

— Et tu crois que mon bla-bla-bla fera l'affaire ?

— Mieux que ça, même, et pour une bonne raison : je ne collectionne que des histoires d'amour. Même les plus douloureuses, même les plus fragiles.

— Pourquoi l'amour ? »

Je me penche, lui confie la raison pour laquelle mon père et moi ne savons plus nous parler, et mon plan secret pour nous réconcilier. Il ponctue mon récit de « Ah » et de « Oh » compatissants.

« Et moi, dit-il en se rengorgeant, je vais être l'arrière-petit-fils de qui ?

— Toi, c'est évident depuis le début ! »

« Je te le jure, le pauvre Henri est tombé du grenier à la cave quand je lui ai lu les mots choisis par Moïse pour décrire Aristide Pujol, le prisonnier qu'il avait nourri...

— Tu les lui as lus ?

— Oui. Mot pour mot, je lui ai dit : "Et là, votre aïeul entre dans leur maison et balance : 'Bonjour madame, je m'appelle Aristide Pujol, et je voulais vous remercier d'avoir fait un gentil gars comme le vôtre. Sans lui, je serais mort de faim', puis avant de les quitter il enlève son béret, le colle sur sa poitrine et déclare, solennel : 'Un jour, ce que j'ai mangé lui sera rendu, j'en suis sûr.'"

— Et il a réagi comment, le petit-fils ? demande mon père au téléphone, avec avidité.

— Il s'est énervé, comme si je l'avais soudain privé d'une part de liberté. Selon lui, il n'y a aucun déterminisme à chercher là-dedans. Le dimanche matin, il ne se verrait pas ailleurs que là-bas. C'est comme ça. Ça a toujours été comme ça. Aussi loin qu'il s'en souvienne. Je le crois aussi. Peut-être qu'il aime les gens *pour rien*.

— Incroyable ! s'extasie mon père à l'autre bout de la ligne. C'est magnifique, fiston, magnifique ! »

Mon cœur manque un battement. Cette fois-ci, pas de

doute possible : il a bel et bien dit « fiston ». Signe qu'il est temps d'enfoncer le clou.

« À cause de sa réaction, je n'ai pas insisté auprès d'Henri, dis-je en enchaînant sur un ton innocent : j'ai même rangé le portrait d'Aristide Pujol déniché sur Twitter... Tu savais, toi, qu'il existait une base de données inédite, réalisée par des particuliers dont l'objectif est d'offrir à nos poilus un mémorial numérique en vue de... ?

— Quoi ! s'étrangle mon père. Tu as un portrait d'Aristide Pujol ? »

« J'ai 65 ans, j'aime ma famille, mes enfants,
mes petits-enfants, et si je pouvais leur laisser un conseil,
ce serait : aime tout le monde quitte à te tromper,
mais essaye l'amour en premier plutôt que la méfiance !
Un homme, ça se considère. »

Aristide Pujol, avant sa détention.

3 avril 1976
La nouvelle future petite soldate
de la science et de l'industrie

Ma Lisette,

Des différends ne tardèrent pas à surgir à la maison. Ma femme n'arrivait jamais à équilibrer son budget : la paie tombait le 1er et le 15 de chaque mois, mais, le 10 ou le 25, elle n'avait plus d'argent. Oh Couronnée, Couronnée, tes cheveux noirs à en être presque bleus et ton panier percé !

Mais il y avait plus grave et je ne m'en aperçus pas tout de suite, car j'étais trop confiant : Couronnée mentait. Des mensonges pour des riens, des mensonges absurdes. Elle inventait avec un tel aplomb que je me demandais si je ne rêvais pas ou si j'avais bien compris.

Un doute terrible s'installa : ne m'étais-je pas fourvoyé ? Je pensais la connaître depuis toujours, mais c'était l'amie d'enfance que je connaissais, pas la femme ! Tout était allé si vite. Hier j'étais un enfant qui battait la campagne, et voilà qu'on me mariait, pour toute la vie, voilà que j'allais être papa, pour toute la vie aussi ! Dès lors, avec application et régularité, j'épuisais mon trouble en épuisant mon corps :

« J'en ai soupé des lampes à pétrole », expliquai-je un soir, à table.

Ce fut ma priorité, mon idée fixe, dès que j'eus l'argent, *mettre l'électricité.* Et quelle fierté : nous étions les premiers de la rue à l'avoir ! Aidé de Jean Francotte, un ancien copain d'école, je l'installai dans le couloir. Puis, après le couloir, ce fut la cuisine. Puis dans les chambres. Tout était bon pour éteindre en moi le sentiment terrifiant de m'être égaré.

Heureusement, la grossesse de ma femme se passait bien et, un samedi froid de mars, il était à peu près 17 h 30 quand j'arrivai à la maison, je la trouvai par terre, se tenant le ventre. Je courus chez le docteur.

« Ce sera pour cette nuit », dit-il après l'avoir auscultée.

Des copains musiciens qui étaient revenus d'une séance de répétition se mirent à jouer pour nous tenir compagnie, et leurs flonflons secouèrent tout le village !

Affolé, ne sachant quoi faire, je me tournai vers la seule femme qui ne m'eût jamais fait défaut, ni en bienfaits ni en tendresse.

« Madame Gaufrette, venez vite ! »

Sous ses ordres, mon frère et moi descendîmes un lit à la cuisine, pour plus de commodité. À minuit, les douleurs étant de plus en plus rapprochées, mon beau-père s'était éclipsé et faisait les cent pas sur le trottoir.

« Je mets de l'eau à bouillir et tiens des serviettes

au chaud le temps que tu retournes chercher le docteur. Allez, file ! » me dit madame Gaufrette.

À une heure et demie, une grosse petite fille que l'on prénomma Louise vint au monde, et c'est entre mes mains que madame Gaufrette la remit dès qu'elle eut poussé son premier cri, premier cri auquel répondit un enthousiaste : « Que voilà une future petite soldate de la science et de la raison triomphantes ! Hein, Moïse ? » Alors il me sembla être enfin pardonné : je n'étais pas devenu le symbole du progrès que mon institutrice espérait, mais, avec ce bébé, j'offrais un nouveau souffle à ses velléités révolutionnaires.

Décidément, elle non plus n'avait rien compris à la vie !

Être papa m'avait exempté du service militaire. Mais toutes les bonnes choses ont une fin. La petite était déjà grande quand je partis à Mézières au 91e régiment d'infanterie, à seulement une heure et demie de train. J'eus la chance d'avoir Jean Francotte avec moi. Il avait 20 ans, comme moi.

Quand j'étais en perm', ma fille adorait mettre mon calot et venir gravement me saluer. Étais-je heureux ? Non, dans le fond de mon cœur, je ne l'étais pas, pas du tout. Mais je ne l'aurais pas avoué pour tout l'or du monde et je crois que seule ma mère s'en est doutée à cette époque. Ma femme était légère, frivole, inconstante.

Tu vois, ma petite souris, voilà quelques pages que je n'arrive même plus à écrire « Couronnée » ! Couronnée, ce prénom… C'était celui de mon amie d'enfance, pas de cette fille capable de mentir à son mari. Elle m'apparaissait calculatrice. Combien de fois m'a-t-elle brisé le cœur ? Si nous allions au bal et qu'un gars étranger au pays était là, elle n'avait de cesse de se faire remarquer et inviter par lui. Bien sûr, cela n'allait jamais bien loin, et bien sûr j'étais là…

Je l'aimais, mais je ne me faisais plus d'illusion à son sujet, je savais que, de son côté, l'amour n'était pas bien solide et qu'il ne faudrait pas une bien grande bourrasque pour qu'il sombre.

Jamais je n'aurais pensé que la bourrasque, c'était moi qui m'apprêtais à la faire entrer dans nos vies…

À l'année prochaine, Lisette.

3 avril 1977

La deuxième fois

que je suis tombé amoureux d'elle

Ma souris,

Vint une semaine – je m'en souviens, c'était celle de la fête à La Buchère – où j'avais aidé Francotte à monter une petite baraque foraine qu'on devait transporter jusque là-bas quand je commençai à fatiguer un peu.

« Je vais boire un verre, je reviens. »

Attablé à la terrasse du « Lapin ardennais », j'étais en train de siroter un demi dans l'unique café du pays, la tête ailleurs. Je ne fis pas attention à la personne qui me servait, mais, quand elle se pencha sur ma table, mes yeux se fixèrent sur son bras, qui tenait le plateau. Au poignet, un bracelet, à la vue duquel je reçus un choc, comme si une vipère m'avait mordu. C'était le bracelet que j'avais offert à ma petite Hennie.

« Surpris ? » fit une voix douce au délicat accent allemand.

Je l'aurais reconnue entre mille. Hennie, la rieuse et insouciante Hennie, plus rayonnante de beauté que jamais.

« Allez, Moritz, je prends mon quart d'heure ! » lança-t-elle en riant, comme ces riches qui pensent s'encanailler en imitant les gestes quotidiens des plus pauvres qu'eux, puis elle vint s'asseoir à ma table. Cinquante ans après, je me souviens encore de cet instant, quand sa jupe remonte un peu, révélant ses mollets.

« Je marchais dans la rue, je t'ai aperçu, alors j'ai volé son plateau au serveur contre un joli pourboire ! »

J'avais dû les voir moins d'une fraction de seconde lorsqu'elle s'était assise, pourtant ses mollets me trottaient inlassablement dans la tête.

Elle me raconta être de passage pour embrasser les Jacquemart. Elle étudiait à la faculté de lettres de Cologne.

« J'ai su que tu t'étais marié, glissa-t-elle dans la discussion, sans que je sache quoi lui répondre. Alors ? Qu'es-tu devenu après tout ce temps ? »

Je me sentis comme un traître qu'on débusque.

« Je suis désolé, Hennie, bégayai-je. Je dois y aller. Un ami m'attend pour l'aider à monter une… une… »

Les mots ne sont jamais sortis. Une baraque à frites ? Une baraque de forains ? Mes joues s'empourprèrent de honte. Hennie se leva prestement, insista pour régler nos consommations, ce qui redoubla ma gêne.

« Ton régiment est basé à Mézières ? Donne-moi ton adresse, je te promets de passer ! »

Je m'exécutai et, un dimanche matin, le planton me fit convoquer :

« Une jeune fille vous demande, Moïse. »

Le hasard fit que j'avais en poche une permission pour la journée. Il faisait beau, c'était le début du mois de mai, nous allâmes tout d'abord au jardin public, et là, assis sur un banc, nous nous racontâmes nos années écoulées.

« Je parle l'anglais, maintenant. L'italien et un peu d'espagnol aussi. J'ai bon espoir de bientôt enseigner à la faculté de Cologne. Et toi ?

— Moi, j'ai ma fille », dis-je.

Je crois qu'elle n'aurait pas eu besoin de plus de mots pour voir combien j'étais malheureux. Un proverbe de mon pays me revient : « Où la chèvre est attachée, elle broute. » Eh bien, c'était ça, ma vie. Une vie de basse-cour, immobile, stationnaire. Sans vague, sans malheur, mais sans grand bonheur non plus.

Elle remarqua que je n'osais pas poser la question qui me brûlait les lèvres, alors elle lâcha dans un souffle :

« Je ne suis pas mariée. »

Quel silence, ma petite Anne-Lise ! Quel silence ! Cinquante ans après, il existe encore, quelque part au-dessus de ce banc !

Nous déjeunâmes dans un petit café, puis nous dirigeâmes dans un coin de Mézières un peu caché, très peu fréquenté, que je connaissais peu. Parfois, des épaisseurs de douceur s'installaient entre nous. Quand elle disait par exemple : « Tu vois, je ne sais toujours pas rouler les cigarettes. »

Il y a eu aussi ce moment, quand elle a mis sa main sur mon bras pour dire très gravement :

« Je n'ai jamais oublié cet été-là, Moritz. J'ai écrit tellement de fois ces dernières années, mais tu ne m'as jamais répondu…

— Je n'ai pas reçu une seule de tes lettres, répondis-je en me dégageant, ce qui était vrai. Je t'aurais répondu, tu penses bien ! »

Elle me jura les avoir écrites et postées. Je refusai d'y croire, mais nous passâmes malgré tout une journée délicieuse, il y avait longtemps que je ne m'étais pas senti aussi vivant. Elle m'informa de sa décision de rester quelques semaines à Mézières et c'est ainsi qu'après plusieurs beaux dimanches passés entre amis, un jour, hors de la ville, dans un lieu reculé dit « Le Bois d'Amour », il faisait chaud, nous nous étions amusés comme des gosses, elle était si jolie, je l'ai prise dans mes bras.

« Qu'est-ce que tu fais, Moritz ?

— Je t'embrasse. »

Ce baiser, elle me l'a rendu avant de tout à coup fondre en sanglots :

« C'est trop tard, Moïse, je t'aime aussi, mais je ne viendrai plus, tu es marié, tu as ta fille, et je n'ai pas le droit. »

Lentement nous revînmes vers la ville, le ciel se chargeait de gros nuages, c'était un temps à croiser une jeune fille en larmes dans les rues. Tout était de ma faute, j'avais gâché nos vies, je n'avais rien à répondre, et Hennie avait raison. Je n'avais pas le droit, j'avais mon devoir et c'était ma femme, ma fille, rien d'autre. Nous arrivâmes à l'angle de deux rues, l'une conduisait à la caserne, l'autre allait vers Mahon. Alors que Hennie venait toujours jusqu'à la porte de la caserne, cette fois-ci elle s'arrêta avant et, tout en retenue, me prenant la main pour me dire au revoir, nous nous sommes fixés les yeux dans les yeux un long moment, avec en fond sonore les bottes de la sentinelle qui faisait les cent pas. Puis, d'une voix rauque, elle m'a dit : « Adieu Moritz, adieu, nous le devons ! », avant de partir sans se retourner. J'ai senti qu'elle serait triste pour toujours, maintenant, et peut-être que moi aussi. Planté comme une souche, je l'ai vue disparaître parmi les promeneurs. L'orage éclata, la pluie se mit à tomber à grosses gouttes, et moi, à grandes enjambées, je regagnai l'intérieur de la caserne, où je me jetai sur mon lit. Là, enfin, j'ai pu pleurer sur Hennie, sur moi, sur ma vie gâchée. Le plus atroce était de deviner combien il s'en aurait fallu de si peu pour que tout soit différent.

Les copains crurent à un accès de cafard et, après avoir déposé un bout de pain et quelques fruits au pied de mon lit, ils me fichèrent la paix. Cela arrivait parfois à d'autres. Comment en étais-je arrivé là ? J'aimais ou je croyais aimer ma femme, et il avait suffi que Hennie réapparaisse pour que je sois prêt à l'oublier.

J'appris cinq ou six mois après, par une lettre lapidaire postée de Cologne, qu'elle venait de se marier avec un grand ingénieur allemand. Je me fis doublement souffrir en me persuadant qu'elle avait voulu

« faire sa vie », comme on dit, et mettre un obstacle de plus entre nous. Pourquoi se fait-on tant de mal, parfois ? Et surtout : pourquoi continue-t-on ?

3 avril 1978
Couronnée le jour,
couronnée la nuit

Les mois passèrent sans histoire, et ce fut la quille. J'avais repris mon travail à la fonderie, où l'on chômait toujours un ou deux jours par semaine. Louise était de plus en plus jolie et dans le pays on nous voyait toujours ensemble, ce qui faisait dire aux gosses : « Quand on aperçoit Moïse, sa fille n'est pas loin ! » Souvent, la petite venait avec moi soigner les poules et nous gobions chacun un œuf tout frais pondu et encore chaud. Comme avec mon père…

Elle allait à l'école et c'était ma fierté : ma mère ne savait pas lire, mais Louise, je le lui avais appris avec les premières bandes dessinées des journaux, Félix le chat et Mickey.

Hormis elle, à la maison, tout me mordait le cœur. L'image d'un bonheur fictif avec Hennie me poursuivait sans cesse. Couronnée essayait de travailler, mais cela ne durait jamais longtemps. La femme de Petit-Georges, Simone, usait ses articulations à la soie artificielle à Givet. Elle la fit embaucher, mais, au bout d'un mois, Couronnée se sauva (elle avait plus ou moins fait des avances au contremaître pour obtenir un poste moins pénible que celui de ses collègues et celui-ci tenait à son dû). Ensuite, elle fit des heures de ménage chez un veuf et son fils célibataire, et ce fut rebelote. Puis, quand elle fit du porte-à-porte avec de la pâtisserie, là ce fut elle et la petite qui mangèrent tout le bénéfice… En fin de compte, elle n'avait plus fait que tenir la maison et je crois que cela avait été mieux ainsi.

1934, 1935, 1936… Les années ont passé, l'image de Hennie s'est dissipée lentement.

Jusqu'au jour où j'ai découvert les mensonges de ma mère.

3 avril 1979
Hitler, marteau de mon destin

Ma petite Anne-Lise,

Heureux celui qui n'a jamais fait pleurer sa mère. Moi, j'ai fait pleurer la mienne une fois en 1938, j'allais sur mes 28 ans. Devant la menace allemande qui se précisait, on rappela quelques classes dont la mienne, et je fus mobilisé sur place à Vireux. Il n'y avait aucune discipline et beaucoup de pagaille.

Ma mère et ma femme ne se fréquentaient plus du tout. Quand, par hasard, elles se rencontraient, elles échangeaient un bonjour du bout des lèvres et c'était tout.

« Une enfant avec une cervelle d'oiseau », s'était permis maman, et mon regard noir l'avait dissuadée de jamais recommencer.

Je lui amenais quand même Louise une fois par semaine environ et, le soir où tout arriva, celle-ci avait eu besoin de faire pipi.

« Qu'est-ce que c'est que ça ? » fit ma mère en s'apercevant que la culotte de la petite tenait avec une épingle de nourrice.

« Elle ne peut donc pas coudre, ta cousette ? Plutôt que de rafistoler ? Paresseuse ! Non, vraiment, entre toutes les filles, tu as su choisir la plus mauvaise. Va me chercher mon nécessaire à couture ! »

Rien ne serait arrivé si je ne m'étais pas trompé de placard. Car voilà qu'elles étaient là, les fameuses missives que Hennie me jurait avoir écrites. Nombreuses. Passionnées. Touchantes. Naïves. À mille lieues de ce que j'avais finalement obtenu de la vie… Oh, Hennie.

En voyant ces lettres, il me sembla entendre le village tout entier se moquer de moi et glousser sur la fidélité de ma femme.

J'ai descendu les marches en courant.

« P-pourquoi as-tu… ? C-comment… » Je hurlais.

J'ai jeté le paquet au visage de ma mère, et ma mère a pleuré. J'ai pris la petite et juré que je m'en allais, que jamais elle ne nous reverrait. Alors maman s'est jetée en travers de la porte.

« Reste, je t'en supplie : je vais tout te dire ! »

Et elle m'a raconté. Nous habitions encore chez le méchant Potier. Un jour qu'elle nettoyait sa chambre, elle avait jeté un coup d'œil, par curiosité, sur son secrétaire resté ouvert et avait été intriguée par une enveloppe à mon nom. En la tirant, elle en avait trouvé plusieurs autres, mais vieilles d'au moins six mois. Bien sûr, immédiatement, elle s'en était allée trouver le Bibi, qui, comme à son habitude, sirotait sa chopine de rhum. Il ne fit aucune difficulté pour lui avouer avoir détourné la correspondance. Le malheur a voulu qu'il soit seul à la maison le jour où la première fut déposée, et son contenu avait suffisamment excité sa méchanceté pour qu'il trouve la patience de guetter les suivantes.

« Comme vous ne pouviez vous voir, et qu'il détestait les Allemands, pour te faire du mal, il les a toutes empochées. Les unes après les autres. Puis il y en a eu de moins en moins. Jusqu'à ce qu'il n'y en ait plus du tout. »

Ma mère lui avait administré une paire de gifles monumentale, mais…

« … je n'ai pas osé te dire ce qu'il en était par peur que tu lui casses les os, et que toute cette histoire ne finisse par un drame. »

La prison, c'était la grande peur de maman pour ses fils.

Que te dire, ma petite souris ? Voilà comment un ivrogne qui me haïssait autant qu'il haïssait Hennie à cause de ses origines changea le cours de ma vie ! J'étais désespéré. En ce temps-là, le divorce était mal vu. On embrassait sa vie, même insipide et sans base solide, jusqu'à la mort. Bien sûr, si Hennie l'avait voulu, je crois que je l'aurais fait. Mais Hennie était mariée maintenant, et à un ingénieur ! De toutes les manières, les jours, les mois, les années avaient passé. Elle m'avait oublié, c'était certain.

« Où la chèvre est attachée, elle broute, Moïse, n'avais-je de cesse de me répéter tout ce temps-là. Tout est de ta faute et tu n'as que ce que tu as mérité. »

Aller trouver le Bibi et le tuer ? Trop tard pour cela.

Je rentrai chez moi, la mort dans l'âme.

L'existence, de nouveau, continua de passer. Printemps, été, automne. Je ne haïssais rien. Je n'aimais rien. Hiver. Je m'ennuyais triomphalement. J'avais renoncé.

Aussi, je ne sais pas si j'avais mérité Hitler, mais une part de moi devait bien être contente d'aller lui peigner le museau, car qui mieux que le diable en personne peut secouer cette morne existence dans laquelle l'Homme s'encroûte parfois jusqu'à l'étouffement ? Alors oui, les batailles, je ne voulais pas y partir, certes, mais, ma maison, je ne voulais plus y rester.

P.-S. : J'essaie de ne pas parler ici de ce qui arrive dans ma vie d'aujourd'hui entre deux lettres. Sinon, ce serait sans fin. Mais mon fils, Denis, est entré à l'école militaire. À sa demande. Et j'ignore si c'est pour s'éloigner de moi ou, au contraire, pour suivre mes traces et me rendre fier de lui. S'il savait… Je m'en veux, ma petite souris. Terriblement.

Aujourd'hui

Est-ce que mon grand-père m'en voudrait si le nom de notre famille, SON nom, s'arrêtait avec moi ?

Deuxième partie :

LE TRAGIQUE SECRET DE MON PÈRE

Storgê : c'est le « je t'aime » d'une mère à son enfant, d'un frère à une sœur, l'amour au sein du foyer, l'affection familiale.

3 avril 1981
La dernière leçon
de madame Gaufrette

Ma petite Anne-Lise, ma petite souris,

C'était début mai 1940, et je ne me souviens pas de comment ça a commencé, la Guerre. Peut-être que, et c'est assez flou, j'attendais ma femme pour le 10 du mois avec dans l'idée de demander le divorce ; mais comme le cœur des hommes est lâche, j'avais retenu une chambre dans un troquet proche de la caserne, des fois qu'il me vînt subitement à l'esprit de nous réconcilier coûte que coûte au dernier moment. J'étais donc là-bas, accoudé à ce bar, à ne pas savoir si j'allais être courageux ou pusillanime, quand la destinée a choisi pour nous : tous les tocsins de la ville se mirent à sonner d'un coup.

Les Allemands, encore eux, toujours eux, attaquaient. Je n'en pouvais plus des Allemands et je n'en pouvais plus de ma vie. Hélas, ce qui m'attendait était pire.

Par une lettre de ma mère (elle avait dû trouver une bonne âme à qui dicter), j'appris que les habitants de Vireux-Wallerand avaient été évacués en catastrophe :

« J'ai insisté auprès de Simone, et elle nous a accompagnés avec les enfants, ce qui leur a sans doute sauvé la peau, car Vireux a été bombardé dans la nuit. Un vrai carnage. Saletés de Fritz. Un obus est tombé droit sur la maison de Petit-Georges, tu aurais vu ça, de la limaille sur un aimant ! Plus de maison, réduite en miettes ! Il a fallu fuir à pied avec ta Couronnée et ta Louise, sous la bombarde, et il y a eu encore de nombreux morts dont (je suis désolée de te l'annoncer ainsi) ton cher instituteur monsieur Rioux, avec ses deux enfants. Un trou dans le sol… Sous les yeux de leur mère, ta chère madame Gaufrette. Le ciel tout entier tombait sur le dos des villageois, ils ne pouvaient même pas les enterrer et ils ont dû abandonner les corps au bord de la route, à la mitraille, en entraînant la Gaufrette, complètement folle de douleur. »

Les petits de madame Gaufrette, son mari. Elle si fière, si confiante en la vie. Quelle horreur.

Tiens, ma petite Anne-Lise, en t'écrivant ces mots, je revois mon institutrice, droite et digne, qui arpentait la classe d'un pas gaillard, nous dispensant, à nous, petits soldats de la science et de la raison, ses leçons de choses.

Je les ai toutes oubliées, sauf une : « L'Homme est comme ça, les enfants. Triste de n'avoir point de gant, jusqu'au jour où il rencontre un manchot. »

Je repliai la lettre et la posai sur mon cœur – je me souviens, il était 16 heures – quand le capitaine fit irruption dans notre chambrée en se frottant les mains. Puis il nous fit mettre en rang et nous cria, l'air réjoui :

« Nous y voilà, elle arrive. »

Je croyais qu'il parlait de l'heure du goûter, mais non. Il parlait de la Guerre. Elle allait vraiment commencer et, cette fois, j'en serais. Pas mon père, pas mon grand-père, non. Moi.

(Ici, en 1981, il est bientôt minuit. Je n'avais pas vu l'heure. Je t'embrasse et vais grignoter en pleine nuit, puisque c'est la paix aujourd'hui et que je peux manger quand je veux ce que je veux. À l'année prochaine.)

3 avril 1982
Ce que les circonstances exigent de nous

De ma première bataille, je n'ai gardé que l'image d'un immense chaos, et celle de l'arme, vieille et usée, qu'on me colla dans les mains.

C'était à R... quelque chose, je ne me souviens plus du nom (Rothel ? Rethel ?), mais je sais que les Allemands étaient les plus forts, c'est cent mètres par cent mètres que nous reculions – avais-je peur ? Évidemment que oui, ma petite souris. Avais-je le choix ? Évidemment que non. Très vite, nous nous retrouvâmes séparés les uns des autres et poussés hors de R..., les batteries de 75 débouchaient « a geria », c'est dire qu'on voyait les chars ennemis au point de leur tirer dessus à l'horizontale. Sur le côté, des camarades tombaient sans un cri, sans même une éclaboussure de sang, la vie fauchée. Soixante ans après et toujours cette même question : sauront-ils un jour qu'ils sont morts ? Pour eux, tout est allé si vite – on nous allumait à la mitrailleuse, mon ventre se serrait, j'allais bientôt vomir, lorsqu'un lieutenant me fourra dans les bras un fusil et une musette de chargeurs : « Suis-moi ! » Et nous v'là à plat ventre dans une fosse, à contourner ces tireurs qui sont une quinzaine de gaillards de mon âge, perchés sur des pommiers à cinquante mètres, « je vais mourir, je vais mourir, je vais mourir », je n'arrête pas de penser, tandis que Francotte, mon cher ami Francotte, est derrière, occupé à abattre quelqu'un d'autre.

« À mon commandement, tu asperges le premier de gauche, moi, je fais l'autre. »

Je me souviens de cette phrase, de ces mots « tu asperges » et « je fais », on allait tuer des hommes et lui parlait comme une pâtissière. Nous nous mettons en position, il compte « un, deux, trois », les fusils-mitrailleurs crachent, les Allemands dégringolent en se cognant aux branches avant de se fracasser au sol telles des poupées. Et toujours cette nausée qui ne me quitte pas.

C'était en 1940, mon Anne-Lise. Et aujourd'hui nous sommes en 1982. J'écris dans mon petit bureau, à Champigny. C'est une petite ville du sud-est de Paris, Champigny. C'est joli, Champigny. Bien loin de l'Allemagne. Pourtant je suis encore là-bas. Je regarde la vieille tapisserie de ma chambre et je vois les membres tordus dans les imprimés du papier, et j'entends les craquements des os rompus dans les moteurs qui pétaradent au coin de ma rue, ou est-ce dans mes cauchemars que ces bras se cassent ? Que ces fémurs se rompent, encore et encore, après toutes ces années ? On ne se souvient pas, ma petite Anne-Lise. On crée, on combine, on forge, on assemble, on… reconstruit.

Une fois l'instant présent passé, rien ne reste de vrai. Que des romans. Des histoires. Des gestes. Comme ce lieutenant qui met la main dans ma besace, sort des cartouches, vide un chargeur sur les corps des presque-enfants au sol, leurs dépouilles qui tressautent comme des pantins. « Par précaution », conclut-il froidement, et moi qui pense : « Tiens, voilà que la prudence, c'est retuer des morts de 16 ans. » Puis nous, en train de nous replier sur la batterie, les deux canons hors d'usage, des blessés que nous chargeons sur l'ambulance… et tout le monde en voiture, la tête rentrée dans les épaules, en direction de Reims où nous laisserons les blessés. Je rêve beaucoup de mon père ce jour-là, dans la voiture. De lui, et du bus qui ne le ramenait jamais à l'enfant que j'étais et qui attendait tous les soirs. Ce n'est que quelques heures après qu'il me semblera me rendre compte : j'ai peut-être tué des hommes, et c'est ma première fois. Alors j'ai enfin vomi. Que de la bile, mais fallait que ça sorte.

« Ça va, le Sanglier ? » me fit un camarade.

J'avais gardé l'écusson de mon régiment ardennais, le 148e, arborant une tête de marcassin, et tous m'appelaient « le Sanglier ». Ça me faisait du bien. Ça me rappelait les animaux tant aimés de mon enfance, et la ferme de Man Fine.

« Tiens, essuie-toi donc ! » continua-t-il, en m'adressant un mouchoir brodé qui devait lui coûter.

Il y a des Hommes, ma chérie. Et avec eux viennent des émotions, des violences, des histoires. De jeunes Allemands qu'on arrache aux branches des pommiers. Parfois, des gestes comme un mouchoir tendu. Parce que c'est comme ça. Parce que nous sommes humains et que nous faisons de notre mieux avec ce que les circonstances exigent de nous. Je sais bien que ce que je t'écris là est la stricte vérité. Alors pourquoi a-t-on mal ? Pourquoi est-on si sévère avec soi-même ? Pourquoi regrette-t-on ?

3 avril 1982
La plus courte guerre du monde

Juin 1940. Je n'avais pas retiré la boue et le vomi de mes vêtements qu'un type montait déjà sur une caisse retournée et nous lançait :

« Aujourd'hui est un jour de chance pour vous ! L'État français vous fait un cadeau. Soyez reconnaissants et soyez-en dignes ! »

On déposa devant chacun de nous un uniforme neuf, ainsi qu'un fusil du dernier modèle. Ils prirent même une photo (je dois l'avoir encore dans mes papiers). J'y pose, cigarette à la main, entre deux bons gars nommés Dubreuilh et Duvernois. Francotte est là aussi, fusil à l'épaule et pipe entre les doigts. On nous a bien demandé de sourire, surtout. Puis en route sans traîner ! C'était la Guerre, et il y avait tant à tuer ! Nous remontâmes vers le front, en train puis dans les autobus de la Ville de Paris, qui servaient en temps de paix à transporter les civils aux quatre coins de l'Île-de-France.

« C'est où, ici ? demandai-je à mon voisin comme le bus se garait.

— L'Oise. Un petit village qui s'appelle Formerie. »

Je sortais à peine du bus quand une maison sur

ma droite se souleva de terre dans un bruit formidable et retomba en poussière : les Allemands nous avaient repérés et leurs avions, les terrifiants stukas, jaillissaient de nulle part en déversant sur nos têtes une pluie de bombes. Il y eut de nombreux blessés, mais nous prîmes courageusement position et, bien qu'encerclés presque aussitôt, nous nous défendîmes de toutes nos forces. Enfin, quand je dis défendre… Je tirais, je tirais dans du bruit, à travers la fumée, suant la peur, et sous les retombées de poussière, d'obus, de membres déchiquetés et d'immeubles, je tirais, je tirais, c'était tellement la Guerre, je ne savais même pas si je tuais des gens.

Après des combats qui durèrent cinquante-six heures, nos officiers nous prirent à part :

« Écoutez, les gars, toute résistance est inutile. C'est fini, il faut accepter les conditions d'une reddition. »

Dans notre section, ce choix était moins évident :

« Je suis né dans la région, nous expliqua un camarade. Je me fais fort, la nuit venue, de tous nous conduire dans la forêt la plus proche pour échapper à l'ennemi. Camouflons-nous dans le petit bois, là-bas. Et attendons la nuit.

— C'est une excellente idée », approuva un barbu aux yeux noirs qui venait d'Alsace en me proposant un bâton de réglisse que j'acceptai de bon cœur.

C'est ce même barbu qui, dans l'après-midi, alla chercher les Allemands et nous donna, pour se faire bien voir.

Juin 1940 : en ce qui me concernait, sitôt commencée, la Guerre était déjà finie.

Je n'ai jamais pu souffrir les Alsaciens et la réglisse, après ça.

3 avril 1982
Le pain-soleil

Ma carrière de prisonnier militaire ? Ce fut d'abord une longue et pénible marche, par étapes de 40-45 km, sans réelle pause. Les seules rations journalières auxquelles nous, les prisonniers, avions droit étaient un petit morceau de pain et de viande bouillie. Francotte poussait Dubreuilh, qui poussait Duvernois, qui me poussait moi. Et qui poussais-je, moi ? Je ne sais plus. Le souvenir de mon père, encore et toujours, peut-être ? Une chaleur accablante écrasait nos nez brûlés par le grand air et, dans les pays que nous traversions, les habitants nous avaient préparé des baquets d'eau, tandis que les plus chanceux récoltaient quelques morceaux de sucre.

Une tartine, une noisette de margarine et de confiture, un petit morceau de savon, quelques cigarettes. J'eus même, dans le Nord, une paire de chaussettes de laine et, en Hollande, un énorme pain rond (et même pas entamé !) jeté par un habitant m'atteignit en pleine poitrine comme un soleil. J'eus le réflexe de le bloquer contre moi de toutes mes forces : heureusement, car on tentait déjà de me l'arracher. Il fut béni, ce pain, et partagé avec mes trois copains. Une autre fois, toujours en Hollande, une petite fille me tendit une part de flan dans une minuscule assiette en porcelaine d'un blanc immaculé. Je la pris dans mes grosses pognes sales avec d'infinies précautions, effrayé à l'idée de casser le plat de la petite. J'ai mangé le flan en regardant la gamine, aux yeux bleus comme ceux de ma Louise.

« Pourquoi tu pleures, le Sanglier ? » C'est ce que les copains m'ont demandé tout le reste du trajet.

« Pour rien, pour rien, laissez-moi, ça va passer… »

À ce moment-là, j'appartenais encore à cette race-là d'hommes qui croient que le temps remédie à tous les maux. Je ne te connaissais pas, ma petite Anne-Lise, et surtout je n'avais pas vécu l'amputation de te perdre pour toujours.

Heureusement, il faisait beau, et une seule fois nous eûmes droit à un bel orage qui nous trempa comme des canards. J'avais caché un morceau de sucre pour plus tard dans une chaussette, et il y fondit. J'en ai pleuré, bêtement, et je me suis souvenu d'une phrase dite par ma mère le jour du départ de mon père pour la Guerre : « Il a tellement plu, ce jour-là, que même les moutons ont rétréci. » Et j'ai pensé que c'était peut-être le même genre de pluie qui nous tombait dessus en ce moment et, qui sait, par quelque hasard surnaturel et terriblement cruel, peut-être exactement la même ?

3 avril 1983
Qui dira ?

Nous mîmes bien deux jours pour sécher complètement. De cette époque, mon Anne-Lise, je ne me souviens que d'une chose : la peur de la mort. Peur de mourir sans avoir dit à Louise combien je l'aimais, à Couronnée que je regrettais que nous nous soyons perdus en chemin. Mais surtout j'étais terrifié à l'idée de les abandonner comme mon père m'avait abandonné… Nos geôliers frappaient les éclopés retardataires à coups de crosse, voire leur perçaient la fesse du bout des baïonnettes. Et, quand les types saignaient, ça déclenchait chez les gardiens des gloussements de satisfaction. Le pauvre prisonnier ainsi embroché était bon pour marcher en crabe. Parfois, un camion suivait et les ramassait, et parfois pas… On les finissait dans un fossé, d'un coup de baïonnette entre les deux yeux.

J'ai vu des Allemands à l'air très doux qui, au contact de leurs camarades moins cléments, se découvraient tout à coup capables de la plus grande cruauté et jouissaient soudain de nos malheurs bien plus que leurs aînés ou qu'aucune bête ne l'auraient fait… On n'hérite pas de l'inhumanité, ma petite Anne-Lise. La férocité, la sauvagerie, la brutalité sont comme des maladies qui s'attrapent.

Certains jours, ils empêchaient les gens de nous donner quoi que ce soit, d'autres fois ils permettaient aux civils de nous porter quelque nourriture. J'ai pleuré en silence la fois où, étant exceptionnellement restés parqués quarante-huit heures dans le même pré, un gamin d'une dizaine d'années vint deux fois de suite braver la sentinelle et insista pour ne délivrer son déjeuner qu'à moi, comme je le fis jadis au prisonnier qui ressemblait tant à mon père… Quel homme mon visage convoquait-il dans l'esprit de cet enfant ? Allemands, Français, je me demande combien d'entre nous avaient la Guerre en horreur, et si nous étions plus nombreux que ces généraux, des deux côtés du Rhin, qui nous encourageaient au massacre ? On dresse des monuments aux morts qui se sont combattus, on ne dresse jamais rien aux vivants qui ont tendu la main.

Car, enfin, comment pourrais-je oublier, au milieu de tant d'humiliations, de tant de rudesse et de stupidité, la gentillesse de certains paysans, ou ce geste d'humanité, ce mouvement du cœur si fulgurant qu'il m'arrive encore de douter qu'il eût lieu, juste avant notre arrivée à l'embouchure du Rhin, où nous devions embarquer sur des bateaux qui nous transporteraient en Allemagne, quand un de nos gardiens au regard impénétrable poussa à l'improviste derrière la porte ouverte d'une maison un prisonnier qui, passant dans son pays et reconnu à l'instant par sa femme, avait reçu celle-ci dans ses bras toute sanglotante. Je me souviens de la porte que cet Allemand referme sur eux, rapidement, avant de s'en aller réintégrer la longue file des hommes, l'air de rien.

J'ai longtemps réfléchi à ce geste, ma petite souris. La femme pleurait à chaudes larmes et je crois que le gardien n'aurait pas poussé son mari de cette façon si l'homme, le prisonnier, le soldat, son égal quoi, ne s'était mis aussi à pleurer en serrant son épouse dans ses bras… Je ne saurai jamais la galaxie des raisons qui présidèrent à ce geste. De toutes les manières, cela date d'il y a si longtemps, alors qui s'en souviendra maintenant ? Qui pour dire : « C'était la Guerre, la haine divisait les hommes, et les barbares régnaient, mais voilà ce que j'ai vu » ?

3 avril 1983
« Mutti »

Notre esquif nous débarqua je ne sais où, et, les pieds saignant dans la poussière, nous gagnâmes la ville de Düren, toute pavoisée d'immenses drapeaux écarlates à croix gammée.

« On peut dire que tous les Allemands sont derrière leur Hitler, persifla Francotte.

— Ou donnent l'illusion de l'être », répondis-je pour garder espoir.

Des habitants aux yeux caves et rouges nous regardaient passer, mais nous n'eûmes droit à aucun sentiment d'hostilité, même pas de la part des enfants. Habituellement, quand ils ne nous apportaient pas à manger, les gosses étaient les premiers à nous jeter des pierres.

Enfin, on s'arrêta, et un gros lieutenant allemand aux bajoues tremblotantes gueula un monologue guttural, qu'un camarade nous traduisit :

« Vous serez divisés en groupes de dix et répartis sur autant de camps, tous identiques. Ce sont de jolis camps, au milieu d'un petit bois de sapins. Chacun compte six baraques spacieuses, en bois, certes, mais très confortables, avec des lits à étage et un gros poêle au milieu. Le programme de vos journées sera simple : appel, rassemblement et comptage, matin et soir. Votre travail aussi sera simple : retirer les barbelés du prolongement de la ligne Siegfried. Réjouissez-vous : ce travail n'est pas pénible et vous permettra de rester en forme. Mais n'oubliez pas : si vous tentez de vous évader, vous mourrez. Si vous désobéissez, vous mourrez. Si vous ne travaillez pas, vous mourrez. »

De toutes les manières, nous aurions décrotté le cul d'une chèvre contre la vie sauve, un bol de soupe et un croûton de pain.

On nous sépara en plusieurs groupes et nous perdîmes Duvernois, qui était parti en corvée. Notre unité fut dirigée vers un ancien camp des Jeunesses hitlériennes. Je n'ai pas oublié les étranges dessins enfantins gravés au canif dans le bois de mon lit, ni les inscriptions en allemand que je ne comprenais pas… Je repense à ces dessins et je frissonne au souvenir de tant de barbarie mêlée à tant d'innocence.

« MUTTI », l'un des mots gravés, celui qui m'obsédait le plus sans en connaître la raison, je me le fis traduire.

C'était « maman ».

Aujourd'hui

Anne-Lise Schmidt. Sa manière de lui écrire, bienveillante, quasi paternelle... Il ne faisait guère de doute qu'il s'agissait de sa fille. Pourtant. Si ce que je lisais là était bien l'histoire de sa vie, comment se faisait-il que sa propre enfant ne la connaisse pas ? Et à quoi bon rédiger des lettres sans les envoyer ensuite ? Cela n'avait aucun sens. Aucun. À moins qu'ils aient été séparés l'un de l'autre ? Mais par quel horrible drame une fillette peut-elle être arrachée des bras de son père ?

J'ai attrapé une des rares photos que j'avais de Moïse. C'est juste après la Guerre, il a rencontré mamie et elle vient d'accoucher. Il tient papa dans ses bras.

Je me suis dit qu'en le regardant je devinerais son secret.

Qu'ils sont beaux, tous les deux, sur cette photo.

Moi, je ne sais plus quand je suis devenu un adulte aux yeux de mon père.

Jamais, j'espère, car il n'y a rien de mieux qu'un enfant pour guérir les grands de leurs chagrins. Je le sais, grand-père, c'est écrit sur ton visage.

« En t'écrivant ces mots, je m'aperçois combien je regrette
de ne pas avoir su cajoler mon fils, Denis,
comme j'aurais voulu que ma mère me cajole…
Il a 22 ans cette année,
c'est trop tard maintenant, pour nous. »

Moïse, tenant son fils, Denis, dans les bras. Paris. 1953.

3 avril 1983

La chasse aux poux

La faim nous tenaillait, mais de cette faim qu'il est impossible de décrire. Ah, manger ! La nuit, nous en rêvions, le jour, on en parlait. Vers 14 heures, nous avions droit à une gamelle de soupe, le soir un pain de 1 kg pour sept, avec un peu de margarine et de confiture. Alors, dans les champs, nous chapardions des épis de seigle que nous cuisions à la diable, et nous eûmes la diarrhée. Quand nous étions à proximité d'un champ de pommes de terre, nous demandions à aller « poser une pêche » et, en douce, nous déterrions les précieux tubercules, que nous fourrions dans nos culottes-golf. Ça nous bombait le froc et nous formait des bosses coupables à l'endroit de nos intimités, si bien que les Allemands devaient se demander comment, malgré tant de privations et de souffrances, nous trouvions encore la force de sortir l'épée du fourreau… Quelle réputation a-t-on dû se forger !

Une nuit, nous fûmes réveillés en sursaut par des coups de feu : quelques prisonniers avaient tenté une évasion, mais avaient été repris quelques kilomètres plus loin (par des civils qui les avaient remis à la gendarmerie). Après l'appel, le comptage et le recomptage, nous eûmes le droit d'achever notre nuit.

Les prisonniers furent fusillés devant nous au petit matin. Pour l'exemple. Quarante ans après, je n'oublie pas le tac-tac-tac.

Juste le bruit parce que, ce matin-là, j'ai fermé les yeux.

Les copains commençaient à recevoir lettres et colis. À chaque distribution, j'espérais entendre mon nom. Mais rien, jamais, et cela ne laissait pas de m'inquiéter.

Je me réconfortais d'une étrange manière : le paysage me rappelait mes Ardennes, qui ne devaient pas être loin, et je m'imaginais un pauvre prisonnier allemand à Vireux qui, ayant grandi dans le coin, se consolait là-bas des paysages de son enfance comme je me consolais des miens ici. Raison pour laquelle, peut-être, là plus que jamais, je pris la décision de m'évader. Je confiai mon dangereux projet à un camarade de captivité, Dubreuilh, qui adhéra sans hésiter. Francotte suivit sans faire d'histoires : l'un et l'autre étaient de bons gars, et c'était mieux de s'y essayer à plusieurs. L'évasion, ma petite Anne-Lise, c'est comme faire bravo à l'Opéra : si tu applaudis d'une seule main, ça ne claque pas.

« Chaque jour, nous économiserons un peu sur notre ration, Dubreuilh. Il nous faut parvenir à un pain d'avance chacun, pas moins, puis les faire sécher. Je te préviens, ce ne sera pas rien, cela représente sept rations économisées, bouchée par bouchée. Enfin, il nous faudra impérativement attendre que la neige fonde. »

Ainsi nous sommes-nous préparés. Noël 1940 arriva, triste Noël, sans nouvelles de ma famille, sans colis et toujours la faim au ventre.

Nous avons tous attrapé la tuberculose, cet hiver-là. Imagine le tableau : des dizaines de jeunes hommes dans la fleur de l'âge qui toussent comme de vieilles carnes asthmatiques. Avec ça, servez-nous des champignons ! Aux pieds, sous les bras, aux fesses, aux aisselles, entre tous les plis de notre peau ! En ce qui me concerne, comme si cela ne suffisait pas, une pneumonie vint cohabiter avec ma phtisie.

Mais le pire, ma petite Anne-Lise, c'étaient les poux. Depuis longtemps déjà ils avaient fait leur apparition, des poux de corps, gras et bien nourris.

Chaque jour, racine après racine, nous leur faisions la chasse, et c'est comme cela qu'un jour de janvier, alors que notre tentative d'évasion était imminente, je m'aperçus que j'avais une boursouflure au cou.

« Est-ce douloureux ? me questionna Francotte.

— Pas vraiment. Mais cela enfle, je crois que c'est une tumeur », répondis-je en n'en menant pas large.

Oui, cela grossissait.

Quand je me décidai à aller consulter le toubib, cette saloperie avait déjà atteint les dimensions d'un œuf de pigeon.

Parfois, la nuit, quand je ne dors pas, je vois

Francotte au pied de mon lit. Il est en train de ricaner dans le noir et de se gratter jusqu'au sang, puis il tourne son visage grimaçant vers moi et prononce ces mots : « Dieu n'oublie jamais les siens, Moïse. Quand il enlève la gale, il donne les poux ! »

Cette saleté de phrase, je n'arrive pas à m'en débarrasser, ma petite Anne-Lise, et, pour d'obscures raisons, elle continue de me hanter. Je la tourne dans tous les sens. Peut-être un homme avec de l'instruction, un homme pas comme moi, saurait-il me dire pourquoi, mais je me méfie des philosophes, ma petite. Je m'en méfie, car, entre nous, que reste-t-il de la vie quand on met tout en doute ?

3 avril 1984

Le bon docteur
au portefeuille extraordinaire

Mon destin se scella pour toujours un jeudi matin.

Deux fois par semaine, ceux qui se plaignaient d'être malades étaient accompagnés d'une sentinelle et conduits à l'hôpital militaire de Bad Münstereifel. Un infirmier opérait un premier tri. Les tire-au-flanc étaient vite débusqués, les autres étaient conduits devant un médecin qui leur donnait une aspirine allemande, « plus efficace que les françaises », voire quelques jours de repos, allemands eux aussi, hélas.

« Est-ce grave ? » demandai-je en leur montrant ma grosseur au cou.

Sans me répondre, docteur Aspirine appela un autre toubib plus âgé, la cinquantaine au moins, aux yeux extraordinairement bleus et tellement noyés de chagrin qu'il devait voir la mer d'Ostende partout.

« Est-ce une tumeur ? Mes dents vont-elles tomber ? »

L'homme examina mon cou par le devant, le derrière, le côté aussi, le palpa du bout des doigts avec une douceur de pianiste, puis me fit comprendre que j'allais rester hospitalisé six jours au moins.

« Pas de radium, le suppliai-je. Tout ce que vous voulez, mais pas de ce foutu radium. »

Avec des mots très simples, cet homme me rassura : une petite opération était nécessaire et, parce que ma tête lui revenait bien, il me ferait même dormir en chambre seule. Le lendemain matin, piqûre puis intervention, et, au soir, le gentil médecin aux yeux tristes s'assit près de moi sur le lit et m'expliqua, en me montrant une saleté sur du coton, qu'un éclat de shrapnel m'avait occasionné un abcès.

Ce toubib, donc, c'était le grand chef. On l'appelait Herr Doktor Schmidt ; il dirigeait cet hôpital militaire. Un homme sage, à la démarche feutrée, aux sourires réservés, aussi bienveillant que silencieux.

À côté de ma chambre se tenait un grand espace carré où étaient soignés une dizaine de prisonniers.

Pressé de tromper mon ennui, j'y étais souvent et j'aidais l'infirmier allemand. Bientôt, il se reposa entièrement sur moi pour toiletter les impotents et vider les bassins. Tous les matins, une petite jeune femme à l'allure fragile m'apportait quelques cigarettes de la part de Herr Doktor. Nous échangions dans un mélange de français et d'allemand (que j'arrange ici pour t'être plus intelligible). Esther Ellman – c'était son nom – me fit comprendre qu'elle était juive. Schmidt et les bonnes sœurs la cachaient aux cuisines.

Par Esther aussi, j'appris que les vitrines si alléchantes des bouchers et des charcutiers en ville ne contenaient que des produits factices en carton-pâte, et des peintures (j'avais jusqu'à présent été estomaqué par l'abondance qui régnait en terre germanique).

Les jours passaient, il faisait toujours froid, mais l'hôpital était chauffé et Herr Doktor signait des décharges pour nous permettre d'y rester. M'aurait-il offert une pierre, que j'aurais croqué dedans, persuadé d'avoir affaire à une pomme ! Il était tellement bon et embarrassé par les événements dans lesquels cette Guerre nous précipitait tous... La nourriture était convenable et souvent, en cachette, des bonnes sœurs nous apportaient des friandises, les plus grasses et les plus sucrées possible, pour nous retaper. Par les croisées, je pouvais voir des gosses allemands, aussi rieurs et insouciants que moi jadis, s'essayer à la luge en compagnie des prisonniers français. Mes yeux ne manquaient pas une miette du spectacle, car, parfois, regarder par une fenêtre suffit pour se sentir aussi libre qu'un oiseau.

Un jeudi matin, CE fameux jeudi matin que je n'oublierai jamais, Herr Doktor passait entre les lits, un panneau à la main, notant une température ici, relevant une tension artérielle là, quand il se prit les pieds dans un drap et bascula en avant. Je me baissai pour le rattraper et vis son portefeuille qui avait roulé et s'était ouvert sur une photographie. J'en restai totalement interdit.

Aujourd'hui encore, j'ai du mal à ne pas voir

dans ce drap coupable et dans ce faux pas la possibilité d'une intervention, bonne ou mauvaise je ne saurais le dire, mais supérieure.

Sur le cliché, on voyait une jeune femme aux mèches rebelles, assise près d'un piano, la tête posée sur le bras d'un jeune homme élégant, richement vêtu, debout derrière elle. Herr Doktor, sur le côté, les couvait d'un regard bienveillant.

La jeune femme, ma petite Anne-Lise, c'était Hennie !

Aujourd'hui

À mon père, j'ai décrit la banquette en skaï de la chaleureuse brasserie parisienne choisie par Martine, et la bonne odeur de café moulu qui embaumait l'air.

« Avant de parler, elle a sorti de son sac des remèdes pour l'estomac, qu'elle a très fragile. Ensuite, une baguette chinoise qu'elle a vigoureusement plantée dans son chignon pour en discipliner les mèches blanches récalcitrantes », ai-je ajouté encore pour vraiment lui donner l'impression « d'y être ».

« Elle ressemble à Jean Francotte ? » a demandé mon père au téléphone.

Voilà trois semaines qu'il avait quitté l'hôpital et qu'il tournait en rond à la maison, incapable de garder le lit. Ma mère avait bien tenté de lui refourguer une minuscule maquette de voie ferrée à assembler, mais cela avait été un échec. En désespoir de cause, elle m'avait appelé, et j'avais négocié avec lui : il ne pouvait partir seul à la recherche d'Anne-Lise et je ne pouvais l'accompagner tant que je n'avais pas rassemblé le plus d'informations possible, et donc terminé la lecture des carnets. Je lui maintenais que je voulais mettre toutes les chances de notre côté et que je continuerais mes rapports, à la seule condition qu'il observe scrupuleusement les recommandations du médecin.

« Je ne saurais dire. Imagine une femme aux yeux bleus d'une bonne soixantaine d'années, au visage marqué. Elle a été très belle, c'est sûr, mais elle a trop souffert pour les autres et cela se voit un peu. Dans sa vie, ce qui compte le plus, c'est son métier. Sa passion. Elle m'a expliqué avoir débuté sa carrière d'infirmière en gériatrie, "parce que les vieux corps, c'est beau". »

J'avais fait parler la supposée petite-fille de Jean Francotte en adoptant une voix de femme pimpante et enjouée (ce qu'était Martine dans la vraie vie, après tout).

« À l'époque, quand elle commençait à bien connaître ses patientes, Martine leur posait toujours la même étrange question... »

J'ai marqué un temps de silence, pour exciter la curiosité de mon père.

« "Avez-vous déjà eu un orgasme au cours de votre vie ?" »

Écouter mon père exploser de rire au téléphone me serra le cœur. Longtemps que nous ne l'avions pas entendu rire, le père, dans la famille.

« Ben quoi ! avait enchaîné Martine avec emphase. Nous sommes parachutés au monde, la vie est une tartine de merde qu'on grignote un petit peu tous les jours, et puis on meurt. Alors oui, savoir si mes vieilles patientes avaient connu l'orgasme au moins une fois était p't-être bien LA question la plus importante au monde ! » Mais ses lèvres avaient aussitôt adopté un pli amer : Martine était allée de déception en déception. Elle avait tout entendu, de « Il a été un bon mari » à « Il a été un père très présent pour nos enfants ». Parfois, pire encore, elle avait obtenu un franc et reconnaissant : « Il ne m'a jamais manqué de respect ! »

« En entendant l'histoire des carnets de papi, la petite-fille de Jean Francotte a tenu à me raconter celle d'une patiente âgée et de son petit-fils, Yvette et Victor. »

Aujourd'hui
Histoire de Martine, Yvette et Victor

« Milieu des années 1980, alors que Martine finit ses études, on lui amène une patiente, Yvette, 80 ans. Une résistante de la première heure. Sacrée bonne femme, Yvette ! Du genre à dynamiter un pont dans le Massif central, à l'époque. D'ailleurs, c'est en prenant le maquis qu'Yvette avait aussi déniché son époux. Tu sais ce qu'elle a répondu à la grande question de Martine ?

— Dis-moi !

— "J'ai joui une seule fois dans ma vie, Martine, mais ce n'était pas avec mon mari !" »

Nouveau rire de mon père.

« Il s'en passait de belles, pendant la Résistance en 40 ! commente-t-il.

— Les larmes aux yeux, Martine m'a confié le lent déclin d'Yvette.

— Son déclin ?

— Elle yoyotait sévère. Démence sénile. Le seul truc qui lui revenait, en boucle, "je suis fâchée à mort avec mon Victor".

— Son petit-fils ?

— Oui. Yvette s'était retrouvée à devoir l'élever seule. Pourtant, Victor n'est pas venu la voir une seule fois à l'hôpital, "même qu'elle en mourait un peu", m'a juré Martine en triturant la dosette de sucre et ses souvenirs. À la fin, le seul truc qui apaisait Yvette, c'était de lui coller entre les mains une photo de Victor. À l'époque, Martine n'a pas su pourquoi ils étaient fâchés. »

Mon père, au téléphone, buvait mes paroles au fur et à mesure que les détails de ma rencontre avec Martine me revenaient en mémoire. Un moment, je me souviens, Martine et moi venions de recommander un verre, les yeux de l'infirmière, eux, avaient dérivé près de la porte des toilettes et du distributeur de capotes. Après les vieux corps, les jeunes : Martine avait voulu me parler du sida aussi.

« À l'époque, les jeunes mecs tombaient comme des mouches, s'était-elle remémoré avec tristesse. Fallait te lever tôt pour trouver quelqu'un prêt à s'en approcher. Alors s'en occuper ! On entendait de ces trucs sur la maladie et les malades... Imagine un peu ! Moi, les collègues savaient que ça ne me gênait pas. Mon côté tête brûlée. Alors c'était toujours moi qu'on venait chercher pour faire la toilette mortuaire des gamins. »

À cet instant de notre entretien, j'avais tout de suite flairé la difficulté d'en rapporter l'intégralité du contenu à mon père. Trop lourd de sous-entendus, compte tenu de l'immense non-dit entre nous.

Pourtant, maintenant que je l'avais en ligne, je ne pouvais m'y résoudre. Mettre des mensonges dans les mensonges ne faisait pas partie du plan. Mais, surtout, je crois que s'il pouvait entendre toute la beauté, toute l'empathie de Martine pour ces jeunes gens, et toute la détresse de ces pauvres gamins morts seuls à cause de la peur et de la bêtise, je parviendrais peut-être à toucher quelque chose de profond en lui.

Voilà pourquoi, ce jour-là, au téléphone avec mon père, je retranscrivis l'intégralité de notre discussion.

« Une fois, on l'a appelée pour un jeune en train de mourir. Il ne voulait pas rester seul. Son traitement, les posologies, ça changeait chaque semaine. Par kilos, qu'il devait se les avaler, les pilules ! Et rien n'a empêché la tuberculose de se mettre dans ses poumons, et après ça a été des mycoses à la bouche, l'œsophage, partout. Et finalement, le lymphome. »

Mon père ne disait rien. C'était la petite-fille de Jean Francotte, quoi ! Imaginez ! Le meilleur ami de mon grand-père, et sa petite-fille. Retrouvée après toutes ces années ! Ses paroles étaient précieuses, miraculeuses.

« Connerie de sida ! Les gens ont oublié ce que c'était, avait-elle articulé, la mâchoire dure, en me fixant droit dans les yeux, alors, MOI, je te le dis. Parce que c'est MOI qui devais le réveiller toutes les quatre heures pour lui faire avaler ses antirétroviraux. Saloperies de médocs ! Ça le dégraissait tellement que la peau lui tenait aux côtes. Il était beau, pourtant, ce jeune. »

Elle avait marqué une pause, levé la touillette en plastique de son café, ménagé un peu son suspense.

« La petite trentaine, taillé dans un bâton de sucette, et élevé par sa grand-mère, avec laquelle il était fâché depuis des années. Grand-mère qui, figure-toi, était morte quelques années plus tôt dans le même hôpital... »

« Victor », murmura mon père au téléphone, complètement happé par mon récit.

J'avais souri, rassuré, j'avais dit « Patience ! » puis poursuivi :

« À l'époque, on pensait que ça s'attrapait avec les postillons de salive. Les sidéens étaient moins bien traités que des pestiférés. En plus de te tuer, cette saloperie te faisait rompre les ponts avec tous tes proches. Les familles, c'est simple, on ne les voyait jamais. Quant à moi, à l'hôpital, les patients et le personnel m'avaient renommée "Miss 4 H".

— Miss 4 H ?

— Oui. Pour Hémophile, Homosexuel, Haïtien, Héroïnomane... »

Martine s'était tue, et moi j'avais pensé aux guerres de mon grand-père. Le sida... Il n'avait rien su de cette bataille-là qu'avaient vécue tant et tant d'amants. Mais pleurer l'être aimé au-dessus d'un cercueil, une intuition me dit que, ça, il aurait compris. L'amour est la pire chose qui puisse arriver par temps de guerre et de peste, en dehors du reste, bien entendu.

« Mais je l'ai bien connue, ta mamie ! C'était moi, son infirmière ! » qu'elle lui avait balancé, Martine, au gosse en bâton de sucette. Il en était tout retourné. « Fâchée ou pas, j'en sais fichtre rien, et ça me regarde pas, mais la seule chose qui apaisait ta mamie, c'était une photo de toi », avait-elle continué pour enfoncer le clou.

De le savoir, ça lui avait permis de lâcher prise, au petit jeune.

L'infirmière avait haussé les épaules :

« Le jour de son décès, la dernière chose que Victor m'a dite en riant a été : "Vous savez, Miss 4 H, le plus dur a quand même été de faire croire à tout le monde que j'étais haïtien..." »

Il s'était endormi en serrant sa main.

« As-tu la moindre idée de combien cette saloperie en

a tué, des jeunes comme lui, depuis les années 1980 ? Trente millions. Tu te rends compte ? Trente putains de millions. »

Miss 4 H s'était penchée en avant et avait envoyé, d'un mouvement du menton connivent :

« Alors, entre nous, qu'est-ce qu'on s'en balance si la grand-mère dont je lui ai parlé s'appelait bien Yvette ou si j'ai menti pour alléger les derniers moments du gosse ? »

« Et pourquoi pas ? s'exclama mon père au téléphone quand je lui rapportai la fin de l'histoire. Il y avait une grand-mère, il y avait un petit-fils, la mort était au milieu, le reste importe peu !

— Tu es sûr ?

— Allons, ce n'est pas si grave, quand on aime, la fin justifie les moyens. »

J'eus du mal à retenir un sourire : voilà une phrase que je saurais ressortir bientôt... Je n'en pouvais plus de lui mentir. Je voulais que toute cette histoire s'arrête. Je voulais que mon père aille mieux, qu'on aille de l'avant et qu'il pardonne à Moïse d'avoir menti.

« Comment a-t-elle réagi en voyant la photo de son ancêtre, celle où il pose près de Moïse, juste avant la bataille de Formerie ?

— Elle a saisi ma main dans la sienne et dit : "Nous serons amis, désormais, ta famille et la mienne. Les Hommes mettent tellement de barrières entre eux. Comme s'il n'y avait pas un coin du globe où ils ne vibrent pas des mêmes émotions !" »

Martine a raison. Tout le monde a peur, a froid, a faim. Tout le monde fuit la solitude et, à la fin, tout le monde ment et se ment. La vérité (que nous nous refusons de reconnaître, car elle interdirait presque d'être méchant), c'est que chacun de nous porte en lui la nature humaine tout entière. Nous sommes, tous et toutes, tour à tour enfants et parents de nos frères les Hommes. Celui qui a compris cela ne peut pas – ne peut plus – se sentir jamais seul, ou faire de mal, tuer, être en colère contre son voisin sans se blesser lui-même, sans se tuer lui-même.

« Fiston ? »

La façon dont il avait prononcé ce mot, presque comme avant, me donna la force de réutiliser celui que je pensais perdu pour toujours :

« Oui, papa ?

— Tu dois être un peu fatigué par toutes les recherches que tu mènes pour moi. Je me disais... ça te dirait de passer à la maison ? Je m'ennuie un peu. Ta mère me couve, ta sœur m'ausculte, et toi... toi, tu me manques. On n'est même pas obligés de parler si tu veux. »

Parler une heure au téléphone constituait une amélioration inattendue et spectaculaire de notre relation, ce que j'espérais depuis des mois. Avant que je ne puisse répondre quoi que ce soit, et qu'une gêne ne s'installe, il a changé de sujet :

« Elle a vraiment l'air d'être une belle personne, cette Martine. Moïse savait bien choisir ses amis. Dès que j'irai mieux, nous l'inviterons à dîner et nous causerons de nos ancêtres ! Fait pas encore assez chaud pour ça, mais nous pourrons manger sur la terrasse au printemps. »

Puis, il a terminé par ce bout de phrase que je retourne encore et encore dans ma tête :

« En parlant de ça, prends soin de toi, fiston, et couvre-toi bien, je ne voudrais pas que tu attrapes mal. »

« As-tu la moindre idée de combien cette saloperie en a tué, des jeunes comme lui, depuis les années 1980 ? Trente millions. Tu te rends compte ? Trente putains de millions. »

Moïse – au centre, rang du haut – et ses camarades, juste avant la boucherie de Formerie, vers 1940.

3 avril 1984

Je m'endormais avec ma petite bible
collée contre mon cœur
ou sous ma tête

Ma petite Anne-Lise, ma petite souris,

Je te livre d'un trait l'histoire tragique de Hennie, qu'il m'aura fallu des jours pour recouper en tirant les vers du nez d'Esther, des infirmières et de Herr Doktor lui-même.

En 1938, mon Hennie terminait ses études de linguistique. Son frère, Willy, le jeune homme qui posait à ses côtés sur la photo, était alors un brillant ingénieur électricien. Leur père était professeur à Cologne – en plus d'y jouir d'un poste de conseiller municipal. Le bon Doktor Schmidt, à qui je devais bonne mine et bonne fortune, s'avérait son frère jumeau. Oncle de Hennie et Willy, le bon Doktor Schmidt opérait à l'époque à l'hôpital de Bad Münstereifel. Quand les nazis arrivèrent au pouvoir, les deux frères se disputèrent violemment : le père de Hennie et Willy était absolument opposé au Parti national socialiste, tandis que leur oncle était plutôt sympathisant. Le père, avec d'autres membres du conseil municipal de bord plus libéral, essaya de lutter contre les nazis de toutes ses forces, et ça, le régime ne leur pardonna pas. Un soir, la Gestapo débarqua dans le manoir familial de ma chère Hennie où ils dînaient tranquillement. D'abord, les SS tirèrent une balle dans la cuisse de son père, puis l'un d'entre eux se rappela que cet homme à terre était professeur. La deuxième balle alla donc se ficher dans sa main. « Comme ça, tu ne tiendras plus jamais de craie. » Ensuite ils l'arrêtèrent, ainsi que Willy, sa sœur Hennie et Anna – la femme de Willy, alors enceinte de cinq mois (sur cet homme, que Hennie m'avait écrit avoir épousé, personne ne put me dire grand-chose, ni Esther, ni les infirmières).

De cette rafle familiale, seule la mère, absente, réchappa. Prévenue par des amis, elle ne rentra pas, mais alla se réfugier chez son beau-frère. Celui-ci, catastrophé, mit tout en branle pour secourir les siens, mais rien n'y fit, il ne put même pas savoir où ils étaient détenus. Une semaine passa, quand des cendres lui furent envoyées par colis postal, accompagnées d'un mot : son frère était malheureusement décédé d'une « crise cardiaque » dans une prison munichoise. La mère de Willy et Hennie en mourut de chagrin.

Des enfants, aucune nouvelle. Le docteur graissa des pattes jusqu'au jour où il apprit que Hennie et Anna se trouvaient dans l'infirmerie d'une célèbre prison berlinoise.

Les informations se révélèrent exactes et, par l'intervention de quelques gros bonnets, il parvint à les faire libérer. Les deux filles furent cependant assignées à un travail forcé. Hennie manœuvre dans une fonderie colonaise et Anna, qui avait fait une fausse couche en cellule, factrice au pays. Quant à Willy, je n'en savais pas plus.

Évidemment, j'ai tu la vérité ! Il était trop dangereux à l'époque d'y penser, mais te dire que je ne développai pas rapidement l'obsession folle de retrouver Hennie serait mentir. Le bon docteur prit mes questions pour une démonstration d'amitié sincère, et sa bonne âme y vit le signe que la Guerre n'avait pas tout ravagé, et qu'il était encore possible, pour deux hommes respectables, quand bien même ennemis, de se rencontrer. Sa sympathie pour moi s'en trouva consolidée. D'ailleurs, mieux qu'un ami, j'étais, je crois, un symbole pour lui : quelque part, un espoir subsistait pour les Hommes.

Esther, ma bonne amie juive, est la seule à laquelle j'ai tout raconté. La jeune femme n'a jamais trop dit ce qu'elle en pensait. Juste que c'était une folie d'espérer se rapprocher de Cologne. Une folie… J'avais beau me soucier de ma famille restée au pays, ce n'était rien à coté des frémissements ressentis chaque fois que je songeais à Hennie. Je ne pouvais m'en empêcher. Il n'y en eut bientôt plus que pour elle.

3 avril 1985
Mon fils ?

Ma Lisette,

Ici la vie suit son cours, ma belle-fille est enceinte. Un garçon prévu pour août et qu'ils veulent appeler Jean. Je me sens plus vieux que jamais.

Les jours filaient, je menais mes investigations avec une discrétion de violette, quand je vis débarquer un matin mon Francotte, épaulé par un camarade, la main sur le ventre, et qui feignait de violentes douleurs à l'hypocondre.

J'avais un peu oublié mes copains, Dubreuilh et Francotte. Ce dernier s'arrangea pour caler son grand corps dans un brancard et chuchota comme je me penchais sur lui pour vérifier qu'il était bien installé :

« Je t'ai apporté le reste de tes affaires. »

Il me fit glisser sous les draps mon sac et tout son contenu.

« Je suis toujours décidé à m'évader dès que la neige aura fondu.

— Tu es sûr ?

— Absolument sûr. Marre d'attendre d'être sur la liste des libérés. »

On nous promettait tous les jours une libération prochaine, et d'ailleurs, sans qu'on en comprenne les motivations, certains d'entre nous étaient renvoyés de temps à autre au pays après de petites cérémonies d'adieux touchantes. À chaque arrivée de nouveaux prisonniers, d'autres, des anciens, partaient en bus. Pour être rendus à la France, nous disait-on. Pourquoi eux et pas d'autres ? Personne ne savait. Évidemment, la photo du docteur m'obsédait. Que faire ? Obliger le destin, forcer le hasard ? Mais pour quoi ? Pour qui ? La Guerre avait tout balayé, et comme l'adolescence me paraissait loin. Hennie appartenait au camp opposé, à présent. Et je n'avais pas de nouvelles de ma famille.

« Fais-moi le plaisir de garder cela », marmonnai-je et, sur un coup de tête, je lui donnai tout le pain sec que j'avais conservé d'avance dans mon sac.

Il y eut un instant de silence, puis je lui tournai le dos pour ne pas attirer l'attention sur nos messes basses.

Chose étrange, c'était la peur des bombardements qui le poussait à tenter l'aventure. Au printemps, il réussit son évasion grâce à une filière montée par des religieuses allemandes et il se réfugia à Luchon dans les Pyrénées, où il se garda bien de passer en Espagne. Tout cela, je ne le sus qu'après la Guerre, sauf la réussite de son escapade, que m'apprit l'arrivée d'un gros colis de sa part quelques mois plus tard. C'était vraiment un chouette copain, mais je n'ai toujours pas compris comment il avait réussi sa cavale tout seul. Il n'avait pas toutes les frites dans le même cornet, si tu vois ce que je veux dire.

Il y avait bien un mois que j'étais à l'hôpital quand je reçus enfin ma première carte :

Mon cher Moïse,
Louise et moi nous portons bien.
Je t'annonce la naissance d'André, ton fils.
Bien à toi,
Couronnée

C'était froid, impersonnel, rédigé sans tendresse. Finis les « mon amour », « mon adoré », « mon amant chéri » dont ma femme avait coutume de commencer ses lettres du temps de nos 17 ans, c'était « Mon cher Moïse » et bientôt le « Mon cher » disparaîtrait aussi. Comme la jeune fille aux cheveux presque bleus que j'avais connue me paraissait loin ! Et les souvenirs de nos parties de volant dans la maison de ses parents, je ne pouvais plus les souffrir. Quant à la naissance du petit, de vilaines pensées me venaient… Était-il seulement de moi ? À flirter comme elle flirtait, avant mai 1940, jusqu'où ses batifolages avaient-ils été ? Comment avais-je pu rester aussi aveugle ? Les yeux ne voient pas les cils, hélas, ma petite souris. La jalousie avait déjà bien commencé son lent travail de sape quand, un matin, Esther m'annonça :

« Tu vas être mis en convalescence dans la grande salle commune, Moïse. Je l'ai entendu tout à l'heure à la réunion. Finies les visites et les petites cigarettes de ta petite juive ! Je ne te verrai plus.

— Je vais devoir m'en aller ?

— Ils vous laissent le choix. Soit c'est le camp de travail le plus proche, soit vous retournez au Kommando quelques mois avant d'être libérés. Qu'ils disent.

— Et c'est lequel, le camp le plus proche ? »

Elle me regarda et, comme un voile d'hésitation passait sur son regard, elle balança :

« Cologne, gros bêta ! Mais je ne sais pas si je devrais te le dire. Tu vas la faire, ta bêtise ! »

Puis elle se jeta sur moi, déposa un baiser humide sur mes joues et s'enfuit sans se retourner.

3 avril 1985

Ce que je ferai
si je ne te retrouve pas dans cette vie

Chaque semaine, ceux qui étaient guéris repartaient au Kommando et, chaque fois, c'était la bagarre entre Herr Doktor Schmidt (qui voulait nous garder le plus longtemps possible pour nous soustraire à tout ce grand cirque de la Guerre) et l'adjudant, qui avait besoin de toujours plus de travailleurs.

C'est comme ça que, un beau matin, le Doktor me prévint : ils venaient chercher des volontaires pour les camps de travail.

« Tu as le choix, Moïse… Mais quelle que soit ta décision, je ferai de mon mieux pour t'aider. »

Cruel dilemme. Si je partais, c'était Cologne, et je me rapprochais de Hennie, avec la possibilité illusoire de la retrouver dans cette ville immense où je ne serais que prisonnier. Mais si c'était le Kommando, je hâtais le moment de ma libération, et donc celui où je reprendrais les rênes de ma vie de famille et empêcherais un autre homme de prendre ma place de mari et de père, pour « remettre mon église au centre de mon village », comme on disait dans mon pays.

Voilà comment la jalousie, l'orgueil viril et idiot qui colle aux fils d'Adam, associés à la frustration d'être gardé là impuissant face au délitement de ma famille, me poussèrent à choisir le Kommando, et à renoncer à Hennie.

Le jour de mon départ, derrière une fenêtre du premier étage, je croisai les yeux doux du Doktor Schmidt, braqués sur moi.

« Nous nous reverrons », semblaient-ils me dire.

J'en doutais fort et c'est déchiré en deux que je partis : oui, chaque kilomètre me rapprochait des jour et lieu de ma libération, mais m'éloignait de Hennie.

« De toutes les manières, elle est mariée maintenant, arrête d'y songer. Elle est mariée… »

Au Kommando, le travail reprit et, avec le travail, les privations.

Le plus dur pour moi était cette quasi-absence de lettres et, quand j'en avais une, sa sécheresse : l'absence de tendresse ou de mot d'amitié me la faisait regretter aussitôt. Les colis ? N'en parlons pas.

Finalement, je n'allais même plus à la distribution, cela me faisait trop mal de ne jamais entendre mon nom.

De cette époque, je me souviens de grands moments d'isolement, traversés de soupçons innombrables, de ceux qui dévissent la raison jusqu'à accepter la vérité ou devenir fou. Malgré les réponses embarrassées de mes frères, je savais lire entre les lignes. J'en souffrais horriblement, car, depuis que je savais Couronnée perdue pour moi, il me semblait l'aimer de nouveau, mais pas comme au premier jour, ça non, c'était plutôt ce genre d'attachement nostalgique qu'ont les prisonniers en perdition. Seul le sommeil m'accordait un peu de répit.

Oh, je me faisais une raison. Sans doute n'avait-elle pas grand-chose à manger ? Mais quelques paquets de cigarettes, un tricot, une écharpe venant d'elle, un « Baisers » hâtivement gribouillé m'auraient apaisé : ils auraient signifié qu'au moins quelqu'un pensait à moi. Je n'étais pas devenu qu'un matricule… Puis il y eut cette lettre qui me blessa au cœur pour toujours.

Nous touchions un pécule, des marks frappés exprès pour nous, que nous pouvions adresser à nos familles ou utiliser pour filouter quelques canettes de bière, des lames de rasoir et des blaireaux. J'en économisais le plus possible pour en envoyer chez moi.

« Donne pour que ta famille ne t'oublie pas, mon petit Moïse, que je me disais. Donne pour que ta famille regrette de t'avoir négligé, couvre-les de cadeaux, donne-leur tout, donne même tes dents si on achète tes dents, montre combien même dans l'adversité leur bien-être passe avant le tien, culpabilise-les et ils reviendront vers toi ! »

Voilà qui est bien moche, oh oui, bien moche, mais je me refuse à taire les sentiments qui furent les miens à l'époque, pour mesquins qu'ils fussent, ils n'en demeurent pas moins la vérité d'un homme aux prises avec l'Histoire et le malheur. Je m'y employais jusqu'au jour où je reçus une lettre de

Louise qui, sans un mot d'amour pour son père, me pressait de les lui faire parvenir au plus vite, m'annonçant qu'ils seraient pour elle « l'occasion d'acheter un joli violon ».

Oh, je n'avais rien contre le violon, d'ailleurs je n'y connaissais rien à la musique des riches. Mais, désormais, je buvais mes marks. Et je ruminais mon malheur.

Heureusement, j'avais ma petite bible. J'étais croyant et Dieu me fut d'un grand secours pour supporter mon sort. C'était, tu le sais bien, cette minuscule bible, carrée, écrite en français, la couverture couleur gris d'épine. Avec les coins ferrés. Celle offerte par Man Fine le jour de ma naissance. Ma plus vieille possession. Je m'endormais avec elle, à l'époque. Contre mon cœur ou sous la tête – je la possède toujours, dans le tiroir de ma table basse. Je la jetterai si je ne te retrouve pas dans cette vie, mon Anne-Lise.

3 avril 1985

La puissance supérieure

Des idées d'évasion me vinrent, de l'Eifel aux Ardennes, il n'y avait pas vraiment loin, je pouvais tenter ma chance ! Rentrer à la maison, reprendre ma vie en main et chasser tous ces hommes qui, la nuit, dans mes cauchemars, visitaient ma femme et élevaient mes enfants à ma place.

Pourquoi ne me suis-je pas évadé ? La réponse est simple : des bruits de libération couraient en permanence. Rumeurs qui étaient de temps en temps suivies d'effet : un copain fut rapatrié. Avant de s'en aller, il me serra la main vigoureusement :

« Ton tour ne tardera pas, fit-il en guise d'encouragement. Ce n'est qu'une question de jours. Je t'en supplie, ne joue pas à l'idiot et sois patient. Qui fuirait la pluie au risque de se précipiter sous la grêle ? »

C'est ainsi que, rentrant un jour, une sentinelle stationnée devant mon baraquement claironna :

« Rapatriement ! »

Il dut sentir la suspicion avec laquelle j'accueillis la nouvelle, car il posa une main sur mon épaule et, pour fortifier mes espérances, il ajouta : « Ce sont tous les employés de chemin de fer qui sont rapatriés. Il n'y a pas que toi ! »

Il y avait dans cette idée une sorte d'élan général qui en consolidait la sincérité. Ce n'était pas moi qu'une décision administrative libérait, mais « tous ceux qui étaient comme moi ». Comment douter ?

Pourtant, un jour passa, et un autre, puis encore un autre et rien. Rien du tout.

Les haut-parleurs de la radio du Kommando nous annonçaient l'avancée foudroyante des Allemands en Russie, à chaque jour de nouvelles victoires, les villes tombaient les unes après les autres, et on ne parlait plus du tout de nous libérer. Chaque succès était suivi d'autant de floraisons de drapeaux à croix gammée. Le rouge et le noir sont les seules vraies couleurs que je vois quand je ferme les yeux et me souviens de cette époque-là. Du rouge et du noir aux fenêtres, battus par un vent qui n'a jamais cessé de souffler dans ma tête, ma pauvre tête remplie de toi.

« Les rapatriements sont suspendus jusqu'à nouvel ordre, nous expliqua-t-on. Soyez patients. »

J'appris quelques heures plus tard que tout n'avait été que poudre aux yeux : aucun de mes copains n'avait été libéré. On les avait seulement déplacés vers un stalag voisin.

L'astuce était évidente, et les Fritz malins. Nous entretenir dans l'espérance perpétuelle d'une libération éteignait en nous toute volonté de rébellion. Le contraire de « libre », ma petite souris, ce n'est pas « captif », c'est « obéissant ».

Voilà comment, un matin, nous reprîmes la route une nouvelle fois. Officiellement, vers la liberté. Officieusement, nous arrivâmes en gare d'une très jolie ville, aux croisillons de bois délicatement ouvragés, que même les drapeaux nazis n'arrivaient pas à enlaidir... Au centre, une immense cathédrale culminait à 150 mètres de haut, dominant les 800 000 habitants de la ville, 800 000 habitants et nous, ses prisonniers.

Les gardiens ne répondaient que d'un mot à nos interrogations, « Köln », ce qui pour nous ne signifiait pas grand-chose, peut-être une nouvelle corvée, un nouveau poste, un nouveau métier ? « Cela ne va jamais s'arrêter, pensais-je. Nous serons déplacés de lieu en lieu, de tâche en tâche, jusqu'à ce que toutes les bobines de barbelés soient rembobinées, tous les champs allemands labourés, toutes les vaches traites, toutes les betteraves du monde pressées, et alors ils nous laisseront crever de faim ou nous fusilleront comme ils ont fusillé ceux de Bonn... »

Notre nouveau stalag, le numéro VI, était un grand bâtiment de cinq étages, entouré de barbelés et de sentinelles en armes.

Je tiens, ma petite Anne-Lise, à écrire que tout ce qui va suivre est si romanesque qu'on pourrait croire que j'affabule. Hélas, je le voudrais tant que, parfois, quand j'y pense ou que j'en rêve encore, je me dis que tout cela n'aura été qu'un songe triste et beau. Mais sincèrement, comme je te l'ai déjà écrit, je crois que quelqu'un (ou quelque chose) avait pris mon destin par la main et m'avait conduit là.

Parce que ce mot-là, « Köln », figure-toi que c'était le mot allemand pour dire « Cologne », et Cologne, mon Anne-Lise, c'était le mot de ma langue à moi pour dire « Hennie ».

Aujourd'hui

« J'en fais mon combat. »

Ces mots de Gustave Mas (l'aumônier qui parcourait les champs de massacres en 1914, ramassait les plaques d'identification et les effets personnels des soldats qu'il rapportait aux familles), ces mots trottent dans ma tête depuis que j'ai vraiment retrouvé son arrière-petit-fils Camille. Via les archives d'anciens prisonniers et des comptes rendus de l'armée.

Ayant reçu un mail, avec un nom, un prénom, je n'avais plus qu'à taper son identité sur Facebook et fureter.

L'homme est vendeur dans une Fnac en région parisienne. Teint gris. Petite coupe, petit gilet. Une bonne quarantaine. Bavard seulement quand il vend. Je lui ai raconté l'histoire de son aïeul, lui ai même montré les carnets, mais il les a pris dans ses mains, les a jaugés l'air de dire « le problème avec le vieux papier, c'est que le nombre de pixels laisse à désirer », puis il me les a rendus en s'excusant de ne pas trop s'intéresser au passé.

Le seul vrai descendant que je déniche, la seule vraie occasion de ne pas mentir à mon père, et il faut que le bonhomme soit incapable de me confier une seule vraie bonne histoire ! J'avais bien fait de mentir, finalement.

Comment passer du temps avec son père qu'on aime, mais avec lequel on ne peut pas, ou ne peut plus, parler ? C'est Camille Mas qui m'en a donné l'idée.

« Prenez cette console, elle est en promotion et le premier jeu est gratuit. Vraiment le meilleur FPS sur le marché. Je n'ai vendu que ça cette année. Je l'aime d'amour, ce jeu ! Vous allez vous régaler. »

Je n'avais aucune idée de ce que pouvait bien être un « FPS », mais voilà comment papa et moi nous sommes retrouvés à jouer à ce jeu, WarBattlesGame 1.

Il faut qu'on parle de ce jeu un instant. Il le faut vraiment.

Ça commence par deux soldats, en capote, l'un casque à pointe, l'autre casque normand, en train de se battre à mains nues. L'un écrase le visage de l'autre à coups de pierre.

« VOUS êtes le soldat au front. Vous DEVEZ tenir cette ligne » s'affiche en grand.

Papa et moi ne devons rien à personne, mais la console vibre à chaque obus, à chaque balle, alors on se sent vite obligé de suivre. Quelqu'un crie « feu à volonté », « ils arrivent ! », « tenez bon ». Nous tenons, papa et moi. À vrai dire, nous ferons tout ce que la voix nous demande. Tout, plutôt que nous regarder dans les yeux, lui et moi. Être ensemble, sans la gêne de devoir revenir sur le sujet qui nous préoccupe. Vraiment une bonne idée, ce jeu vidéo. D'un cynisme à pleurer, mais bon.

Quand notre personnage meurt, l'écran noircit, et son nom apparaît, suivi de deux dates :

Jack Roberts (1892-1918)

Aussitôt, papa et moi incarnons un autre camarade de tranchée, quelques mètres plus loin, avec d'autres armes. Un autre nom. D'autres dates. Le but est d'avancer, en char, en avion, en simple fantassin. Avancer. Ainsi, on peut mourir et se relever aussitôt dans le corps d'un autre. Un instant je suis installé derrière une DCA et je m'appelle Clifford Sullivan (né en 1888), puis une grenade explose au-dessus de ma tête. Écran noir. L'instant d'après je suis Theodore Panola (né en 1885), et je suis artilleur dans un char anglais.

Nous n'avons pas beaucoup échangé, papa et moi, ce jour-là. Peut-être deux ou trois phrases, et sans jamais nous regarder :

« Tu n'as pas fini les lettres ?

— Non. On lit très mal son écriture, tu sais ? Quarante-sept ans, ce n'est pas rien pour les humains, ce n'est pas rien pour les papiers non plus. Je ne sais pas comment tu as réussi à la déchiffrer aussi vite, papa. »

Moïse n'avait-il jamais imaginé que l'encre s'effacerait ? Que je devrais, patiemment, stylo à la main, retracer sur chaque mot un trait d'encre tout neuf ? Je repassais par ses gestes, je me coulais en lui, et à quarante-sept ans d'intervalle, les mêmes muscles de nos bras travaillaient sur le même mot, en reproduisant la même lettre, et j'avais la même attitude : j'étais son petit-fils, et je pliais les formes du temps, j'obligeais deux époques à s'étreindre. Quel mystère que celui de ces lettres ! L'Homme est enfant, adulte puis vieillard, et quand la vie tombe dans un trou, il tombe avec elle. Sans écrits pour la fixer, il ne reste plus que l'histoire d'une vie, qui est racontée une fois ou deux fois, sur une génération, deux générations au plus. Et puis même l'histoire de cette vie disparaît. Ces carnets arrivaient donc au bon moment : ma génération est la dernière avant l'oubli total de cette époque.

« Tu es sur une nouvelle piste ? J'aime les histoires que tu me ramènes. »

Il y avait eu nos retrouvailles gênées à l'hôpital, puis nos coups de fil, ma mère et ma sœur jouant les intermédiaires, et maintenant ça : lui et moi en train de jouer comme au bon vieux temps.

« Nous verrons, papa. Je pars à Cologne dans une semaine.

— Cologne ! Peut-être que le stalag où ton grand-père a été fait prisonnier organise des visites guidées ? Tu me raconteras ? La ville, les gens ? Oh, et la gare ? Tu me raconteras à quoi elle ressemble ? Si seulement tu pouvais retrouver la fonderie où les Allemands les faisaient trimer, et la maison où tout est arrivé... Où lui et... »

Je l'interrompis d'un geste : je voulais découvrir l'histoire moi-même, avec les mots de mon grand-père.

Il hocha lentement la tête, compréhensif.

« Tu es formidable, tu sais ? Je n'en reviens pas de tout ce que tu fais pour moi. Tu es formidable, tu entends ? F.O.R.M.I.D.A.B.L.E. ! »

J'ai rougi, puis j'ai songé :

« Et maintenant, qu'est-ce que je fais ? »

3 avril 1986

L'erreur du bon docteur

Ma petite Anne-Lise, ma petite souris,

Les lieux étaient sommaires, agencés sous forme de box à bestiaux, rappelant d'ailleurs plus des écuries spartiates qu'un camp pour prisonniers.

Mon voisin de gauche était un titi parisien, mécanicien de son métier, et répondant au surnom de Nono. À droite, un clerc de notaire que tout le monde appelait le Notaire. Il était tellement petit qu'à ses côtés il nous venait parfois l'envie de lui crier après : « Allons ! Que fais-tu ainsi par terre, veux-tu bien te relever ! »

Entre prisonniers, les amitiés étaient vite établies. Pas de chichis. Les hommes ne naissent pas libres et égaux, mais collez-leur donc des fusils dans les mains et voilà qu'un roi des pouilles comme moi se retrouve à partager le pain avec deux bourgeois qu'un temps plus clément, un temps de Paix quoi, aurait condamné à servir. Parce que les bombes tombent sur tout le monde pareil, ma petite Anne-Lise.

Le premier matin, debout à 5 heures : après une tasse d'orge grillé, on nous rassembla dans la cour pour nous répartir les tâches et je devinai très vite que quelque chose ne tournait pas rond. On me colla avec une vingtaine de prisonniers qui avaient en commun d'être, à un moment ou un autre, passés entre les mains délicates de Doktor Schmidt. Là, j'ai vraiment commencé à me casser la nénette : que se passait-il ? Qu'allait-on faire de nous ? Devions-nous avoir peur ? Et tant d'autres questions encore…

Nous nous retrouvâmes trois colonnes de vingt, une sentinelle à l'avant, une autre à l'arrière. Il y avait un sacré verglas, les caténaires des trains lançaient des éclairs bleutés dans la nuit sans lumière, et pour éviter de tomber, nous nous donnions le bras trois par trois. Nous avançâmes comme des aveugles une bonne demi-heure durant, avant d'arriver à l'usine, qui occupait les deux côtés d'une rue interminable, avec à droite les ateliers de montage et à gauche la fonderie.

Au milieu : une pelouse où étaient plantées des croix avec un nom, suivi d'un « *Für den Führer gefallen* », « Mort pour le Führer », ainsi que deux dates, naissance et mort.

« Pour les ouvriers de l'usine tombés sur les champs de bataille », nous dit-on.

On allait travailler au milieu des tombes.

Notre nouveau chef, monsieur Laserat, un nom pas allemand du tout et pourtant Dieu sait qu'il l'était, nous sortait du rang par groupe de dix, auquel il assignait un surveillant civil différent à chaque fois.

C'était ce qu'il appelait « la prise en charge ».

On nous dirigea vers un petit bâtiment couleur

ventre de rat, ou « *Gießerei* » (fonderie). Or, mis à part le bon Doktor, je n'avais jamais dit à quiconque que j'avais travaillé dans une fonderie ! Je devinai, mais trop tard, l'erreur commise par Herr Doktor : en modifiant nos dossiers de prisonniers de guerre, de « PG », pour continuer à veiller sur nous depuis sa clinique, le docteur avait sans le savoir précipité mes pas vers notre malheur à tous. Il m'avait rapproché de sa famille ! De Hennie ! Mais c'était donner un revolver à un fou !

Mon malaise se confirma lorsque Laserat hurla sur un ouvrier ce prénom qui arrêta mon sang : « Willy » !

L'ouvrier se retourna et avança en claudiquant jusqu'à nous, porteur d'une bouille engageante et d'une jambe raide, qu'il soulevait, à chaque pas, avec la rigidité d'une branche de compas. C'était lui ! Le beau et blond jeune homme aux côtés de Hennie sur la photo du portefeuille du Doktor Schmidt !

« Toi parler allemand ? » me demanda-t-il en français de la même voix douce que son oncle.

Je dus rester un moment sans répondre, car je me souviens qu'il répéta :

« Allemand ?

— Pas beaucoup.

— *English ?*

— Non plus. »

Willy haussa les épaules. Il avait les mêmes yeux bleus, tendres et rieurs que sa sœur.

Un camarade me souffla :

« Lui, il va vite être notre copain, et qu'importe

qu'il soit allemand : en tant de Guerre, un ennemi, c'est trop, et mille amis trop peu. »

S'ils avaient su !

3 avril 1986
« Moritz »

Willy nous guida à travers la fonderie. Son coéquipier, le maître mouleur, s'appelait Joseph. Avec lui un jeune de 17 ou 18 ans, Bernhard, très sympathique. Puis venait le pontonnier, un ancien fédé qu'on surnommait l'Adjudant. Mon regard ne cessait de fouiller les lieux à la recherche d'une jeune femme blonde, sans rien écouter des explications qu'on nous donnait. D'ailleurs, je me gardais bien de dire que je savais déjà tout des séchoirs, des moules mobiles, ceux qui sont coulés dans un châssis et non à même le sol. Tous furent plus tard stupéfaits de mon maniement des ponts roulants, de la dextérité avec laquelle je traitais les plaques de fonte, arrosais les foyers, retirais les cendres en un clin d'œil, apprêtais le feu pour le soir avec des copeaux de bois que j'allais chercher au modelage et recouvrais le tout de coke d'une main sûre, jamais tremblante.

En tout une bonne heure de travail, qu'un autre aurait mis six heures à terminer.

« Le reste de temps, toi asseoir dans un coin. Bien chaud coin, ça. Pas trop montrer toi. Cache, cache ! »

Je me sentais menteur, et l'idée du moment où mon secret serait découvert me mettait la cervelle à l'envers. Plus Willy était gentil avec moi (et Dieu sait s'il l'était, conformément aux instructions de son oncle), plus je me sentais les mains sales. Et plus je culpabilisais, plus Willy était aimable, comme pour ajouter à mon supplice !

Oh, j'avais beau essayer de me concentrer sur les nouvelles têtes qu'on me présentait, rien n'y faisait. L'homme de la photo. Le frère de Hennie. Là. Devant moi. Dans ce pays en Guerre. C'était trop, c'était mal, c'était dangereux.

À l'heure du casse-croûte, que tous prenaient sans même s'asseoir, Willy m'appela et me glissa dans la poche deux fines tranches de pain. Il leva la main et pointa discrètement une boîte à outils cachée sur un petit placard : tous les jours, il en mettrait en secret autant dans la boîte que dans ma poche.

Et moi, tout fourré de malice, qui jouais l'innocent !

« Faut rationner votre tabac, prévint Willy en allemand qu'on nous traduisit. Une cibiche le matin après le jus, une autre à 9 heures, et une après la soupe du déjeuner ; le soir dans la chambre, vous pourrez en fumer deux ou trois selon les disponibilités. »

C'est lui aussi qui, ce jour-là, au moment de l'enregistrement de nos noms dans les registres, inscrivit Maurice devant mon nom de famille.

J'eus beau protester de toutes mes forces : « Mon prénom est Moïse, j'y tiens, c'est mon père qui l'a choisi pour moi, que diable ! », Willy n'en démordit pas. Il passa d'ailleurs le mot aux autres et, curieusement, toutes et tous m'appelèrent dorénavant Maurice – ou plutôt l'équivalent allemand, « Moritz ».

C'est après la Guerre, en entendant toutes les horreurs du régime perpétrées contre le peuple juif, que j'ai compris.

Crois-le ou pas, ma petite souris, mais, en trois ans de captivité, aucun travailleur de la fonderie, qu'il soit prisonnier ou civil, ne révéla jamais aux autorités mon véritable prénom. Même des SS, que je savais au courant, se prêtèrent à cette supercherie. Bien malin celui qui cartographiera l'âme humaine après ça !

Aujourd'hui

Plus tard, cette semaine-là, je suis retourné à la Fnac voir Camille Mas, le descendant de l'aumônier. Celui qui vend des consoles pour jouer à la guerre.

« Vous n'aimez pas le jeu ?

— Si, si ! Mon père et moi sommes accros. Mais je voulais savoir : les noms, ils sont vrais ? »

Camille m'explique : chaque fois qu'un joueur en réseau meurt dans le jeu, le matricule d'un ancien soldat devient disponible, puis il est redistribué quelque part dans le monde. Ce personnage au vrai nom de vrai soldat, sa mort sera rejouée par d'autres joueurs plusieurs milliers de fois, à toute heure du jour et de la nuit. Et de dizaines de manières différentes !

Camille, oh étrange Camille, dont la tâche journalière consiste à vendre, sans le savoir, des noms jadis récoltés par son arrière-grand-père sur les champs de bataille ! Quelle société absurde, où il ne faut jamais avoir connu la guerre pour produire de tels jeux !

Je suis rentré, très perturbé. J'ai approché mon écran d'ordinateur : quand on tape le mot « Guerre » sur Google, le moteur de recherche propose 169 millions d'occurrences (plus de 2 milliards avec le mot anglais « *war* »).

Le mot « amour », lui, en propose 391 millions (plus de 8 milliards en anglais).

J'ai lu ça, j'ai écrit ça et, à chaque fois, j'ai songé :

« Il nous est donc formellement interdit de désespérer. »

Dis-moi ce que tu tapes sur Google, et je te dirai qui tu es. Moi, je suis un chercheur. Je cherche. Je tape donc « Anne-Lise Schmidt » et tombe sur le registre des soldats minnesotians morts en Afghanistan et en Irak (le titre exact était « *Minnesotans Who Have Died in Iraq and Afghanistan* »).

Nous sommes entre les années 2006 et 2009, aucun lien avec mon grand-père, donc. Aucun lien, sauf la guerre.

Je fais défiler sur l'écran les noms, âges et causes de la mort :

Kevin M. Je Witte, 27 ans (bombe).

Johnathan Benson, 21 ans (mine).

Bryan T. McDonough, 22 ans (bombe).

Je continue, cela ne sera d'aucune aide dans mes recherches, pourtant, je sens que cela a un rapport avec tout ce que je traverse en ce moment. Les descendants. La mémoire de mon grand-père. Mes histoires d'amour.

Dans son malheur, Moïse avait au moins eu la chance de vivre assez vieux pour écrire un jour la raison de ses silences, alors que ces gars-là sont morts trop jeunes pour avoir des secrets.

Corey J. Rystad, 20 ans (bombe, la même qui a tué McDonough).

Est-ce que ces noms, ces morts d'aujourd'hui, signifient que le monde ne change pas, ou pire : qu'on ne LE change pas, malgré tous nos efforts ?

Et soudain :

« *Joshua Schmidt, 26, of Willmar, was killed April 14, 2007, when a bomb exploded near his vehicle in Fallujah, Iraq.* »

J'ai imaginé un mec brun, taillé en V. Dans ma tête, il ressemble à ce garçon que j'aime et aimerais faire aimer à mon père. Il est dans une jeep, sous le soleil pesant du Moyen-Orient. Paysage écrasé de jaune. Joshua Schmidt, chic mec aux dents blanches. Puis l'explosion. La jeep qui décolle et retombe lourdement, déchiquetée.

Et si c'était le petit-fils d'Anne-Lise Schmidt ?

Il doit y avoir des milliers de Schmidt. C'était impossible. C'était idiot. Je devenais idiot. Tout se mélangeait. Sur mon ordinateur, une notification a clignoté :

« INFO DE DERNIÈRE MINUTE :
Ce matin, un soldat français est mort au Mali.
Il était âgé de 27 ans, et père de deux petites filles. »

J'ai repoussé l'ordinateur, fumé deux cigarettes à la suite jusqu'au filtre, puis joué à WarBattlesGame comme un somnambule tout l'après-midi.

Les hommes s'en vont, mais la guerre, elle, ne meurt jamais.

3 avril 1986
Le retour de Hennie

Nous avions chacun touché un bleu de travail et disposions d'un vestiaire spécial pour nous habiller et remettre notre habit militaire. Le midi, quand je revins après avoir avalé ma gamelle de soupe aux rutabagas, Hennie mangeait avec Willy et le jeune Bernhard. Je voulus faire demi-tour, réfléchir, me donner du courage, mais Willy m'aperçut.

« Moritz ! cria-t-il. Viens donc avec nous ! »

Alors sa sœur leva la tête, me vit, et je sentis sa raison et la mienne perdre pied. Comprendre ce qui nous arrivait, après toutes ces années de séparation, après la Guerre, mon mariage, le sien ? Je crois que nous aurions eu plus vite fait de mordre la lune avec les dents ! Pourquoi avait-il fallu que Dieu, le Destin, les puissances du hasard ou que sais-je encore, nous conduisent ici et maintenant ? C'était impossible !

Je la saluai d'un signe de tête comme ça, pour la politesse, et je partis fumer ma cigarette de midi dans un coin, suffisamment loin pour ne rien laisser paraître des tremblements qui m'agitaient, mais suffisamment près pour détailler chaque courbe de son beau visage. Elle n'avait pas changé. Peut-être un peu maigri, oui. Comme elle était belle ! Voir qu'elle avait posé sa gamelle et n'y touchait plus me flatta autant que cela m'effraya. À quoi devait-elle penser ? De me voir là, devant elle ? Que se serait-il passé si elle avait tout avoué à son frère ? Et son mari ? Mais c'est la mort que je risquais ! Son teint pâle, ses yeux fuyants (vers moi sans cesse) et son silence soudain inquiétèrent son frère, qui posa le dos de sa main sur son front.

Elle était aussi grande que dans mon souvenir, de ma taille à peu près, un mètre soixante-dix, et un foulard noir noué très serré enveloppait ses cheveux, laissant s'échapper quelques boucles blondes. Des poussières d'or relevaient ici et là ses yeux bleus, très doux, désormais empreints d'une tristesse que je ne lui connaissais pas, une souffrance si poignante que je la mis sur le compte de ses malheurs. Même son bleu de travail n'arrivait pas à l'enlaidir. Je te parle d'une beauté comme ça.

Les jours suivants, on m'assigna aux brouettes de coke, et je devais passer obligatoirement au noyautage et au moulage où, en compagnie de quelques hommes et femmes assez âgés, Hennie travaillait dur.

Le matin, si elle me regardait, j'avais droit à un bonjour de la tête, et c'était assez d'émotions pour nous deux, je crois. Parfois, je voulais m'enfuir de là à toutes jambes. Parfois, je voulais me jeter à ses pieds et lui dire que je l'aimais toujours, que je ne l'avais jamais oubliée, et que la Guerre, on s'en fichait. J'étais perdu. Parfois, sans raison, la pauvre Hennie semblait cristalliser toute ma haine pour l'Allemagne, et je l'avais soudain en horreur.

Le soir, mes codétenus me voyaient travailler du chapeau, parlant tout seul sur mon lit, et plus d'une fois ils craignirent de me voir perdu pour de bon.

« Ce sont les lettres de son frère, elles lui ont mis un sacré coup de marteau ! »

Et il y avait de quoi devenir branquignol, entre Hennie et les horribles nouvelles que je recevais de France.

Ma femme était, pourrait-on dire, *au mieux* avec les Fritz. Combien de fois l'avait-on aperçue dans Charleville en pleine conversation avec un officier ennemi ?

Je me mis à haïr le monde entier, à cette époque. De toute mon âme. Oh, pas tous, non… Un vieil ouvrier allemand, surnommé Verdun par mes soins (car il avait participé à cette grande boucherie et m'en parlait toujours), venait souvent discuter le bout de gras, soi-disant pour me montrer la marche à suivre, en réalité pour se planquer, car son séchoir était de plain-pied, ce qui ne lui laissait aucune chance de tirer au flanc sans être vu.

« Le travail est la plus belle chose au monde, disait-il, aussi faut-il toujours veiller à en laisser pour le lendemain. »

Durant la Guerre 1914-1918, il avait été prisonnier en France, près de Bordeaux, il en avait gardé un excellent souvenir et une certaine nostalgie. Parler français lui manquait, il aimait follement notre langue.

« J'habite le même quartier que Willy et Hennie. C'est avec elle que je pratique mon français de temps en temps.

— Hennie ? » demandai-je innocemment.

Il mima avec ses mains une poitrine de femme.

« Sa sœur. »

Avant l'arrivée des nazis, Verdun vivait du revenu de quelques appartements qu'il possédait.

« Ils m'ont tout raflé, Moritz ! Et ils m'obligent à travailler ! »

On sentait bien que c'était la première fois de sa vie qu'il mettait la main à la pâte, le pauvre.

Très ami avec la famille Schmidt, il compléta ce que j'avais déjà pu apprendre lors de mon séjour à l'hôpital militaire sur les malheurs qui l'avaient frappée au début de la Guerre.

3 avril 1987
Les malheurs de la famille Schmidt

Inutile de dire que l'oncle chirurgien en avait soupé, des nazis ! Après avoir libéré sa nièce et la femme de Willy de leur prison berlinoise (« L'argent fait ouvrir les oreilles... », commenta Verdun), Herr Doktor avait tout tenté pour son neveu, mais sans succès. Enrôlé dans un bataillon disciplinaire, avec pour seule perspective d'être envoyé en première ligne terminer prématurément sa carrière de forte tête, Willy était perdu.

Quand, en 1939, la Guerre se déclencha avec la Pologne, Willy fut pris dans une embuscade. Là, il voulut ramener son lieutenant grièvement blessé et ils sautèrent ensemble sur une mine. Une jambe en moins pour le lieutenant, une toute raide pour Willy, de longs mois d'hôpital pour les deux, conclus par une grappe de décorations dont ils n'avaient que faire. Le lieutenant, soldat de métier, resta dans l'armée. Le soir, il posait sa jambe artificielle près d'une photo de cul-de-jatte, pour ne jamais être tenté de se plaindre et se souvenir toujours qu'il était deux fois plus chanceux. Willy, vivant, contre toute attente, mais estropié, fut réformé, puis démobilisé. L'ingénieur en chef de la fonderie n'était pas un nazi bien convaincu. De plus, il avait étudié dans la même école que Willy. Son acte de courage, tout comme l'estime portée à leurs parents par les Colonais, leur valait la sympathie de tous. De sorte que le frère et la sœur n'étaient pas maltraités, et même les nazis – car il y en avait parmi les ouvriers – les respectaient.

Il se passait de drôles de choses dans l'Allemagne de ces années-là, ma petite Anne-Lise, mais comment l'aurais-je alors deviné ?

Un jour, j'osai enfin lancer à Verdun la question qui me taraudait depuis mon arrivée, et d'un ton qui se voulait détaché :

« Et le mari de Hennie ? Que lui est-il arrivé ? »

Verdun me regarda, surpris :

« Quel mari ? Elle n'est pas mariée ! »

La lettre où elle s'était inventé un mariage me revint en mémoire mot pour mot. Comme cela m'avait brisé ! Je me sentis heureux, soudain, de son mensonge (oh, la pieuse fable commise à l'époque pour mieux m'éloigner d'elle !).

Le lendemain, à midi, comme je revenais à mon poste après avoir avalé ma soupe de rutabagas, je m'engageai dans l'étroit passage qui longeait mon four. Hennie s'y introduisit de l'autre côté et je tentai de m'effacer dans l'ombre entre deux machines pour la laisser passer, en espérant qu'elle ne m'avait pas vu. Mais elle s'arrêta à ma hauteur et, réunissant sans doute tout son courage, elle murmura en excellent français :

« Il est déjà l'heure de la pause, Moritz ? Parce qu'il n'y a pas d'échiquier ici, et je ne sais toujours pas rouler les cigarettes ! »

Je fus si estomaqué de réentendre ma langue maternelle chérie que j'en bredouillai.

« Tu n'as pas changé.

— Toi non plus », dit-elle.

Un silence gêné s'installa. Elle avait une petite pivoine coincée derrière l'oreille, qui s'échappait de son foulard, et quand je l'ai regardée ce jour-là, j'ai su que jamais cette fleur ne pourrait se faner dans mon souvenir. D'ailleurs, je pense à elle et elle demeure intacte, et c'est toujours le même printemps qui se pose sur sa tempe. Elle a été dans tous les jardins de ma vie depuis ce jour-là.

« Quelqu'un m'a raconté ce qu'a fait mon oncle pour toi, et comment tu es arrivé ici.

— Qui ? Qui t'a raconté ? »

Elle haussa les épaules.

« Mon oncle. »

Je me souviens d'avoir répondu d'une voix acerbe :

« Quelqu'un m'a raconté toute ta vie depuis la dernière fois que nous nous sommes vus.

— Qui ? Qui t'a raconté ? »

Je haussai les épaules et, me croyant drôle alors que je n'étais que cruel, je lâchai :

« Ton mari. »

C'est le moment que choisirent des prisonnières ukrainiennes pour débouler sur notre droite et nous surprendre. J'en profitai pour partir sans demander mon reste, pressé d'être seul pour étouffer les cris qui me poussaient dans la gorge.

Les semaines suivantes, je n'osai plus venir fumer ma cigarette d'après déjeuner près de leur petit groupe. Il fallut qu'un jour elle m'appelle devant les autres et me tende timidement le fond de sa gamelle :

« Tu en veux un peu ? Je ne finirai pas. »

Les joues en feu, j'acceptai, mais je gardai le silence, affrontant son regard dans la pénombre, jusqu'à ce que Verdun, qui buvait son café, m'interrogeât sur ma vie d'avant la Guerre, et sur ma famille en France.

« Les nouvelles sont bonnes ? » fit-il gentiment.

Un accès de colère inexplicable m'envahit et, sans cesser de fixer Hennie des yeux, je lâchai d'une voix dure :

« J'ai perdu mon père en 14 à cause de vous et, à ce que j'en sais, aujourd'hui, j'ai aussi perdu mon foyer. »

Hennie se figea. Je vis la honte empourprer ses joues, et les larmes dans ses yeux me firent aussitôt regretter mon ton sec et définitif. Inexplicablement, l'idée de l'avoir blessée me dévasta plus qu'aucun des malheurs affrontés depuis ma captivité, et soudain tout me revint en mémoire avec une douloureuse acuité : notre adolescence, les grandes vacances, les après-midi chez les Jacquemart, son incapacité (feinte ?) à rouler ne serait-ce qu'une cigarette acceptable et qui allongeait délicieusement le temps passé ensemble, nos parties d'échecs, et tant d'années après, ce long week-end au bois des Amoureux.

À partir de ce jour, j'attendis qu'ils finissent de manger pour venir fumer ma cigarette près d'eux tout en parlant de tout et de rien, mais surtout pas de la Guerre.

Et toujours nos yeux qui ne se quittaient pas.

3 avril 1988
Les trois visages de l'homme

En temps de Guerre, ma petite Lisette, aucune victoire n'est belle, et ceux qui te l'affirment auront, dans le secret du cœur, pris quelque plaisir au massacre. Les Allemands commençaient à prendre la piquette en Russie et c'était avec un sentiment bien mitigé que j'observais la pelouse verte blanchir sous les croix de plus en plus nombreuses.

Mon jeune ami Bernhard, qui travaillait avec Willy, fut mobilisé. Il vint me saluer avant de partir.

« Dans quelle armée te retrouves-tu ?

— SS », répondit-il avec un sourire amer qui parlait pour lui.

Nous nous serrâmes la main comme de très vieux amis et il partit.

Les Hommes ont trois visages. Celui qu'ils montrent au monde, celui qu'ils montrent à leur famille, et celui qu'ils ne montrent à personne. La Guerre te les mélange et te les casse un peu tous.

Souvent, Hennie et Willy me réservaient une partie de leur gamelle. À ces occasions, j'appris un jour que la demeure familiale possédait un grand jardin.

« Mais l'homme en charge de l'entretien vient de s'enfuir, m'expliqua Willy.

— C'était la roseraie de papa, soupira sa sœur.

— Je peux demander au commandant du Kommando de m'en occuper le samedi après-midi et même le dimanche matin, si vous voulez ? » dis-je avec l'empressement du noyé qui s'accroche à un brin de paille.

Willy sonda mon regard, essayant d'y chercher une arrière-pensée malhonnête.

« Cela m'arrange, me justifiai-je. Le dimanche, on doit décharger les wagons. »

C'était du sable, de la fonte, de l'acier, de tout et de rien, mais qui pesait lourd.

« N'est-ce pas aux civils de s'en occuper ? » demanda-t-il en allemand, et Hennie traduisit.

Je secouai la tête.

« Ils ponctionnent de plus en plus chez les civils pour remplacer ceux qui tombent au front. »

Il garda le silence, sembla peser le pour et le contre de ma proposition et, finalement, murmura quelques mots en allemand.

« Il en parlera à l'ingénieur », expliqua Hennie pour moi.

Ses yeux m'évitèrent, mais elle ajouta dans un murmure :

« J'espère que le nom de notre famille signifie encore quelque chose. Nous verrons, Moritz, nous verrons… »

Et elle posa une main sur mon bras. C'était la première fois, depuis nos retrouvailles.

Aujourd'hui
Histoire de Richard

Confortablement installé dans mon appartement parisien, je m'infligeai un exercice délicat : rédiger un brouillon de message pour mon père.

Après mille et une ratures, j'étais parvenu à un début plus ou moins convenable.

Papa,

Je t'écris ce mail depuis Cologne, où je capte trop mal pour t'appeler.

Tu serais, je crois, très déçu : tout a changé depuis la guerre, et les reconstructions ont succédé aux reconstructions, au gré de la mode architecturale du moment... Si les villes sont d'immenses pièces de tissu posées sur la terre, alors Cologne est un patchwork rapiécé, dépenaillé, dont les couleurs et les formes jurent de tous côtés. Nulle présence ici. Nul fantôme.

Je marquai une pause, triturant nerveusement une gomme qui traînait sur mon bureau, avant de finalement me décider à continuer.

Heureusement, j'ai déniché la trace du petit-fils d'Esther Ellman, la jeune femme juive ayant croisé la route de grand-père lors de sa détention à l'hôpital militaire. Je l'ai rencontré hier et j'ai bien dû discuter trois heures avec lui.

J'avais de plus en plus de mal à lui mentir, à mon père, et la forme épistolaire offrait la distance convenable, une manière adéquate de ne pas céder à l'envie pressante de lui révéler mes trahisons d'un bloc. J'étais allé à Cologne, il est vrai, mais j'en étais rentré quatre jours après, comme celui qui plonge un pied dans l'eau et le ressort aussitôt, transi. Cologne était froide, mais surtout : Cologne était vide. Parce qu'elle était neuve. Le tapis de bombes lâché sur la ville de 1940 à 1945 n'avait rien épargné. Inutile de dire que j'avais, en quatre jours, vaillamment retourné ciel et terre. Hélas, les archives universitaires avaient brûlé pour moitié, et j'en avais été réduit à compulser des comptes rendus municipaux couverts de moisissures. J'avais même rencontré des fonctionnaires de l'« Institut allemand d'élucidation des destins », un organisme munichois issu du grand mouvement de repentance nationale ayant animé le pays après guerre.

Le peu d'information à ma disposition et leurs regards ennuyés ne laissaient aucune équivoque : nos chances de les retrouver étaient proches de zéro.

Anna-Lisa me dit que tu vas mieux.

Pour l'heure, je dois te parler de Richard.

Un grand ridé, aux cheveux blancs réunis en catogan. Un physique rondouillard, de grands yeux, un beau sourire aux dents fines comme des ongles.

60 ans. Il a le nom de sa mère, disparue dans la nature. Le père, lui, est inconnu au bataillon.

Fils de l'Assistance publique (c'est comme ça que j'ai retrouvé sa trace), Richard rit avec les yeux, sans ouvrir la bouche, parce qu'il n'est pas très sûr de ses dents.

Richard existait vraiment. Et s'il n'était nullement le petit-fils d'une pauvre adolescente cachée par des religieuses dans un hôpital militaire durant la guerre, le portrait que je décrivais à mon père était pour le moins fidèle.

Il est ce genre de type droit et franc, incapable de mentir. Vous vous entendriez bien, je pense. C'est un artisan. Un bon. Il ne compte pas ses heures et il est très demandé. « Quand j'avais 7 ans, je suis tombé d'un arbre et j'ai pris une grosse écharde dans le poignet. Depuis, le bois m'est passé dans le sang ! » Il est capable de tout faire pourvu que tu lui colles entre les mains un marteau et des clous.

Il a eu de petits soucis, étant jeune. A connu des excès et des souffrances sans nom.

« Pas de père, pas de mère... J'étais une épave », m'a-t-il confié, avant de se lever et d'aller nous préparer du café.

C'est sa femme qui l'a sorti de toute cette merde (elle était là, le jour de notre entretien. J'ai beaucoup parlé avec elle. Tout le monde la surnomme Titine).

Grâce à elle, il s'est lavé plus souvent, s'est coiffé. Un lundi, il est venu, il avait mis du déodorant. Quelque temps après, il n'en a plus eu besoin, car il s'était mis à porter des vêtements propres, et « ça change la vie quand même ! ». Un jour, il a eu un boulot. Un autre jour, il a eu une prime. Un jour, Titine est tombée enceinte. Un garçon.

« Et j'ai su qu'il ferait le meilleur père du monde, dit-elle

pendant qu'il est occupé à la cuisine. Parce qu'il y a toujours un pays derrière les larmes. »

Quand elle a rencontré Richard, à 21 ans, Titine avait les dents déchaussées. Jeune fille, elle souffrait d'anorexie. Richard l'a sauvée de tout ça, même si elle m'a confessé avoir gardé, de temps en temps, de violentes douleurs au ventre. 42 kilogrammes, puis 47, puis 50 et finalement 55.

Près de nous, leurs deux chiens nous observent placidement, tandis que leurs chats vont et viennent (Richard a tendance à recueillir tous les animaux errants du coin).

« Cette femme avait ramené la paix au cœur de mes batailles, ça me faisait mal de la voir, elle, enfermée dans sa maladie, m'a-t-il expliqué en déposant devant moi une bonne tasse de café chaud.

— Richard est arrivé dans ma vie et les choses n'ont cessé d'aller mieux depuis », a-t-elle repris.

À croire que les « choses », comme elle dit, ne sont pas si compliquées dans la vie, hein papa.

J'avais cherché pour mon père des histoires d'amour que j'estimais extraordinaires. Et voilà que Richard et son épouse, par leur humilité et leur dépouillement, m'offraient sans le savoir une sacrée claque. Leur histoire était belle parce qu'elle était simple, au sens le plus parfait du terme : elle était pure, sans tricherie.

Titine m'a dit qu'elle l'aimait, qu'elle n'y pouvait rien, que c'est leurs yeux, quand ils se sont croisés la première fois. Ils ont compris. Compris quoi ? Elle ne sait pas. Leurs yeux savaient, eux. Alors ils ne se sont plus quittés. Et ça fait plus de quarante ans que c'est comme ça !

Pourtant, le jour de leur mariage, ils étaient seuls. Richard était orphelin. Quant aux parents de Titine…

« Ils ont refusé de la voir épouser un ancien toxicomane, et juif de surcroît. »

Pendant qu'ils me parlaient, un de leurs chiens est venu mendier une caresse, tandis qu'un chat grimpait sur mes cuisses pour y ronronner aussitôt.

Les descendants de Lionne et Minette, peut-être ?

Cette idée m'a troublé. J'ai secoué la tête et demandé quel était le problème avec la judéité de Richard. Titine a regardé ailleurs. J'avais pourtant plutôt l'impression qu'elle n'était pas le genre de femme à se sentir facilement gênée. Richard a marmonné quelque chose à propos « de ne pas leur jeter la pierre, que c'était une autre époque », et Titine lui a rétorqué qu'« on ne devrait pas donner de leçon aux autres quand on n'a pas soi-même les mains propres ».

J'ai voulu savoir de quoi étaient responsables ses parents, Titine a laissé entendre qu'ils n'avaient pas été très clairs pendant la guerre.

« Alors tu imagines : leur fille avec un juif ?

— Oui, mais orphelin », a objecté Richard en plaisantant.

On a ri, puis on a regardé des albums, des photos. Leurs deux enfants sont d'une beauté stupéfiante : une preuve supplémentaire pour moi que la beauté doit sans doute autant à l'amour qu'on nous donne en grandissant qu'aux gènes qu'on reçoit en naissant.

Sur l'un des clichés, leur fils se tient aux côtés d'un garçon.

« Ils avaient un projet de fiançailles, mais c'est tombé à l'eau. La famille de son compagnon n'a pas très bien accepté la situation, si tu vois ce que je veux dire. »

Titine a haussé les épaules.

« Tout rentrera dans l'ordre, je ne suis pas inquiète. »

Puis elle a répété cette phrase : « Il y a toujours un pays derrière les larmes. »

Moi, je crois qu'elle a bien raison.

Ton fils.

J'ai effacé et réécrit :

Ton fils qui t'aime.

Puis j'ai ajouté un post-scriptum :

À mon retour en France, j'aimerais beaucoup qu'on parle tous les deux. De toi, de moi, et de nous.

J'ai repoussé mon brouillon, saisi mon téléphone et composé le numéro de Martine, mon infirmière préférée, celle qui demande aux vieilles dames si elles ont joui au moins une fois dans leur vie.

Elle a décroché après la troisième sonnerie :

« Coucou Titine, c'est Jean. Je voudrais savoir si Richard est là. Je tenais à le remercier de nouveau pour m'avoir confié son histoire. »

Pour l'instant, mon plan se déroulait comme prévu.

3 avril 1988

La femme dont je suis tombé trois fois amoureux

Au camp, la discipline s'était relâchée. Les prisonniers de guerre et les sentinelles commençaient à se connaître et, même, parfois, à s'entendre. Au cours d'une cérémonie, nos geôliers retirèrent la baïonnette et les cartouches de leurs fusils. Ensuite, matin et soir, pour nous conduire et nous ramener du travail, ils échangèrent leur place avec un civil. Comme c'était un vieil homme, notre plaisir était de marcher d'un pas cadencé – ce que n'avaient jamais pu obtenir nos matons.

Certains dimanches, munis d'un laissez-passer, nous pouvions même sortir par groupes de dix. Seuls les ponts sur le Rhin nous étaient interdits : ils étaient bien gardés, et les trains fouillés. C'était quoi ? 1942 ? Je ne sais plus. Mais c'était l'Allemagne de Hitler, ça, je m'en souviens : impossible d'allonger deux cents mètres sans tomber sur une patrouille. Et pour peu que vous soyez un PG évadé, c'était la mort assurée. Même en France, il nous aurait été impossible d'espérer un refuge : d'abord, notre pays était entièrement occupé, ensuite la Collaboration battait son plein. De tout le temps que dura ma captivité, il n'y eut que peu d'évasions.

Puis un dimanche vint où, après la messe, on nous fit enlever les barbelés en grande pompe. Nos cerbères n'en conservèrent qu'un, très symbolique, qu'ils placèrent à cinquante mètres de hauteur sur une grue, au milieu du camp, pour qu'il soit vu par tous, tout le temps. « N'oubliez jamais où vous êtes ni la condition qui est la vôtre », qu'elle racontait, cette ultime bobine.

Je crois que les soldats étaient soulagés, et les prisonniers aussi. La tâche leur apparaissait moins cruelle, et nous avions moins peur.

C'est dans cette ambiance de soulagement généralisé que j'obtins l'autorisation de me rendre les samedis après-midi et les dimanches matin chez les Schmidt.

Le souvenir du premier samedi me revient dans ses moindres détails : Hennie était rentrée un tram plus tôt que Willy et moi, elle nous attendait près de sa belle-sœur, Anna, qui était aussi brune que Hennie était blonde. Cheveux courts et lisses sur visage d'ivoire pour la première, crinière longue et bouclée pour la deuxième.

Je découvris une somptueuse maison à étage, en pierres du pays, à l'agencement bien étrange : elle avait été conçue pour que deux ménages puissent y vivre côte à côte, chacun chez soi. Un long couloir la séparait en deux et, de chaque côté, on trouvait les mêmes pièces (cuisines rutilantes, salles de bains briquées, toilettes personnelles, salles à manger et salons aux dimensions extraordinaires pour un gars de la campagne comme moi). Un escalier surmonté d'un puits de jour donnait accès aux pièces du haut (dont un boudoir, qu'Anna la musicienne aux nombreux prix de conservatoire utilisait pour ses répétitions).

« Papa avait prévu que nous habiterions là tous ensemble, d'un côté Willy et Anna, de l'autre moi et… »

Elle laissa la phrase en suspens. Je changeai de sujet :

« À qui est le chien dans la cage grillagée près du portique de l'entrée ? »

C'était un beau berger allemand qui avait jappé après moi lors de mon arrivée, et ses aboiements avaient empli mon cœur d'un délice indescriptible. C'était un peu de Lionne qui m'était rendu là.

« À moi, dit-elle. Elle s'appelle Dann. »

Derrière la grande bâtisse, surmonté d'une verrière et adossé au mur, un grand banc de marbre permettait de s'abandonner à la contemplation de ce coin de paradis que les enfants Schmidt appelaient « le jardin de papa ».

De gros lilas, blancs ou lie-de-vin, poussaient çà et là, arborant leurs couleurs comme une protestation naturelle, immobile et pacifique aux drapeaux nazis qui bourgeonnaient partout. Tout était ceint d'un haut mur et garni de rosiers qui avaient bien besoin d'être taillés.

Quand nous rentrâmes, Anna nous attendait, la table mise. Je pris mon assiette pour aller manger à part, Hennie m'arrêta dans mon geste :

« Ne te considère pas comme un prisonnier ici, avec nous, mais comme un ami qui vient aider d'autres amis. »

Mon Dieu, qu'elle était belle. Tout en elle était beau. Quand elle marchait, on aurait juré voir une danseuse sur le point de s'élancer. Quand elle te parlait, la tête un peu penchée, sa voix était douce mais nette. Et, dans ses yeux, je te l'ai déjà écrit, toujours cet éclat de bonté mêlé de tristesse.

Je crois que j'en ai été amoureux tout de suite pour la troisième fois.

3 avril 1989
Ce qu'elle me fit découvrir
et aimer pour toute la vie

Nous nous mîmes au travail après avoir mangé et enfilé nos bleus sales de la semaine.

Hennie chargeait le fumier dans une brouette, que j'allais vider dans le potager. Willy la relayait, et Anna relayait Willy. L'heure de regagner le camp sonna bientôt, mais jamais ils ne voulurent que je travaille le dimanche après-midi : même qu'un jour Hennie se dirigea vers un placard dans lequel elle farfouilla, puis revint poser devant moi un joli jeu d'échecs en bois : « Tu prends les blancs ou les noirs ? » rit-elle, et c'était comme si tout recommençait, l'insouciance de nos 16 ans en moins.

Ces allers-retours étaient une perte de temps : ils avaient une chambre mansardée, où il y avait même un lavabo.

« Il serait plus commode que tu couches ici le samedi soir, m'informa Hennie. Mon frère a exprimé une requête en ce sens au sergent-chef, qui a transmis la demande par écrit au capitaine de ton stalag. »

Son enthousiasme m'alla droit au cœur et ne

cessa de me questionner. Me laisser dormir là-bas, c'était risquer le diable. Mais Hennie avait envie que je sois là et, moi, pour rien au monde je n'aurais souhaité être ailleurs. Quant à Willy, le pauvre Willy, eh bien sa visière était mal faite, car il n'y voyait goutte.

Un samedi où j'étais en train de biner, un véhicule militaire s'arrêta à la porte, le chauffeur, un soldat, ouvrit la portière et un officier de haute taille en descendit. Mon cœur se mit à battre plus fort et ma main se resserra sur le manche de ma pioche. L'officier sonna à la porte, Willy vint lui ouvrir et quel ne fut pas mon étonnement quand je les vis tomber dans les bras l'un de l'autre avec force exclamations. On le fit entrer dans la maison et, peut-être une bonne heure après, on me convoqua.

« Moritz, me dit Hennie, je te présente le capitaine commandant ton stalag. »

C'était l'ancien lieutenant à qui Willy avait sauvé la vie en Pologne, celui qui y avait perdu une jambe (mais sa prothèse ne se voyait presque pas, et seule la canne qu'il tenait à la main rappelait sa blessure de Guerre). J'aimerais dire que la chance jouait en notre faveur, mais je crois que Herr Doktor avait décidément pensé à tout en trafiquant nos dossiers.

Le capitaine inspecta la chambre mansardée et, malgré la serrure solide, demanda que Willy pose un verrou extérieur. Puis, il se tourna vers moi et lança, dans un français impeccable :

« J'exige votre parole de soldat de ne pas profiter de la situation pour vous évader. Vous savez ce qu'il en coûterait pour vous et pour cette famille… »

Réglementairement, je devais prendre mon repas seul à la cuisine (mais j'ai toujours mangé à leur table, ma petite Anne-Lise, étant bien entendu que, si un visiteur imprévu débarquait, je filais avec mon assiette et mon verre). Enfin, l'entrevue se termina sur un accord et, une nuit par semaine, je retrouvai le luxe inimaginable d'avoir une chambre bien à moi.

L'intimité sera toujours, pour les hommes, une des conditions premières du bonheur.

Ce que je ne pourrai jamais oublier, ce sont les longues et douces soirées du samedi. Nous devisions, l'âme tranquille, assis sous la tonnelle quand il faisait bon, ou près d'un feu de bois quand le froid s'invitait (la pièce embaumait le sapin, seul bois dont on disposait, apporté par le père d'Anna, cultivateur à une dizaine de kilomètres de là). Très souvent, nous nous trouvâmes seuls, Hennie et moi, et c'était comme si la Guerre n'existait pas. Willy passait tout son temps libre dans ses bouquins ou dans son atelier, bricolant mille et une inventions de son cru avec son électricité chérie. Anna, pour ne pas perdre la main, répétait ses airs de violon dans sa bonbonnière juste au-dessus de nos têtes. J'avais grandi dans une ferme et quitté l'école à 13 ans. Je ne connaissais rien à la musique classique. Auprès de Hennie, je découvris, émerveillé, des compositeurs comme Johann Sebastian

Bach, Georges Bizet, Felix Mendelssohn, Wolfgang Amadeus Mozart, Robert Schumann, Franz Schubert, ou mon préféré, Antonio Vivaldi, et son fameux *Concerto n° 4*.

Je t'écris « mon préféré », Anne-Lise, mais je crois que je l'aimais seulement parce qu'il était, de tous les compositeurs, celui qui rendait Hennie le plus enjouée…

P.-S. : Denis, mon fils, est venu me parler aujourd'hui. De l'accident de ses 11 ans. Je pensais qu'il avait oublié, mais non. Tout lui est revenu en mémoire parce que ma petite-fille l'a surpris dans la salle de bains, et qu'elle a vu les traces. Il a pleuré, et je n'ai pas su le consoler. Je ne sais jamais.

3 avril 1989
La jeune femme qui ne savait toujours pas rouler les cigarettes

Ma Lisette,

Tous les jours de la semaine, en plus de mes deux tartines du matin, j'avais une gamelle en cachette des autres ouvriers. Quand midi sonnait, j'allais dans notre réfectoire chercher mon écuelle de soupe, je bavardais un moment avec les copains, puis je redescendais avec ma gamelle de rutabagas en passant dans le chantier de Hennie, où elle indiquait aux Ukrainiennes le travail à faire et, passionnée de linguistique qu'elle était, en profitait pour s'initier à la langue russe. Une de ces ouvrières m'attendait au noyautage et je lui offrais mon potage avant de gagner mon four, où une assiette bien chaude m'attendait, laissée là par Hennie. De la viande. Du solide. Après l'avoir engloutie, je remontais près d'elle et de Willy, « *Danke*, les amis », et je leur repassais la gamelle vide en douce. Je lui montrais de nouveau comment rouler les cigarettes et, ma foi, Hennie était aussi mauvaise que dans mon souvenir.

« Dis, tu me le diras, un jour, si tu fais exprès

d'être aussi maladroite juste pour passer du temps avec moi ?

— Je ne vois pas du tout de quoi tu parles, Moritz. »

Et, toujours, ce ton mi-sérieux, mi-rieur. Bien en peine celui qui aurait pu connaître la vérité !

De son côté, elle s'ingéniait à m'apprendre l'allemand et, si je retenais mieux oralement et me débrouillais assez pour être compris, il faut avouer que je n'avais pas beaucoup de dispositions pour les langues, ce qui provoquait de grands éclats de rire. Quand elle plaisantait, ses yeux se plissaient, semblant ne plus me voir.

« Tu progresseras bien mieux en parlant, alors nous dirons que certains jours il te sera défendu d'utiliser le français !

— Je ne devrais faire qu'avec l'allemand ?

— Je le fais bien, moi ! »

Et elle riait encore, et je me morigénais : « Ne te fais pas d'illusion, idiot, tu n'es qu'un ver de terre amoureux d'une étoile. »

C'étaient des bourgeois, après tout. Des vrais, avec une maison aux beaux meubles dont, luxe ultime, une somptueuse bibliothèque qui occupait tout un pan de mur. Du jamais-vu pour moi. De nos longues conversations, le samedi soir, j'appris beaucoup de leurs vies.

« Notre grand-mère, papi l'a connue lors d'un stage d'ingénierie en Norvège. Ils ont eu deux fils. Papa, qui était professeur, et notre oncle (mais aussi notre parrain) qui t'a opéré. Ils sont tous les deux tombés amoureux de la même femme. Mais maman a choisi notre père. »

Ainsi, Herr Doktor Schmidt s'était-il trouvé doublement endeuillé. Son frère, d'abord, puis l'épouse de son frère, qu'il avait aimée comme un fou.

« Pourquoi l'avoir choisi lui et pas votre oncle ?

— Comment savoir ? dit-elle en haussant les épaules, ça ne s'explique pas, ces choses-là. »

Il y eut un moment de gêne, je baissai la tête pour ne plus soutenir son regard.

Aujourd'hui

Malgré mes mensonges, l'état de mon père ne s'améliorait pas beaucoup. J'avais collectionné des histoires d'amour dans l'espoir d'attendrir son cœur et qu'un jour prochain il parvienne enfin à me dire : « Fils, quelqu'un est entré dans ton cœur, a ouvert les volets en riant fort et en criant "Voilà le printemps" et peu importe qui il est : si tu l'aimes, alors je l'aimerai aussi. » Oh, nous nous étions rapprochés, certes, et bien plus que je ne l'aurais espéré, pourtant.

« Il y a quelque chose qu'il me cache, j'en suis certaine », s'était épanchée ma mère. Et je n'avais pas su quoi répondre quand, deux jours plus tôt, avec ma sœur, elles s'étaient inquiétées par téléphone de l'avancement de mes recherches. Concrètement, j'en étais au même point : espérer rompre cette malédiction familiale qui séparait les pères et les fils.

« Dites-moi, je vais vous lire un extrait des carnets de grand-père et je voudrais que vous vous concentriez, OK ? Surtout toi, Anna-Lisa.

— On t'écoute, répondirent-elles de concert.

— Moïse écrit : "Denis, mon fils, est venu me parler aujourd'hui. De l'accident de ses 11 ans. Je pensais qu'il avait oublié, mais non. Tout lui est revenu en mémoire parce que ma petite-fille l'a surpris dans la salle de bains, et qu'elle a vu les traces. Il a pleuré, et je n'ai pas su le consoler. Je ne sais jamais." Voilà. Ça vous rappelle quelque chose ?

— Bien sûr ! s'exclama ma sœur. Je devais avoir dans les quoi ? 5 ans ? 6 ans ? C'était l'été, Moïse était censé nous surveiller pendant que papa bricolait dans la maison, quand j'ai glissé de mon siège sous la table. »

Anna-Lisa comptait aller dérober dans les placards de la cuisine autant de bonbons que son ventre pourrait en contenir.

« J'entends un bruit, dans la salle de bains, je m'approche, attrape la poignée, je la tire et entre. Oh bordel ! Il y a un homme, tout nu, le crâne en peau de fesse, dans la salle de bains. Dans une main, il tient un rasoir long comme un sabre et, dans l'autre, un scalp. Les cheveux de notre père. Ce type a scalpé papa ! Je cours le long de l'immense couloir, tombe, me relève, il y a du bruit derrière moi, je hurle : "Pépé ! Il y a un homme tout nu dans la salle de bains qui a tué papa !"

Grand-père lâche le pain rassis et couvert de marmelade à la fraise qu'il était en train de tremper dans le café, il se secoue, ça craque dans ses os comme dans un rift, entre deux plaques tectoniques.

"Mais qu'est-ce que tu racontes, gamine ? me dit papi. L'homme dans la salle de bains, c'est ton père qui vient de se raser la barbe. Le scalp, c'est son postiche."

— Son quoi, sœurette ?

— Ses faux cheveux !

— Papa portait une perruque ? »

Ma sœur marqua une pause, sous le coup de l'étonnement. Le timbre chaleureux de ma mère s'éleva, prenant le relais :

« Oui, mon chéri, à cause de cet accident, avec papi, quand il était enfant ! »

Cette voix était en soi une source inépuisable de bienveillance, mais aussi d'indulgence.

« Mais de quel accident vous parlez toutes, à la fin !

— Celui qui est arrivé le jour de la photo.

— Quelle photo ?

— La photo que papi tenait entre les mains avant de mourir, reprend ma sœur sur le même ton patient et grave à la fois. Celle que papa gardait dans son portefeuille avant de te la donner.

— Celle où on les voit tous les trois marcher dans la rue ?

— Oui, oui. On te parle de l'accident qui est survenu juste après ce moment-là !

— Je n'ai aucune idée de ce dont vous parlez. »

Ma sœur et ma mère ont alors confirmé que je n'étais pas le seul à avoir arrangé la vérité dans toute cette histoire :

« Comment ça ? Tu veux dire que tu ne savais pas non plus ? Papa ne t'a pas raconté l'histoire de cette photographie en te la confiant ? »

3 avril 1989
Ce que je voulais

Ma petite chérie,

La première fois que les sirènes ont retenti sur Cologne, nous étions à la maison, et nous courûmes à la cave.

Par la suite, à la fonderie, nous descendions vers les vestiaires souterrains dès que les alarmes nous poussaient, par dizaines, en tas d'hommes et de femmes, mêlés bien souvent, terrifiés toujours. Hennie et son frère se collaient l'un à l'autre comme au jour de leur naissance, et moi auprès d'eux. Hennie concevait une terreur sans égale à l'encontre des bombardements, et c'était toute pâle qu'elle remontait à l'air libre.

C'est là, sous terre, en cachette, qu'elle me serra la main convulsivement pour la première fois depuis mon arrivée en Allemagne. Je lui rendis sa pression et murmurai à son oreille :

« Il ne t'arrivera rien, Hennie, je te le promets. Tu verras, Hennie, tu verras… »

Les jours passaient et, hormis mes « chaînes », je n'étais pas malheureux. Nous avions un colis américain presque tous les mois. À Vireux, les copains rapatriés sanitaires organisaient des collectes.

J'ai gardé en souvenir, dans le tiroir à photos, la carte de la mairie de Vireux où ils sont tous notés. Tu ne trouverais rien de la part de Couronnée. Qu'était devenue celle qui, enfant, s'était battue pour moi, pour ma montre volée ? Couronnée… que t'avais-je donc fait pour mériter ça ?

Les lettres des miens, en n'en parlant jamais, me confortaient d'une cuisante et honteuse manière : ma femme et ma fille m'avaient oublié.

Plusieurs fois, j'avais fait lire ces lettres à Hennie, qui n'avait pu que hocher tristement la tête. Avec le recul qu'offrent les années, je me demande : pourquoi les lui faisais-je lire ? Je ne sais pas, mais sans doute le Moïse d'alors, aussi amoureux qu'il était abandonné, aussi amoureux qu'il était orphelin de son passé, ce Moïse d'alors voulait que Hennie n'ignore rien du triste sort qui était le sien. Qu'elle n'ignore rien, et même qu'elle y pense jour et nuit.

3 avril 1989
L'accident

L'accident survint un jeudi. Nous devions couler notre moule (une moitié gauche de moteur de sous-marin allemand, énorme, la poche de fonte était pleine à ras bord). Comme dans toutes les fonderies du monde, le bord de la fosse était ébréché et, comme dans toutes les fonderies du monde, l'escabeau sur lequel on grimpait pour manœuvrer branlait sur ses pieds. Willy pilotait la poche et le vieux Joseph, avec une barre de fer au bout recourbé, se tenait de l'autre côté pour allumer le gaz. Le chef, monsieur Laserat, était à une dizaine de mètres en arrière et commentait un plan que Verdun lui tendait, tandis que moi, debout à quatre ou cinq mètres, je contemplais la fonte en fusion couler dans son moule, ce qui me rappelait ma fonderie, Vireux, l'enfance, Jean, papa et Lionne.

Soudain, à cause de la poche trop pleine, l'engrenage du volant trop usé baissa de quelques centimètres. L'escabeau bascula et Willy tomba comme une lettre dans une boîte. Dans sa chute, il avait tiré instinctivement sur le volant, dirigeant le déversement du jet de fonte directement sur lui. Sans réfléchir, j'attrapai d'un bond le volant et redressai la poche en fusion pendant que les autres, accourus, enlevaient Willy de là. Le pauvre s'était protégé la tête avec ses mains, mais ses deux avant-bras étaient brûlés à l'os, ainsi que sa nuque et son dos (en t'écrivant, ma petite Anne-Lise, ressurgit devant moi l'éclat blanc de ses vertèbres).

Ils l'emmenèrent à l'hôpital dans un état grave.

Bien sûr, le chef et l'ingénieur principal me félicitèrent, puis Hennie, de retour de l'hôpital où elle avait tenu à accompagner son frère, me sauta au cou devant tout le monde et me planta un baiser sur les deux joues en répétant « *Danke, danke, danke* ». La pauvre en avait oublié son français. Et le samedi, ce fut au tour d'Anna, l'épouse de Willy. Elle en pleurait en m'embrassant.

Le sergent du stalag en personne vint dans notre piaule et me serra la main devant tous – ce dont je me serais bien passé. Je ne savais où me mettre.

Quelques jours plus tard, un garde vint me chercher à la fonderie et me conduisit dans un bureau. S'y tenaient debout, l'air solennel, l'ingénieur principal, le chef de service, monsieur Laserat, et Hennie, dont les yeux étaient rouges et les mains tremblantes. On m'ordonna de prendre un siège, et l'ingénieur principal parla pendant que Hennie traduisait.

« D'abord, il te renouvelle ses remerciements pour ton acte de bravoure. Ensuite, il tient à ce que tu prennes une décision difficile. Voilà : en principe, quand un prisonnier sauve la vie à un Allemand, soldat ou civil, il est libéré. »

Comme je me levais d'un bond sous le coup de la surprise, le sergent me fit signe de me rasseoir et sa mine devint lugubre. Hennie continuait de traduire, le regard fuyant, et son corps près du mien m'apparaissait comme ces vieux arbres qui tremblent à l'approche de l'hiver.

« Mais, dans le cas présent, il craint que ma famille, qui semblait enfin avoir été oubliée des autorités, n'en pâtisse. En demandant ta libération, on risque de leur remettre en mémoire les combats de papa, et les raisons pour lesquelles ils l'ont assassiné. »

Hennie était toute pâle, et c'est d'une voix blanche, sans force, qu'elle traduisait.

« C'est à toi de choisir, conclut-elle.

— Revenir chez moi et attirer l'attention des autorités sur vous ou refuser la liberté et rester PG ?

— C'est cela. »

Je ne pris même pas le temps de réfléchir :

« Réponds-lui que je ne demande rien. Dis-lui que je n'ai fait que mon devoir d'homme, un point c'est tout. »

Hennie pleurait.

« Tu es sûr ?

— Dis-lui. »

Elle traduisit, puis bredouilla dans ma direction : « C'est bien mal te récompenser. » Le chef de service et l'ingénieur, soulagés, me serrèrent la main, « *Danke schön*, *Moritz* », alors que je n'entendais que cette voix qui, au fond de moi, me réprimandait méchamment : « Tu es trop bête,

Moïse, tu aurais pu retrouver ta famille, ta femme, tes enfants, empêcher qu'un autre ne vole le cœur de ta femme, le cœur de tes enfants ! Imbécile ! », mais le visage de Hennie et ses yeux noyés de larmes me hantaient.

Aujourd'hui

Kayoosh et Kasim, Marie et son bébé, Martine et son Richard, Victor et sa grand-mère, Henri et ses démunis… Toutes les histoires d'amour ne sont pas belles. Mais elles sont toutes importantes.

Toutes.

Comme il est dur d'aimer qui j'aime dans cette société où on apprend à celles et ceux comme moi à mentir avant de tomber amoureux.

3 avril 1990

La plus grande peur de Hennie

Quand elle voyait les ravages des bombardements, mon Hennie en devenait malade. Quelle épreuve épuisante pour les nerfs, quand un obus tombait sur la maison d'à côté ! Inutile de te décrire le soulagement qui fut le leur quand Willy put rentrer à la maison. Les autorités fermaient les yeux sur les relations entre PG et femmes étrangères (la moitié des prisonniers avaient des maîtresses ukrainiennes), mais si tu étais suspecté d'entretenir le même type de liaison avec une Allemande, tu risquais sacrément ta peau. Il n'y avait rien entre Hennie et moi, et je me jurais bien que cela n'arriverait jamais. Bien sûr, les femmes me manquaient, et les copains se moquaient un peu, mais qu'y pouvais-je, moi ? Il y a d'autres prisons que celles faites en ciment.

De plus, mon travail n'était pas pénible. Certains jours, ma besogne durait moins d'une heure.

Une toux discrète de Willy me prévenait quand il y avait quelque chose à redouter, mais jamais je n'ai été vraiment inquiété. Oh, bien évidemment, de temps en temps, un autre mouleur se pointait sur le chantier, un certain Karl, et Willy m'avait tout de suite averti : c'était un nazi et mieux valait s'en méfier pour tout. Heureusement, Karl ne restait jamais bien longtemps, deux ou trois jours, avant de repartir jouer les mouchards sur d'autres chantiers.

Caché dans mon four, je lisais. Des romans d'amour, de chevalerie, et ma petite bible qui ne me quittait jamais. Parfois, quand il y avait eu des alertes la nuit, je rattrapais le sommeil perdu. Mais l'essentiel de mon temps, je le passais en contemplations inutiles, fixant le fond noir de mon four des heures durant. Je m'abîmais en réflexions interminables, je pensais aux hommes, à la Guerre. On nous les avait tellement fait haïr, ces Allemands. Mais comment pouvais-je considérer comme ennemis de pauvres gars que des généraux planqués tenaient comme nos généraux nous tenaient, avec les mêmes menaces de peloton d'exécution ? Bien souvent, le souvenir de mon père ressurgissait, mon pauvre papa mort sur le champ de bataille, avec combien d'autres de ses semblables ? Aussitôt, la haine refleurissait, intacte dans mon cœur. Pourtant, toujours, je te le jure, le beau visage de Hennie m'apparaissait et lui seul apaisait mes tourments.

3 avril 1990
La biche au joli miroir blanc

Les semaines, les mois passaient, j'avais deux jours d'un chaud paradis par semaine, deux gouttes de bonheur dans cet océan d'horreur qu'était devenue l'Allemagne. En Russie, la situation des Fritz ne s'arrangeait pas et, à l'usine, les croix blanches recouvraient maintenant toute la pelouse. Le temps passait, les hommes, comme la neige, tombaient.

Un dimanche soir, je ratai mon tram. Willy téléphona au sergent du stalag.

« Qu'il reste en famille », répondit-il.

Ce n'est que maintenant, en t'écrivant, que je m'aperçois de l'extraordinaire ambiguïté de cette réponse.

À partir de ce jour, je pris donc l'habitude de rester « en famille ».

Willy et les siens étaient protestants.

« Le dimanche matin, nous allons à l'office, Moritz. Si tu désires te rendre à la messe, nous pouvons nous retrouver après. »

Je m'y rendis quelques fois, en principe quand il faisait mauvais temps et qu'une messe valait mieux que le jardinage sous la pluie. J'en ressentais moins le besoin depuis quelques semaines, même si j'étais toujours autant accroché à ma petite bible. Était-ce l'amélioration de ma condition ? La rencontre avec les Schmidt ? Hennie ? Je ne voulais pas être de ces tartuffes qui, tombant malades, deviennent tout à coup les plus pieux d'entre les Hommes et se détournent de Dieu sitôt la santé revenue. Pourtant… Mes offices, je préférais les passer à apprivoiser Dann, la chienne de Hennie.

Elle devint très vite ma meilleure amie. « Partout où il y a un malheureux, Dieu envoie un chien », dit le proverbe.

La Hennie de mon adolescence avait grandi en gravité et en beauté. En simplicité, aussi. J'avais pas mal de travail avec le jardin, et Hennie, pour qui les greffes n'avaient aucun secret, me soulageait en se chargeant des rosiers. Et, toujours, elle s'opposait catégoriquement à ce qu'on coupe les fleurs pour décorer l'intérieur de la maison.

« Mon plus beau vase, c'est le rosier ! » disait-elle.

Tous les matins, Anna et elle avaient l'habitude d'accrocher des sangles après le portique de la demeure, puis elles s'entraînaient aux anneaux de gymnastique avec le raffinement et la pureté d'un lys qui se déploie. Parfois, aussi, c'était de la course à pied dans un grand bois de chênes, à cent mètres de la propriété.

Un dimanche, très tôt, elle me fit voir une chose prodigieuse.

Entrée en tapinois dans ma chambre et un doigt sur mes lèvres pour étouffer un éventuel cri,

Hennie m'éveilla et me fit signe de la suivre. Sur la pointe des pieds, nous descendîmes jusqu'à la porte du fond.

« Reste ici, m'intima-t-elle. Ne fais aucun bruit, et regarde par le judas. »

Arrivée presque au bois, elle sortit quelques tranches de pain qu'elle émietta dans sa paume, puis appela tout doucement, tandis que j'observais. Quelques secondes passèrent et, soudain, des profondeurs de la forêt, une biche surgit comme dans un rêve et vint manger dans sa main, bientôt suivie par une autre, pas vraiment farouches. Je me souviens de la première : elle portait fièrement ce joli miroir blanc autour de la queue et une zébrure en forme de lune sur le flanc droit.

En Allemagne, il n'y avait plus de chasseurs depuis le début de la Guerre, ils étaient tous au front. Les hommes mouraient, les animaux revenaient.

Aujourd'hui

« Tu progresses dans la lecture des carnets ? »

Nous étions dans le salon, en train de jouer. Ensemble.

« Je n'ai pas eu beaucoup de temps pour moi. J'en suis au moment où il est à Cologne, à la fonderie. Il peste contre l'indifférence de Couronnée, mais tombe amoureux de Hennie. Encore une fois.

— Ah, Couronnée..., soupira-t-il. Elle n'a rien à voir avec ta grand-mère, tu sais ?

— Je sais. Mais j'ignorais qu'il avait été marié avant de rencontrer mamie.

— Si, si... Ton grand-père et ta grand-mère se sont trouvés d'une exquise manière. C'est une très jolie rencontre, tu verras. Ils se sont vraiment aimés. »

Mon père avait besoin de se rassurer. Il voulait lui aussi être un enfant de l'amour. C'était important qu'il le pense.

« J'ai toujours la photo que tu m'as donnée. »

Je mis le jeu sur pause, fouillai dans mon portefeuille. La lui tendis.

« Il est temps que tu me racontes son histoire... »

Le cliché faisait trembler ses mains. Moïse ne pouvait pas avoir inventé tout ce qu'il racontait dans ses lettres, dit-il. Im-po-ssi-ble. D'après mon père, tout était vrai, tout, et ce cliché en était la preuve :

« Quand j'avais 11 ans, il a insisté pour m'emmener à Ostende, au bord de l'eau. La mer du Nord... Il voulait que je LA voie. Il était très excité : "Ça, tu vois, c'est le plus haut degré de bonheur qu'on n'atteindra jamais !" qu'il n'arrêtait pas de répéter. Et moi, je n'avais jamais vu la mer. Mes parents et moi nous étions levés tôt, et nous avons marché dans la rue qui va jusqu'à la gare. Un ami de papa, Jacques Dubreuilh, nous accompagnait. C'est lui qui a pris cette photo... »

Du coin de l'œil, je surpris mon père hésiter, et finalement lâcher du bout des lèvres :

« C'est la seule que j'ai de cette époque, et c'est aussi la seule où nous sommes ensemble. »

J'attrapai la photo et je la regardai de nouveau. Comme à chaque fois, immédiatement, elle m'obsède. Je n'arrivais pas à saisir le trouble dans lequel cette image me jetait, mais je savais qu'il était immédiat, et profond. Tout le mystère de mon grand-père se tenait là, sur ce minuscule cliché qu'il avait gardé jusque dans sa mort, j'en avais la certitude.

« Dans le train, c'était long, je m'ennuyais. Papa dormait. Je me suis levé pour aller chaparder de quoi grignoter dans le wagon-restaurant. Je me souviens, mon ventre gargouillait, je lève la tête vers un paquet de roudoudous et une revue *Rintintin*, une femme avec un ruban rose porte une énorme bouchée de religieuse au chocolat à ses lèvres... »

Papa s'interrompit. Ses grands yeux bleus voyaient la mer. Encore. Je lui tendis un mouchoir, qu'il ne prit pas. Il commença à pleurer à mesure qu'il poussait les mots hors de sa gorge et racontait le geste de la dame, le mouvement de la fourchette, de l'assiette à sa bouche, il s'en souvenait en ralenti, comme quelque chose qui continuait interminablement en lui.

« C'est alors que j'ai entendu un bruit, puis le monde entier est devenu noir et je ne me souviens de rien d'autre. Le train avait déraillé. »

Treize morts.

Tous au wagon-restaurant.

À cet instant de son récit, papa me prit la main.

Il la prenait vraiment, cette main. Sans tissu entre nous.

« J'ai appris que Moïse avait passé toute la nuit à aider les secours en déblayant les décombres. Ta grand-mère était en état de choc, sur le côté. »

« Infatigable », qu'ils l'ont décrit. « Une vraie machine », silencieuse, affairée, « comme s'il avait fait ça depuis toujours ! ». Avec sur son visage une mine de boxeur concentré.

« On ne peut même pas dire qu'il donnait l'impression d'avoir peur pour moi tellement il avait l'air appliqué, méthodique. C'est au matin qu'il m'a trouvé. J'étais coincé sous un morceau de tôle et de bar. Je tenais serré entre mes doigts une revue *Mickey* et tous les cheveux de mon crâne étaient tombés. À cause du traumatisme. C'est un phénomène rare, mais qui arrive. J'avais 11 ans et j'étais chauve. En une nuit. Quant à papi... »

Je sentais les doigts de mon père qui tremblaient. Il resserra un peu sa prise. J'essayais, par la pensée, de lui rendre sa chaleur, celle qu'il m'avait donnée, enfant, et dont il semblait avoir grand besoin aujourd'hui.

« ... lui, en dix jours, ses cheveux ont blanchi. Ils

étaient châtain foncé, puis ils ont été gris, puis ils ont été blancs. Comme ça. Le docteur a dit que c'était nerveux. "La peur de me perdre". C'est la seule preuve que j'aie jamais eue de son amour pour moi, ces cheveux blancs. Ça et cette photo. »

Je l'écoutais me raconter ce froid matin parisien dans lequel ont marché un enfant déplumé et son père chenu. Le perruquier était à deux pas de la rue Saint-Honoré.

« On ne peut pas rester chauve à cet âge. Alors on a acheté un beau postiche. »

Dieu que cette photo m'obsède ! Ces trois qui vont sur le chemin de la gare, du drame... Ils sont beaux comme un désastre. C'est l'ignorance qui les rend si charmants. Si tragiques. Ostende, mon père n'y sera jamais allé, finalement. Il aura pourtant passé sa vie au grenier à reconstruire, à coups de pinceau, les wagons brisés de sa mémoire.

Nous, devant l'écran. Moïse dans sa tombe, si loin. Et pourtant ! Peut-être souriait-il de nous savoir en train de nous réconcilier ?

« Il y a une chose dont je n'ai jamais causé à personne, sur ses derniers instants... Ce qu'on a retrouvé dans sa chambre... »

Papa se pencha vers moi.

« Le jour de sa mort... », commença-t-il avant de se mettre à pleurer.

Troisième partie :

LE DERNIER GESTE DE MOÏSE

Éros : amour passionnel, comme désir et comme manque, visant à reconstituer l'unité de l'être originel et séparé par les dieux.

3 avril 1990
La déclaration

Nous arrivâmes à Noël 1942, fêté avec un bel arbre décoré et un bon feu dans la cheminée. En cachette, Hennie et Anna m'avaient tricoté un pull-over et une écharpe avec de vieux tricots de leur père qu'elles avaient défaits. Anna au piano, Willy et Hennie chantèrent plusieurs chœurs à trois voix. Pour ne pas être en reste, je chantai « Les Millions d'Arlequin » et « Griserie ».

Peu de PG devaient passer un Noël comme le mien. Ma petite bible dans la poche, je sentais Dieu près de moi et l'en remerciais de tout mon cœur.

Plusieurs fois, ce soir-là, je surpris Hennie qui m'observait à la dérobée. Elle avait ramassé une rose et l'avait passée dans ses cheveux.

J'ai osé lui confier mes sentiments un soir, fin février 1943, d'une traite.

Nous étions tous deux sous la tonnelle. Le soir tombait sur un dimanche qui avait été très doux, Willy était à la cave, plongé dans ses expériences, tandis que nous écoutions le violon d'Anna qui jouait à l'étage : c'était saisissant de beauté et de fragilité. Aurais-je pu me confier s'il en avait été autrement ?

« Et cet air-là ?

— Bach ? tentai-je, peu sûr de moi.

— Raté !

— Schubert ?

— Pas du tout ! Oh, Moritz ! Je vais te donner des devoirs ! »

Elle battit des mains en riant, et, soudain, je lui saisis délicatement les poignets, arrêtant et son geste et son rire cristallin.

« Je n'en ai peut-être pas le droit, mais je t'aime, Hennie. Je t'aime comme un fou. Et c'est comme ça depuis cet été-là, chez les Jacquemart. Bien sûr, j'ai ma femme en France, et je l'ai aimée, mais elle… elle ne m'a jamais aimé, j'ai été trompé, peut-être même avant d'être prisonnier, alors cet enfant qui est né en 40, je ne suis même pas sûr d'en être le père… »

Hennie interrompit ma logorrhée pressante d'un geste, puis, la tête dans les mains, pleura :

« Moïse, Moïse, je n'ai pas le droit d'être aimée. »

Sa tête, doucement, glissa sur mon épaule et d'une voix hachée elle me confessa :

« Quand nous avons été arrêtées par la Gestapo, Anna qui était enceinte de cinq mois et moi avons été incarcérées à Berlin. »

Des hommes les y avaient torturées, battues…

« Ils voulaient nous faire avouer que papa recevait des conjurés chez nous, ou qu'il avait des contacts avec eux, mais comment avouer ce que nous ne savions pas ? »

Sous les coups, Anna avait perdu son bébé.

« Quant à moi, ils m'ont dit que j'étais spéciale :

on m'a proposé d'aller dans une ferme bizarre où des Aryens sélectionnés faisaient des enfants aux femmes comme moi, blondes aux yeux bleus.

— Les salauds, les salauds ! »

Voilà tout ce que je pouvais dire en lui caressant les cheveux et en la serrant contre moi. Elle se cacha le visage et sa voix se cassa encore davantage :

« Parce que j'avais refusé, j'ai été conduite dans un bureau. Deux officiers nazis ont fermé la porte, puis se sont jetés sur moi… »

Complètement ivres, ils l'avaient touchée, avaient ri, avaient voulu la déshabiller.

« … et plus je me défendais, plus ils s'esclaffaient. Je me suis évanouie sous les coups. »

Quand elle était revenue à elle, m'expliqua-t-elle, elle était dans sa cellule, une douleur atroce au bas-ventre, du sang plein les cuisses.

« J'étais affolée, désespérée… J'ai découpé avec mes dents la couverture, j'ai tressé les chutes en une espèce de nœud coulant, je l'ai fixé au barreau de la petite fenêtre et me suis laissée tomber dans le vide… Mais j'ai râlé si fort en étouffant qu'une gardienne est venue me dépendre. On m'a transportée d'urgence à l'infirmerie où Anna était en convalescence. »

La pauvre Anna, mutilée par un vrai boucher, ne pourrait plus jamais avoir d'enfant.

Je te résume l'histoire, ma petite Anne-Lise, sans m'appesantir davantage sur les détails les plus sordides que Hennie n'avait jamais réussi à confier à personne avant moi. De s'être retrouvées fut d'un grand réconfort pour ces jeunes femmes. Elles promirent une bonne récompense à une infirmière qui paraissait plus douce que les autres. Celle-ci téléphona en catimini au docteur Schmidt, à l'hôpital de Münstereifel, et l'informa du lieu où étaient ses nièces. Herr Doktor mobilisa tous ses appuis et parvint à les faire libérer.

« Cette infirmière n'a jamais réclamé sa récompense et ne s'est même jamais fait connaître… »

Un grand silence suivit sa confession. Ensuite, je me souviens, j'ai pris ses doigts et je les ai embrassés :

« Cela ne m'empêche pas de t'aimer, Hennie, bien au contraire. »

Puis, je lui ai dit qu'elle ne devait plus jamais penser à ces moments atroces, que je la protégerais, que j'étais là, et que je resterais là. Petit à petit, elle se calma, se redressa, me prit par le cou et nous échangeâmes notre premier baiser depuis ce jour lointain où elle s'était enfuie devant la caserne.

3 avril 1990
Ma vérité

Bien sûr, au camp, d'autres que moi avaient une maîtresse. Ainsi, Ducret, un grand diable et batelier de son métier, allait chaque dimanche après-midi retrouver une copine de travail. Gérard, le play-boy du camp, avait fait mieux, il avait réussi à se faire une amie parmi les dactylos des bureaux et le dimanche après-midi, déguisé en civil, il sortait avec elle et allait même au cinéma. Aucun ne se fit prendre. Les voisins, qui ne devaient pas être aveugles, ne vendirent jamais la mèche. Un autre, Garbot, docker au Havre, allait retrouver une petite Ukrainienne jolie comme une fleur. Ils eurent deux enfants qui furent confiés le temps de la Guerre à une crèche tenue par des religieuses. Quand il allait voir ses bébés, les bonnes sœurs l'appelaient « PG » pour « Papa Garbot » et il faisait sauter ses filles sur ses genoux en leur chantant des comptines tour à tour françaises, ukrainiennes ou allemandes, et parfois un peu les trois, quand tous les mots se mélangeaient dans sa tête.

Après la Guerre, j'ai su qu'il était parvenu à ramener sa petite famille au Havre. Foutu chanceux !

Je voulais divorcer par correspondance, ce qui était possible en temps de conflit, mais Hennie refusa : « Seulement quand la Guerre sera finie. Question d'honneur ! » En attendant, nos projets, nos conversations, le soir lorsque nous étions blottis l'un contre l'autre en cachette, n'étaient que des châteaux en Espagne :

« Quand la Paix sera signée, je t'épouserai, puis je demanderai mon changement pour Strasbourg.

— Nous avons un très bon ami, un pasteur de Strasbourg. Il appuiera notre requête.

— Bien entendu, je prendrai ma fille et même son frère avec moi, hein ?

— Évidemment ! Et je me ferai nommer professeur à l'université de Strasbourg.

— … et nous viendrons souvent ici rendre visite à Willy et Anna ! »

Fous que nous étions, ma petite souris ! Nous courions inconscients vers un gouffre après nous être bandé les yeux pour ne pas le voir…

Quand il faisait bon le soir, sous la tonnelle, nous regardions les étoiles s'allumer au firmament et nous étions convenus que, si la Guerre nous séparait, quand l'étoile polaire paraîtrait, nous penserions l'un à l'autre. Parfois, lorsque que je jardinais, Hennie ressentait soudain le besoin irrépressible d'éclaircir les rosiers ou d'ameublir la terre. Tout nous était bon pour ne pas être trop longtemps éloignés, tout ! Nous nous parlions avec les yeux, les siens, merveilleux, inoubliables, étaient pleins de tendresse et d'amour et me disaient « je t'aime ». Je me sens mièvre d'écrire cela, mais c'est la vérité : c'était comme si nous nous connaissions depuis toujours. T'expliquer ça est chose impossible : ce serait comme vouloir retirer la dernière pluie de la mer.

Il y a presque cinquante ans de cela, mais je n'ai qu'à fermer les yeux, et elle est là, debout devant moi. Je n'ai qu'à replier ma main comme une coquille et la poser sur mon oreille, et revoilà sa voix si douce… De sa bouche, je n'ai jamais entendu une seule parole de haine, même pour ses bourreaux, jamais. À l'abri de la maison, elle avait une manière si tendre de se pendre à mon cou… Mais j'ai enfoui cet amour au fond de mon cœur, et tant de jours, oui, tant de jours ont passé depuis ! Voilà que soudain, sans m'en apercevoir, je suis devenu vieux, et je me sens fatigué. Et une grande frayeur me prend : si je meurs, qui saura ?

Ça a eu lieu, ma petite Anne-Lise, ça a existé ! Je refuse que le temps efface cette vérité-là :

Moïse B., Français, et Hennie S., Allemande, se sont aimés.

3 avril 1991
Plus on a peur…

Mon Anne-Lise,

Trois cent soixante jours pour m'apaiser entre deux lettres, c'est trop peu. Trop peu, car il est trop tard. La plaie que je croyais cicatrisée dans mon cœur n'était qu'assoupie et comme elle saigne encore ! Ne claque jamais une porte derrière toi, ma petite souris, car tu pourrais avoir envie de la rouvrir un jour. Pourtant, pourtant, pourtant… toutes les histoires qui peuvent nous blesser ne méritent-elles pas d'être vécues ?

Nous avions du mal à cacher notre amour, Hennie et moi.

Plus nous avions peur, plus nous nous aimions.

Rien qu'au mois de juin 1943, au Kommando, nous eûmes vingt-trois alertes de nuit, vingt-trois nuits coupées d'un séjour à la cave. Pour évacuer nos angoisses, notre Kommando avait formé une équipe de football, qui disputait des matchs avec des équipes de Kommandos voisins et, parfois même, avec nos matons. Un jour, le capitaine de notre équipe, le Notaire, un chic type, se cassa une jambe, il fut aussitôt transporté à l'hôpital, mais ce qui n'aurait dû être qu'un repos forcé se transforma en drame : mal soignée, la gangrène s'y installa et, quand les docteurs s'en aperçurent, il était trop tard. Nous l'enterrâmes l'après-midi du 7 juin 1943. Le Notaire avait une femme et deux enfants. J'ai mis leurs photos dans le cercueil, avec un crucifix de fortune arrangé par les copains. Le curé y alla de son petit sermon, et ce fut poignant. Les sentinelles allemandes lui rendirent les honneurs, tirant une salve en l'air, des balles qu'elles lui auraient collées dans le corps s'ils s'étaient retrouvés sur un champ de bataille.

Moi-même, je ne savais plus où j'en étais : fallait-il continuer de les haïr ? Par exemple, au début, quand je me rendais chez les Schmidt, je devais montrer mon laissez-passer aux contrôleuses. Un jour arriva où elles ne regardèrent même plus mes papiers, un autre vint où elles me saluèrent poliment, puis me sourirent à chaque fois, et finalement ce furent des « Moritz » par-ci et des « Moritz » par-là…

Il fallait vraiment que cette Guerre se termine, ma petite souris, tout cela n'avait plus aucun sens.

3 avril 1991
Leur drôle de petite fête

C'était le 3 juillet 1943, un samedi, le jour de mes 33 ans, et je savais que Hennie préparait une petite fête en secret pour le dimanche soir, car, exceptionnellement, je ne pouvais pas me rendre chez eux avant.

Ce fut ce jour-là, pourtant, que les Américains choisirent pour fêter d'une triste manière et avec un peu d'avance leur fête nationale (il y a des bals, la vie vous y convie de force, c'est comme ça).

Mes copains m'avaient fait un gâteau avec les biscuits de Pétain, un peu de chocolat et même trente-trois bougies, des « queues-de-rat » dont on se sert en fonderie. Puis, après avoir pas mal discuté, nous regagnâmes nos paillasses. Je venais de sombrer dans un demi-sommeil quand soudain ce fut l'enfer : une bombe qui devait être énorme tomba dans la cour, brisant vitres et fenêtres. Nous nous ruâmes à l'abri, des fusées éclairantes se balançaient tout doucement après leur parachute, éclairant la ville comme en plein jour, et ce fut la dernière chose que je vis avant de plonger dans la cave. Nous y étions secoués comme si elle allait sortir de terre… Le grand bâtiment prit feu, puis s'écroula sous une nouvelle bombe, emportant l'escalier – notre seule sortie – avec lui. Nous étions faits comme des rats. Par la trappe qui assurait la communication entre les souterrains, des camarades arrivèrent et même des civils, chassés par la fumée, fumée qui envahissait peu à peu notre cache. Le prêtre se leva et, après une prière que nous fîmes presque tous avec lui, il nous donna l'absolution générale, puis plus un mot, plus un murmure, certains à genoux pleuraient, d'autres priaient silencieusement : nous attendions la mort.

Je pensais à Hennie, et je me disais que la mort, c'était peut-être un peu cela, cinq jours et demi éternels, du lundi matin au samedi midi sans Hennie. Je me souviens d'avoir pensé à son chagrin, à mes enfants, à ma mère qui dirait : « Mon Dieu, il est mort à 33 ans comme son père », pauvre petite mère, et cet air qui devenait irrespirable. Dans le fond de la cave, à la lueur des queues-de-rat et de quelques briquets, les copains tentaient à toute vitesse de percer le mur…

Jamais je ne pourrai oublier ces hommes à quatre pattes, noirs de suie, qui grattent la terre en grognant de peur et de fatigue, avec une énergie désespérée et soudain une bouffée d'air plus frais, on respire, ils ont réussi ! Mais sortir tout de suite est trop dangereux : alors on attend, on attend dans le noir, le corps secoué par les coups de boutoir américains…

Jamais je n'oublierai la vision d'enfer qui nous attendait quand, comme les bombes cessaient de tomber, nous sortîmes un par un… Cologne, tout entier, se consumait. Une ville de plus de 700 000 habitants grillait dans un gigantesque brasier ! Les maisons si jolies avec leurs façades mi-bois mi-briques flambaient mieux que des torches, avant de s'écrouler sur la rue.

Jamais je n'oublierai ce petit square où nous nous serrions comme des sardines, où il régnerait bientôt une chaleur de fournaise. Des braises rougies nous tombaient dessus et, à tout moment, nos capotes s'enflammaient, nous tapions dessus du plat de la main les uns sur les autres, c'était l'enfer sur terre, l'entrée d'un gigantesque four, et nous étions dedans.

Jamais je n'oublierai.

Bien sûr, ma petite souris, l'armée allemande en avait fait autant ailleurs ! Bien sûr ! Mais n'était-ce pas nous rendre pareils à eux que d'incendier une ville entière ? Et tous les prisonniers, civils ou militaires, qui subissaient le même sort ! Qu'avaient-ils commis pour mériter le feu du ciel sur leurs têtes ?

Aussitôt, je n'eus plus qu'une idée en tête : courir au manoir pour voir si Hennie et les siens n'avaient rien.

Les incendies ralentiraient ma marche, et les éboulements de façades la rendraient dangereuse. Pourtant, ni une ni deux, je confiai mes affaires aux copains, qui n'eurent de cesse de vouloir m'en dissuader.

« Ne vous inquiétez pas, les avais-je interrompus d'une voix tout sauf sereine. Il me suffit de rejoindre la grande rue où passent les trams, elle est large et, en me tenant au milieu, j'aurai moins de risque de brûler. »

3 avril 1991
L'enfant sur la balançoire

Une chose à laquelle j'avais aussi pensé : pour me diriger au milieu de cet enfer où rien ne ressemblait plus à ce qui avait été, j'aurais les rames des trams pour me guider.

J'avançai donc, solitaire, au milieu des décombres. La ville n'était qu'un amas de ruines et seule la cathédrale qui émergeait me servait de repère. Personne ne peut imaginer ce qu'est une ville sans rues, où toutes les distances peuvent soudain se parcourir à vol d'oiseau ! Ça flambait à gauche, à droite, dessus, dessous, la chaleur des bâtiments en feu sur le côté me battait le visage. Je me souviens d'avoir enjambé des corps. Je n'avais pas fait cinquante mètres que je trébuchai presque sur une enfant, de 7 ou 8 ans, terrorisée, et qui pleurait en appelant sa maman. Je la pris doucement dans mes bras et, dans mon allemand approximatif, je la questionnai : « Où est ta maman ? ton papa ? », mais, cramponnée à mon cou, elle n'arrêtait pas de crier. Je dus rebrousser chemin et revenir la confier aux camarades, qui en prirent grand soin jusqu'au lendemain, où, je l'appris par la suite, son père la retrouva – elle s'était enfuie de la maison en feu et ses parents l'avaient crue perdue, broyée par tous ces murs qui s'écroulaient partout. Je repris mon chemin, si l'on peut dire, et, quand les rues se révélaient impraticables, j'entrais dans un pavillon, je montais sur le toit, et je sautais d'une maison à l'autre en priant qu'elle ne soit pas sur le point de s'écrouler. Je ne pensais qu'à la mort, et donc qu'à mon amour pour Hennie, qui me donnait la force de m'élancer au-dessus du vide.

J'ai ramassé un autre petit enfant, coincé par une poutre ou bloqué sous un mur, je ne sais plus, mais il était blessé, ça, je m'en souviens. Alors j'ai couru pour le ramener aux copains au plus vite, mais à peine avais-je fait cent mètres qu'il mourut dans mes bras. Pauvre petit gars. Refusant de le poser sur le sol comme un caillou, je l'ai installé délicatement sur une balançoire, dans un parc. Elle était en bois peint, couleur cochenille, avec exactement trois accrocs rectilignes dans la troisième planche. En dehors de ces entailles : intacte.

Jamais je n'oublierai.

Plus tard, j'arrivai enfin dans la grande avenue quand des avions retardataires larguèrent leur cargaison mortelle, m'obligeant à plonger dans un énorme entonnoir, formé de plusieurs façades écroulées, où des familles massées les unes contre les autres tournaient leurs visages tourmentés vers le ciel. L'alerte fut de courte durée et les civils étaient comme moi : ils n'en menaient pas large. Une belle jeune femme blonde aux courbes rebondies et à la chair laiteuse n'avait pu se retenir et tâchait tant bien que mal de se nettoyer en pleurant. Je n'ai jamais oublié son visage couvert de cendres, ni les deux traînées couleur d'ivoire laissées par ses larmes sur ses joues. Ces lignes pures, translucides, je les revois dans la neige, sur une page, sur un ciel trop bas, dans les dents tombées de mon petit-fils, dans tout ce qui est blanc et croise ma vie depuis.

Je repris ma route et, après peut-être une heure qui m'en sembla six, je commençai enfin à sortir de la ville.

Un jour étrange se levait, tout brouillé de vapeurs, de gaz et de cris de blessés. C'était affreux. Des civils hagards commençaient à déblayer les ruines fumantes avec l'espoir vain de retrouver leurs proches encore vivants.

Je me savais sur la bonne route. C'était la cohue, la vraie, celle des grands malheurs, et personne ne prêtait attention à moi. Heureusement, car je n'avais pas vraiment mesuré l'intrépidité de ma démarche. Il m'était formellement interdit d'être là, et si une patrouille me surprenait…

Quand j'arrivai du côté de chez Hennie, harassé, il était presque 7 heures.

Je sonnai. Les jappements joyeux de Dann, la chienne, m'accueillirent et emplirent mon cœur d'espoir. Une galopade se fit entendre : c'était Hennie qui précédait Anna. Elle se jeta dans mes bras en riant et pleurant à la fois, martelant ma figure de baisers, sans plus se soucier qu'Anna ou un passant ne nous surprenne.

Aujourd'hui

Je comprenais, pour la première fois, combien grande était la peine de mon père, et profonds les regrets qui le harcelaient d'avoir manqué le rendez-vous avec Moïse. Celui-ci était parti six mois plus tôt. Pourtant, ce matin, sans avoir eu pour lui l'amour et l'amitié qu'un petit-fils peut avoir habituellement pour son grand-père, je m'étais levé la tête pleine de lui. C'était aussi dans mon ventre, ça pesait lourd comme une inquiétude. Pas de douleur, non. Plutôt cette mélancolie-là qui accompagne ces fleurs étranges qui poussent en nous certains dimanches soir et qui ont le poids des chagrins tout neufs.

Avec ça, une urgence : ne pas reproduire la même erreur. Leur échec m'obligeait : nos retrouvailles auraient lieu.

Je devais tout lui dire. Absolument tout.

3 avril 1991
Le fruit et son noyau

Nous entrâmes rapidement dans la maison, où on me pressa de questions, et il me fallut raconter l'horreur de cette nuit – mais je tus les allers-retours avec les enfants, ni ne mentionnai la balançoire rouge.

Willy était parti à Cologne pour aider et pour tenter de glaner de mes nouvelles. Je me restaurai avant de monter à ma chambre pour me débarbouiller. Quelques instants passèrent et des coups furent frappés à la porte. C'était Hennie.

Debout sur mon lit, je regardais par la lucarne Cologne qui n'en finissait pas de se consumer.

Elle vint près de moi ; je la pris prudemment par la taille : j'avais vu tellement de ruines, tout me paraissait d'une fragilité inouïe. Nous nous assîmes sur le lit. Elle sanglotait : « Nous allons tous mourir. »

Même si je n'étais pas loin de le penser aussi, j'entrepris de la consoler, en m'efforçant d'être rassurant. Mais elle répétait :

« De toute façon, nous allons être séparés. »

Arriva un instant où elle me serra plus fort. « Moritz, avant que cela n'arrive, je veux être ta femme, vraiment, ta femme, à toi, à personne d'autre. »

Elle le fut, ma petite souris, et je m'excuse de te donner tous ces détails, mais quand je voulus sortir de son corps pour l'empêcher de tomber enceinte, elle me le défendit en raffermissant son étreinte : « Tu vas me laver de ce que les autres m'ont fait à Berlin », chuchota-t-elle, et elle me retint en elle.

Nous nous endormîmes dans les bras l'un de l'autre et je ne me souviens pas d'avoir rêvé à autre chose.

La sonnerie du téléphone (étonnamment, la ligne fonctionnait encore) nous réveilla vers 21 heures.

Willy était arrivé à la fonderie. Des bureaux où s'étaient réfugiés les autres, il s'inquiétait pour moi. Sa femme le rassura. Là-bas, l'usine n'avait pas grand-chose, elle refonctionnerait bientôt. Le sergent lui demanda de me garder quelques jours, le temps de trouver un nouvel abri pour le Kommando et de déblayer les rues.

Anna, qui parlait et comprenait l'anglais, avait écouté la BBC :

« Mille forteresses volantes ont bombardé Cologne pour fêter l'anniversaire de l'indépendance américaine », annonçaient-ils.

Nous dînâmes, et Hennie apporta le fameux gâteau d'anniversaire accompagné d'un short qu'elles m'avaient confectionné toutes les deux en guise de cadeau. Nous convînmes de tout avouer à Willy dès son retour : en fonction de sa réaction, Herr Doktor serait mis au courant, ou pas.

« La Guerre ne peut que finir, Hennie… D'autant plus que les Alliés sont en Italie, et que l'Italie demande l'armistice. Et regarde en Russie ! Cela ne va pas mieux ! Votre armée se replie sur tous les fronts. »

Mais je me trompais, et je n'étais pas le seul.

Willy rentra vers 22 heures, sale, fourbu et le regard sombre. Il avait aidé la défense passive à délivrer des emmurés, des blessés, des morts.

Au récit qu'il nous en fit, les deux femmes se mordirent le poing et se mirent à pleurer. Willy déambulait comme un lion en cage, cramoisi de colère, sa jambe ne traînant presque plus derrière lui sous l'effet de l'emportement.

« Bien sûr, les nôtres en ont commis autant en Angleterre, mais ne sont-ils pas commandés par des barbares ? Des nazis fanatisés ? Quelle est l'excuse des Anglais et des Américains, hein ? Dis-le-moi, Moritz ? »

Que lui répondre ? D'autant plus que la plupart des usines étaient quasiment intactes, à croire qu'ils les avaient préservées volontairement.

« Nous devons creuser une tranchée couverte dans le jardin, Moritz. »

Ensuite, il me prit à part et, les traits tendus, il attaqua bille en tête :

« Tu l'aimes ? » Et il leva le pommeau de sa canne en direction de sa sœur.

« Oui.

— La protégeras-tu ?

— Oui.

— Le promets-tu ?

— Je te le promets.

— Donneras-tu ta vie pour elle ?

— Je n'ai rien d'autre que cela, mais par les temps qui courent... »

Me fixant dans les yeux, d'homme à homme, il me tendit une main franche que je serrai avec autant d'empressement que de gravité.

« Alors tout est bien, mon pauvre Moritz. Tout est bien. »

Ensuite de quoi, comme si de rien n'était, il avala une soupe et partit se coucher, Anna derrière lui. Je crois qu'eux aussi firent l'amour cette nuit-là.

À notre tour, dans un mélange de gêne et d'immense excitation, nous montâmes en nous tenant par la taille. En arrivant devant sa chambre, Hennie observa à droite, puis à gauche, avant de me faire entrer avec une rapide pression dans le dos. Plus tard dans la nuit, endormis pelotonnés l'un contre l'autre, une crampe dans le bras me réveilla. C'est que, vois-tu, ma petite souris, avec toute cette Guerre, moi j'avais perdu l'habitude de dormir avec quelqu'un !

Je me souviens d'avoir mis quelques secondes à me rendre compte de l'endroit où je me trouvais.

Je me souviens de son souffle qui me caressait la joue.

Elle souriait en dormant.

Tout doucement, je dégageai mon bras, mais ne pus m'empêcher de l'embrasser, oh d'un baiser aussi léger qu'une caresse de papillon, mais auquel elle répondit d'un « *mein Liebling* », mon chéri.

Je me souviens aussi qu'elle se réveilla plus tard, en sursaut, effrayée, en proie à un terrible cauchemar, alors nous refîmes l'amour et, de nouveau, je lui livrai mes craintes :

« Si nous continuons de cette manière, il est presque impossible que tu ne tombes pas enceinte un jour ou l'autre, Hennie. »

Blottie tout contre moi, peau à peau, je sentis son corps durcir, puis ses épaules se hausser de défi. Je me souviens clairement de sa voix qui s'éleva dans la nuit :

« Et alors ? Que pourrait-il nous arriver de mieux qu'un enfant de nous deux ? »

Oui, je me souviens de tout, Anne-Lise.

Avec Hennie, je me sentais comme un noyau au centre de son fruit.

3 avril 1992

Comment je t'ai aimée
tout de suite et n'ai eu de cesse
de le répéter chaque année

Ma Lisette,

J'ai fêté 82 ans cette année, et même si t'écrire est un rendez-vous que je ne manquerais pour rien au monde, ma vue commence à faiblir. Pourtant je n'ai pas peur de vieillir, c'est un droit qui a été refusé à tellement de monde autour de moi... J'espère quand même pouvoir dire à mon fils combien je l'aime avant de partir.

Mais j'ai promis de ne pas laisser ma vie d'aujourd'hui contaminer mon récit, reprenons l'histoire où je l'ai laissée.

Sur la fin dc la semaine, un coup de téléphone nous apprit que le travail reprendrait à l'usine le lundi suivant. Parce que le tramway ne pouvait progresser très loin dans Cologne, nous aurions un long trajet à faire à pied.

Comme prévu par Willy, nous creusâmes une tranchée en Z dans le fond du jardin. Contre une plaque de chocolat, nous obtînmes d'un employé du tram de vieilles traverses en bois et en fer, puis nous recouvrîmes de terre cette toiture de fortune.

Le lundi matin, nous partîmes de bonne heure et j'eus tôt fait de me lier d'amitié avec le gardien missionné pour nous accompagner. Franck, un petit homme courtaud, aux mains et aux joues grises, et qui transpirait comme un jambon mis à fumer. Il aimait la France et les romans français, « surtout les histoires de vengeance. *Monte-Cristo*, tu as lu *Monte-Cristo* ? ». Je n'avais jamais eu l'occasion de lire beaucoup, parce que j'avais quitté l'école très tôt. Il me raconta alors le début de l'histoire, jusqu'à l'évasion de Dantès de l'île d'If, caché dans le sac mortuaire destiné à l'abbé Faria. Le tout accompagné de nombreux gestes.

Il dut s'interrompre : le tram n'allait pas plus loin qu'une petite place entièrement ravagée : les rails y étaient jonchés de trop de gravats. Seul un passage avait été déblayé par des hommes en tenue rayée, armés de pioches et de pelles, aux silhouettes si décharnées que ça vous en frappait le cœur. Je voulus leur glisser quelques cigarettes, mais leurs sentinelles étaient mauvaises et me menacèrent en aboyant.

« On les presse jusqu'à ce qu'ils crèvent, ces *Arschlöcher*[1] ! » commenta Franck en riant de toutes ses dents.

Je ne lui ai plus adressé un mot après ça. Ce fut la plus brève amitié de ma vie.

1. Insulte allemande qu'on pourrait rapprocher de « connard » (NdE).

Ensuite, l'existence reprit son étrange cours, à l'usine surtout. Le samedi, comme avant, j'allais chez Willy travailler au jardin, puis je regagnais la fonderie avec eux le lundi matin. On jouait aux échecs, Hennie était toujours incapable de rouler une cigarette et, moi, j'étais devenu incollable sur les compositeurs classiques.

Quelques mois passèrent, et ce que je craignais par-dessus tout arriva : Hennie était enceinte.

Le docteur Schmidt fut mis au courant, évidemment.

« On s'en tirera », affirma-t-il en hochant la tête, puis son regard durcit et, se tournant vers Anna, il promit :

« Celui-là, les nazis ne l'auront pas ! »

Alors que je n'en menais pas large, Hennie était radieuse, et Anna presque autant qu'elle.

« Voilà comment nous devrons procéder, m'expliqua Hennie après en avoir longuement discuté avec Herr Doktor. Quand cela commencera à se voir, parrain me fera entrer à l'hôpital de Münstereifel, au préventorium, et en même temps il diagnostiquera une grossesse à Anna qu'il hospitalisera en maternité. Seulement, avec l'aide du pasteur Müller – un ami de la famille –, ils échangeront nos dossiers et falsifieront nos papiers d'identité. J'aurai ceux d'Anna et vice-versa ! Sur les documents officiels, c'est Anna qui accouchera, et moi qu'on soignera pour une tache au poumon. Tout se passera bien. »

Au début, Hennie ne prit pas de poids. Je lui

mesurais souvent la taille, et elle devait être enceinte de presque six mois quand elle commença enfin à s'arrondir timidement. C'était l'hiver : à la fonderie, avec sa pèlerine et sous ses bleus larges, cela ne se voyait guère. De plus, pour ne rien laisser paraître de son état, elle œuvra avec une vigueur redoublée. Anna, quant à elle, savait forcir à volonté, donnant réellement l'illusion d'attendre un bébé. Son ventre s'épaississait mystérieusement, gonflant davantage et dans de meilleures proportions que celui de sa belle-sœur !

Elles entrèrent ensemble à l'hôpital de Münstereifel, tout se déroula comme prévu, ma petite souris, et tu vins au monde sous le nom d'Anne-Lise Schmidt, fille d'Anna et Willy Schmidt.

Mon Dieu, que tu ressemblais à ta maman ! Tu en avais déjà les cheveux blonds et les yeux bleus parsemés d'or.

Je t'ai aimée tout de suite. C'était le 3 avril 1944.

Aujourd'hui

« Tu ne les as pas vraiment trouvés, les descendants ?

— Non. »

Silence. Quand mon père était redescendu de sa sieste, j'avais fait un signe de tête connivent vers ma sœur et ma mère. Elles avaient prétexté une course quelconque pour nous laisser seuls, « entre couillons », comme avait balancé ma sœur en refermant la porte derrière elles. J'avais inspiré, expiré, réuni tout mon courage. Mais comme cela n'avait pas été suffisant, j'avais remis la console en marche pour ne pas avoir à affronter son regard.

« À l'assaut ! » a hurlé la voix dans le jeu.

J'avais essayé de les retrouver. J'y avais cru. Mais Internet, Facebook, le plus grand trombinoscope du monde, même ça ne peut rien contre le temps qui passe et efface les visages.

« Pourquoi ces mensonges, alors, fiston ?

— Envoyez-moi ces rats allemands en enfer ! lui a répondu l'officier supérieur sur l'écran.

— J'ai menti parce que tu m'as envoyé chercher un monde qui n'existe plus. Moi, je m'en fiche des descendants, mais je ne me fiche pas de mon père, ça non. Je ne me fiche pas de cette distance installée entre nous.

Alors je me suis dit : "Peut-être peux-tu le consoler de son grand malheur, mais surtout peut-être que tu peux lui faire passer un message. Peut-être que tu peux te rapprocher de lui, renouer le contact et lui dire les choses. Pour qu'il les accepte." »

Parce que, dans la vie, quoi qu'on fasse, on trahit toujours quelqu'un. Comme mon grand-père en jouant à la luge avec les Allemands. Comme moi en trahissant les espoirs d'une vie normale que mon père avait placés dans son fils, par exemple.

« Je m'en suis douté peu à peu, fiston.

— Pourquoi n'as-tu rien dit ?

— *Nein ! Nein !* a supplié le jeune soldat ennemi que j'ai visé, raté, et finalement embroché d'un coup de baïonnette.

— Peut-être étais-je heureux de pouvoir me rapprocher de toi aussi, de renouer le contact et de te permettre de dire les choses, fiston ? »

Il avait joué le jeu, évidemment. Parce qu'au fond un père et un fils ne sont pas faits pour s'ignorer.

La voix virile a tonné et ramené vers l'écran notre attention :

« Butez ce groupe, ouvrez un chemin à nos gars, soldats ! »

Nous avons pianoté sur la manette avec acharnement. Papa vise, et moi je « bute ».

« Comment s'appelle-t-il ? » a dit mon père sans cesser de fixer l'image, avec un naturel déconcertant.

J'ai prononcé du bout des lèvres le prénom de l'Amoureux. Celui que j'avais voulu présenter à ma famille six mois plus tôt, lors de tes obsèques, Moïse, avant de renoncer devant le regard déçu et perdu de ton fils...

J'avais raté ton enterrement, grand-père. Je m'étais renfermé, et j'avais fui le cocon familial. Sans donner de nouvelles.

« Il est gentil, ce garçon ?

— Oh ça, tu vas l'adorer, je n'en doute pas... »

Du coin de l'œil, je l'ai vu froncer les sourcils, l'air de dire : « Qu'est-ce qui te rend si sûr de ça ? »

« ... C'est que, à vrai dire, papa, tu le connais déjà un peu. Du moins sa famille. »

Soudain, ça vibre entre nos mains. Treize Allemands s'envolent dans un jaillissement de boue, d'os et de sang. Voilà ce qui s'appelle « ouvrir un chemin » !

Ça me dégoûtait un peu. Mais nous devions pourtant y jouer comme des fous toute la matinée.

« Moi, je connais sa famille ?

— Oui. Son père s'appelle Richard et son histoire t'a beaucoup touché. Il est orphelin, artisan, et il a pris l'habitude de recueillir tous les animaux errants du quartier... »

C'était un drôle de tour que je lui jouais. Mais l'Amoureux en valait la peine.

« C'est en bossant avec sa mère que je l'ai rencontré, papa. Une femme chouette. Ancienne infirmière. »

Mon père a éclaté de rire et posé la manette.

« Martine ? Celle qui a menti à Victor ?

— Elle-même.

— Tu t'es vraiment bien moqué de moi, mon garçon. Et les autres ? Françoise ? Marie ?

— Elles ? Des inconnues qui m'ont offert leurs trajectoires pour rectifier la tienne.

— Et Henri, il est qui pour celui que tu aimes ?

— Son oncle, son parrain et son meilleur ami. J'ai fait

sa connaissance il y a un an. Tu te souviens, l'été dernier, quand je t'ai dit que je partais en vacances avec un ami dans le Nord ? Eh bien, c'était chez Henri. »

La voix virile du jeu revient, nous congratule :

« Excellents tirs, soldats !

— Je voulais que tu l'aimes un peu à travers eux, papa. Que tu l'aimes sans savoir qui il était pour moi. Et je voulais que tu ailles mieux. Alors j'ai fait d'une pierre deux coups.

— Donc cette histoire de fiançailles, c'est vrai ?

— Oui. C'est pour cela que je voulais vous le présenter il y a six mois, mais ta réaction... »

Silence.

« Bien, à défaut de m'avoir trouvé les vrais descendants, tu m'auras déniché un deuxième fils. Quand me le présentes-tu ?

— Pour tout te dire, il attend depuis deux heures devant la porte. »

Nos rires ont résonné de nouveau.

« Ça t'embête si on continue de jouer encore un peu ? Juste tous les deux, *comme avant*.

— Il a attendu vingt-sept ans pour me rencontrer, il peut bien attendre trois heures pour rencontrer l'homme que j'aime le plus au monde. »

Mon père a repris la manette. On a continué à tuer des ennemis sur l'écran sans échanger un mot. Ça faisait bien dix minutes quand j'ai finalement posé la question qui me taraudait depuis le début :

« Pourquoi mes histoires t'ont-elles autant passionné, papa ? Même si tu te doutais que c'était bidon, j'ai bien senti que tu en voulais plus, et plus encore. »

Il a bredouillé quelques mots inaudibles sans quitter l'écran des yeux, continuant « d'arroser » toute une troupe de Prussiens :

« Tu nous feras quand même des petits-enfants, dis, fiston ? »

Il la posait enfin, SA question... Il la posait, et je devinai instantanément qu'il était libéré de cette histoire, guéri pour toujours, et que nous pourrions enfin nous consacrer à retrouver Anne-Lise Schmidt.

Dans le jeu, mon personnage s'écroula tête première dans la boue, mortellement blessé au thorax par un éclat d'obus. J'ai tout arrêté pour regarder mon père droit dans les yeux et lui dire en me faisant l'effet de poser un pansement minuscule sur une plaie béante :

« Je te promets qu'un jour tu seras grand-père, papa, et qu'il portera notre nom. »

3 avril 1993
Quand tous les fantassins
seront morts

Ma Lisette,

Hennie te nourrissait au sein et, quand elle reprit son travail, ce lui fut un véritable déchirement. À 5 heures du matin – le tram passait la prendre à 6 –, Hennie et Anna mettaient deux biberons de côté au moyen d'un tire-lait. Heureusement, Anna ne prenait son service qu'à 8 heures à la poste. Elle te confiait à une vieille voisine qui, ma foi, n'y vit que du feu. La beauté des petits enfants est ainsi : elle attrape toute l'attention. Bien malin celui qui surprendrait les secrets qui entourent certaines naissances quand des petons dodus s'agitent sous son nez…

Une scène demeure gravée dans ma mémoire.

On est en mai. Il fait frisquet et j'ai allumé une flambée dans la cheminée. Le sapin, en brûlant, parfume la salle à manger et, comme toujours autour de nous, les notes du violon ou du piano d'Anna courent sur les murs. Hennie te donne le sein et me regarde, je lis tant d'amour et de tendresse dans ses yeux que j'en suis presque honteux : comment peut-on être aussi heureux en 1944 ?

Heureux, oui.

Les nerfs prêts à flancher, toujours sur le qui-vive au moindre coup de sonnette, à la moindre alerte (Dieu sait si nous en avions). Et, malgré cela, un bonheur incommensurable, la pure et fragile joie d'être ensemble.

Je la regarde et lui souris, sourire qu'elle me rend. Pourtant, dans la doublure de ma ceinture, un petit écrin renfermant deux pastilles me pousse violemment hors de mon nuage en me rappelant à chaque instant la réalité. « Tenez, chacun la vôtre, a dit Herr Doktor la veille, en nous les offrant. En cas d'arrestation, une seule de ces pilules vous empêchera de souffrir.

— Pourquoi nous en donner deux chacun ? » lui demandai-je, naïvement, en entrebâillant l'étui.

Il se tait, lugubre, puis son regard furtif vers ton couffin me glace plus qu'un millier d'hivers.

Les nouvelles du front russe n'étaient pas très bonnes et le moral de nos geôliers pas fameux… Nos sentinelles avaient toutes des cheveux blancs ou une jambe, un bras en moins. Les jeunes et les valides ? À la Guerre. Le régime épuisait sa population de ses forces vives.

Durant les alertes de jour qui se multipliaient, nous avions trouvé un abri presque sûr : les égouts. Nauséabonds mais bien plus vides qu'à l'ordinaire, la ville ayant été détruite presque en totalité.

Par les soupiraux de l'usine, on pouvait voir la

pelouse, où il n'y avait plus de place sur le gazon pour de nouvelles croix blanches. On avait commencé à clouer les croix les unes sur les autres.

« Ça ne peut pas durer éternellement, Hennie, comment joueront-ils à la Guerre quand tous les soldats seront morts ? Avec quoi ? »

Willy, sa canne et la moitié du corps passées en travers de la bouche d'égout, guettait l'extérieur et commentait avec effroi :

« Des avions ! Des avions par centaines ! »

3 avril 1993
Le petit champ de Jean

Joyeux anniversaire, ma petite Anne-Lise, ma petite souris !

Je viens d'être opéré d'un œil et je vais être obligé d'abréger mon récit.

Ce fut juin 1944, le Débarquement, la bataille de Normandie et, bientôt, la déroute de la fière armée allemande. Débâcle à pied, à bicyclette, en tirant des charrettes où s'empilaient blessés, cadavres, armes et barda. Nous n'osions pas trop montrer notre jubilation : nos gardes auraient-ils été capables de tirer ? Je le crois.

Quinze jours plus tard, notre usine et notre camp furent anéantis. Tout brûla en quelques minutes et on nous emmena sans prévenir dans une gare de triage pour réparer les voies. Je n'arrêtais pas de demander : « Où va-t-on ? Où nous emmenez-vous ? Qu'allez-vous faire de nous ? », car, jusque-là, on m'avait laissé aller presque toutes les semaines chez les Schmidt.

Je craignais de ne jamais vous revoir et je crois que mourir me paraissait beaucoup plus grave, maintenant que vous étiez dans ma vie.

Il y avait de tout : civils, PG français, PG italiens, d'autres en pyjama rayé, qui étaient chargés de retirer les bombes non déclenchées – beaucoup moururent.

Trop nombreux, nous n'avions droit qu'à une boule de pain pour sept, un café et un peu de marmelade à la fraise, comme d'habitude. Je me jurais bien qu'après la Guerre je ne toucherais plus jamais un pot de confiture. Ni le café. Ni le pain. Plus jamais !

Les blessés étaient innombrables, ma petite Anne-Lise. Et malgré cela, nous reçûmes l'ordre de rentrer dès que possible pour nous remettre au turbin. Je ne désirais qu'une chose : une permission pour courir vous voir, ta mère et toi.

Je me souviens qu'une lettre de France m'attendait au camp, la première depuis le Débarquement : Couronnée et Louise me racontaient par le menu combien elles s'étaient amusées à un bal…

Les gars, certains du moins, avaient renommé le local où la poste allemande entreposait nos courriers la « boîte à cocus ».

À cet instant précis, si les Alliés avaient passé le Rhin, ils n'auraient guère rencontré de résistance. Hélas, l'Histoire devait en décider autrement et, un matin, on nous embarqua dans des camions sans aucune explication.

Nous ne roulâmes qu'une heure environ avant d'être jetés tels des chiens dans des baraquements à bestiaux, à deux pas d'un terrain d'aviation civile.

Un Lyonnais, qui était là depuis deux jours, nous mit au parfum :

« Nos gardiens sont changés chaque semaine, pour ne pas lier amitié avec nous. Ce sont des jeunes de l'armée de l'air, tous furieux d'avoir été éjectés de France et affectés à notre surveillance. Des durs.

— Dangereux ? chuchotai-je.

— Ils tireront sans sommation au moindre pas de travers : même pour aller au petit coin, nous devons demander la permission. »

Bordant le terrain d'aviation, un petit bois. Plusieurs bombardiers et chasseurs à réaction y étaient dissimulés. Les Boches nous forçaient à trimer en cachette, par peur des Alliés : la besogne commençait vers 16 heures et se terminait tard dans la nuit. Fallait turbiner dur, pas question de lézarder.

Nous chargions les zincs de mortiers, d'obus, de munitions en tout genre, à contrecœur, tu t'en doutes, sans même savoir que les Allemands avaient déclenché la grande offensive sur les Ardennes. Souvent, la nuit, quand le souvenir de toi m'étouffe, je repense à cette période de ma vie. J'ai, de mes mains, chargé des bombes tombées sur mon pays, sur le mont Vireux, le Déluve, sur tous les coins de mon enfance, et nos cabanes de petits garçons, à Jean et à moi.

Peut-être, même, sur sa tombe ? Mon Dieu ! Oui, peut-être même sur sa tombe…

Aujourd'hui

Son grand-père, Philoxime.

Son père, Georges.

Lui, Moïse.

Son fils, Denis.

Moi, Jean, son petit-fils.

Et après moi, qui ? Quels visages après leurs visages ?

Je voudrais un fils.

Pour ne lui apprendre que ce qui est bon en ce monde, et ne lui montrer que ce qui est beau. Peut-être, même, ne jamais lui parler de la guerre, qui devrait rester un secret entre grandes personnes.

3 avril 1994
Les barbelés

Décembre 1944, Noël était là, le froid aussi, et un brouillard à couper au couteau. Nous avions reçu quelques colis américains, un pour vingt-cinq. Une demi-sardine et une cigarette par personne ! J'achevais de fumer la mienne quand je vis un PG passer entre nous, questionnant les copains à voix basse : « Beaulieu Moïse ? C'est pas chez vous ? »

Sur ma réponse affirmative, le compagnon de galère me fit :

« Attention, y'a une gonz' qui te demande. Une factrice. Elle est cachée derrière le transformateur électrique, elle fait mine de regonfler son allonge-gambette. »

Inutile de te dire que je fus debout en un éclair, les jambes en coton et le cœur battant à tout rompre, prêt à suivre mon nouveau meilleur ami jusqu'au bout du monde.

« Nous, on gaffe à quatre ou cinq, sois tranquille, et nous éternuerons si y a embûche ! » jura le bonhomme, la main sur le cœur (l'amour des autres, ma petite Anne-Lise, ça se respecte, encore plus quand on a peur de mourir sans revoir le sien).

Les copains en place, je m'avançai : c'était Hennie, mais mon âme me l'avait dit bien avant de la voir. Depuis plusieurs jours, elle rôdait autour du camp et il avait fallu ce brouillard providentiel pour qu'elle approche sans crainte.

Passant nos lèvres au travers de la clôture, nous échangeâmes un long baiser.

« C'est trop dangereux d'être venue ! la grondai-je comme elle me glissait un colis entre les mailles du grillage.

— Je n'en pouvais plus de pas savoir si tu allais bien, si tu avais peur, ou froid, ou mal, ou faim…

— Promets-moi de ne pas recommencer. »

Elle promit, puis me donna des nouvelles : l'offensive des Ardennes avait surpris les Américains, tous les civils s'étaient mis à creuser des tranchées par peur des représailles.

« Et Anne-Lise ?

— Elle va bien, mon amour ! »

Je tenais les mains de Hennie, sa voix était un murmure.

« Elle pousse comme un champignon. Je t'ai apporté quelques photos, ainsi que des mèches de cheveux nous appartenant », dit-elle en me faisant passer une enveloppe.

Nous pressions nos visages si fort l'un contre l'autre qu'une pointe de barbelé nous égratigna, et nous laissa un même point rouge au milieu du front.

« Elle gazouille beaucoup, fit-elle en reniflant fort. Elle est magnifique et elle est très impatiente de voir son papa. »

Voulant essuyer les larmes et le sang qui perlaient sur sa figure, je me mis à pleurer aussi, et nous serions restés des heures comme ça, si nos guetteurs n'y avaient mis un terme.

« Cela devient trop dangereux, tu dois t'en aller, promets-moi de ne pas revenir, mon amour… »

Elle promit de nouveau, nous eûmes un dernier long baiser, puis, à regret, je la laissai partir avec son vélo. Elle gagna un petit sentier mangé de brume, se retourna plusieurs fois et, après un geste d'adieu, elle sauta sur sa bicyclette et fut engloutie par le brouillard.

Si seulement j'avais su.

Aujourd'hui, le 3 avril 1994, à 2 heures du matin, je suis assis à mon bureau, obnubilé par cette vieille histoire. J'ai voulu aller réveiller mon fils. Lui dire : « Denis, tu sais, la vie est une toute petite chose qui peut disparaître sans laisser de trace. Comme une jeune fille sur un vélo avalée dans le brouillard. Alors je te le dis maintenant, je t'aime, fiston », mais je suis resté là, cloué au bureau de ma petite chambre. Et demain je ferai comme tous les matins : j'irai me cacher derrière ma musique.

3 avril 1994
Quand Dieu nous abandonne

Une activité fiévreuse régnait sur le camp, les avions alliés avaient repris la maîtrise du ciel, le coin était bombardé, mitraillé sans cesse, et nous, entre deux raids, nous rebouchions les trous d'obus du terrain d'aviation civil pour permettre aux chasseurs boches de décoller. Nos conditions de détention étaient inhumaines, Hennie et la petite me manquaient plus qu'une bonne miche de pain, et j'aurais troqué volontiers cinq minutes avec elles contre l'une des rares couvertures que nous nous disputions. Le curé allemand, qui tentait d'améliorer notre quotidien comme il pouvait, alla secrètement – et en risquant sa vie – alerter la Croix-Rouge. C'est grâce à ses courriers, nombreux et révoltés, qu'un jour des officiers suisses et allemands arrivèrent et baragouinèrent : en vertu de la convention de Genève, nous devions cesser notre activité séance tenante et regagner le stalag VI-G de Bonn sur-le-champ.

Malgré la surpopulation du camp, je réussis quand même à trouver une paillasse en haut d'un lit à deux étages, et de nouveau ce fut l'attente, le froid, la faim, le manque de vous, mais rien à côté de ce que vécurent ces pauvres prisonniers russes… Pourquoi les Russes ? Si tu savais, ma petite souris. Ce furent eux qui nous remplacèrent à la sale besogne, leurs dirigeants n'ayant pas signé des accords de Genève jugés trop « bourgeois » à leur goût.

Une fois, en pleine nuit, un feu nous éveilla : un premier cas de typhus s'était déclaré chez les Soviets et, pour juguler l'épidémie, les Fritz avaient incendié leur baraquement. Avec tous les prisonniers à l'intérieur.

Autant te dire que, malgré l'odieux traitement que nous subissions, nous ne nous sentions pas mécontents d'être des bourgeois de Genève.

Moi, de toutes les manières, j'avais Hennie.

Ma petite souris… Les hommes qui ont brûlé… J'entends toujours leurs cris dans la nature. Cinquante années après, je promène le chien autour de ma résidence, ma petite bible glissée dans la poche intérieure de ma veste, collée contre mon cœur, et je les entends. D'autres fois, ce ne sont pas les cris qui me surprennent, mais la figure d'un prisonnier russe. À l'époque, j'en ai vu mourir de faim, de froid ou même de la gangrène, et leurs copains aussitôt de se jeter sur la dépouille encore chaude pour la dévorer crue. Oh, Anne-Lise, ma douce, comment placer toute sa confiance en Dieu après ça ? Et comment espérer en l'Homme ?

3 avril 1994

L'ange plein du silence du ciel

Les sentinelles prétendaient que les Américains étaient en débandade, mais nous avions plutôt l'impression que cela bardait dur.

C'était quelques jours avant qu'ils n'incendient la ville de Bonn et notre camp de blessés. Pas faute d'avoir déployé d'énormes croix rouges sur les toits, pourtant…

Nous devions être dans la deuxième quinzaine de février 1945, il y avait sans cesse de nouveaux arrivants : des Kommandos qui comme nous se repliaient sur le stalag, des malades et des blessés, venus des hôpitaux que les autorités vidaient pour faire de la place aux blessés allemands.

Beaucoup dormaient à même le ciment.

« Tiens, le Nouveau, prends ma paillasse, moi je dormirai sur la table ! » lançai-je ainsi à un bleu qui me faisait grand-pitié, avec son trou dans le dos, un anthrax si gros qu'on y aurait logé le poing. Je lui ai même prêté mon maigre barda en guise d'oreiller, mes souliers, ma capote et ma veste pour le réchauffer, pensant revenir quelques minutes plus tard après avoir fait un petit saut à l'autre bout du stalag où j'avais un copain ardennais retrouvé là par hasard : il faisait bon de cultiver ses connaissances, surtout parmi les planqués. On pouvait y gagner un rutabaga, quelques pommes de terre, une cigarette, voire un quart de couverture.

La nuit venait de tomber, c'était la quinzième nuit calme, et je m'apprêtais à regagner ma baraque un carré de tissu à la main, quand sans raison, sans prévenir, l'aviation américaine arrosa tout ce qui bougeait. La première bombe incendiaire tomba droit sur ma couche, où le petit nouveau avec son trou au dos, mes chaussures à ses pieds, dormait bien au chaud sous ma capote.

J'avais plongé dès le début dans une fosse de décrassage, où je restai jusqu'à l'aube, au milieu du camp qui achevait de se consumer, sans quitter des yeux l'autre, le Nouveau, le pauvre gars à l'anthrax qui, la tête posée sur ma valise en flammes et transformée par le feu en étrange couronne, semblait un ange tombé sur terre, paisible et serein, tout plein encore de ce silence du ciel.

Je n'ai pas pensé à la vie qui aurait pu être la sienne, ni à sa pauvre maman, ni à sa petite fiancée, non. J'ai pensé : « Et dire que ça aurait pu être moi, là aussi… Un vrai miracle ! » Voilà la vérité.

À quoi tient la vie ? Tué dans son sommeil par le blast ! Après toutes ces années, il m'arrive encore de me demander : a-t-il seulement su qu'il était mort, le Nouveau ? Parfois même, sur mon fauteuil, incapable de parler à mon fils, à mes petits-enfants, tout empêché d'être heureux par le malheur de ces autres que je n'ai pas ou peu connus, j'écoute ma musique et je me demande : « Et toi, Moïse ? Peut-être que tu es mort, que tu ne le sais pas, et que tout ça n'est qu'un songe ? »

Aujourd'hui

Voilà plusieurs semaines que mon père allait mieux. Il reprenait ses traitements, nous parlait de l'avenir, il avait même sympathisé avec l'Amoureux.

J'aurais voulu que Moïse le sache : grâce à nous deux, il allait mieux.

Moi, j'avais repris le chemin du cabinet médical et de la salle d'attente pleine comme un œuf. J'avais demandé quelques jours supplémentaires à mon père avant de me pencher à ses côtés sur la meilleure manière de trouver Anne-Lise Schmidt. Je voulais terminer les carnets avant.

Je pensais souvent à Hennie, l'amie et l'amante près de laquelle il voulait brûler tout son temps.

J'aurais voulu avoir mon grand-père devant moi, le remercier pour son cadeau, cette force que ses mots avaient su insuffler en moi.

Lui dire :

« Grand-père... Cette chose étrange tissée entre vous, l'amour, oui, c'est ce qui m'a donné le courage de ne pas laisser tomber, de me battre, de ne pas faire de compromis avec mes sentiments, en un mot : de ne pas faire comme toi. »

Qu'il est étrange, ce monde où certains doivent échouer en 1945 pour que d'autres, aujourd'hui, réussissent.

3 avril 1995
Ma relique

Ma Lisette,

Un matin, on nous mit en rang, puis en marche, en pleine campagne !

Je commençai à saigner des pieds au dixième kilomètre. Nous en fîmes quarante. Moi, d'ordinaire toujours dans le peloton de tête, je suivais péniblement derrière les derniers. Ce qui m'aidait, c'étaient les photos de Hennie et toi. Je les avais soigneusement rangées dans mon portefeuille, qui ne quittait jamais la poche arrière de mon pantalon. Une sentinelle à cheveux blancs qui m'accompagnait m'apprit bien des choses en marchant : leur offensive sur les Ardennes avait échoué, les Alliés contre-attaquaient et avaient probablement traversé le Rhin. Quant aux armes secrètes de Hitler, aucune ne s'était révélée capable de renverser la vapeur.

À l'arrivée dans les baraquements, je m'écroulai à même le plancher, et le mal que me causaient mes pieds ne m'empêcha pas de sombrer dans un sommeil lourd de fatigue, les photographies collées contre ma poitrine.

Le lendemain, je demandai l'assistance d'un infirmier. Il ouvrit des yeux horrifiés en découvrant mes pieds écorchés à l'os et alla trouver l'homme de confiance du stalag, un adjudant des chasseurs alpins. Ce dernier réquisitionna une paire de souliers chez les planqués, un peu grands, certes, mais, avec les pansements épais, cela se maintiendrait.

Nous marchâmes encore plusieurs jours, crevant la faim et avec l'impression de tourner en rond, impression qui se confirma quand nous vîmes d'autres prisonniers de Guerre venir en sens inverse. Les ordres étaient simples : nous fatiguer assez, chaque jour, pour éviter toute insurrection. Cela fonctionnait extraordinairement bien. De toutes les façons, j'avais tellement peur de ne jamais vous revoir, Hennie ou toi, ma petite souris, que je me tenais pépère dans mon coin, jusqu'à ce beau jour où nous nous retrouvâmes acculés dans une cuvette. Les Alliés occupaient une crête, les Allemands une autre, et que je te bombarde, en veux-tu en voilà ! Nous, au milieu, nous récoltions les obus perdus. Avec des sous-vêtements (véridique, ma chérie), nous nous étions confectionné un drapeau français et, profitant d'une accalmie, plusieurs PG coururent en agitant ce drapeau vers les Américains. Prenant mon courage à deux mains, je sortis de l'abri avec les fusils que les sentinelles, des Fritz âgés et plus apeurés par la mort que les jeunes soldats dont ils avaient la garde, m'avaient livrés avant même l'arrivée des Ricains.

Voilà, ma petite souris, nous étions libres, et pour nous la Guerre était finie.

Je dirais que j'ai encore moins compris ma liberté

que la façon dont j'ai été fait prisonnier au début de la Guerre. D'ailleurs, me questionnerait-on à ce sujet que je lèverais les mains au ciel, puis les laisserais retomber en disant : « Ça s'est fait comme ça ! » Tout simplement.

3 avril 1995
Le plat que je n'aurais pas dû manger

Les Américains nous dirigèrent par groupes vers les villages voisins. Le mien occupa la villa d'un vétérinaire nazi en fuite. À la cave, derrière un tas de bois déplacé puis replacé, je débusquai des briques encore fraîches. J'appelai les copains, le mur fut vite abattu, découvrant une vraie caverne d'Ali Baba : du linge fin, des vêtements brodés, un beau manteau de fourrure, des bijoux (c'est honteux de l'écrire, mais ces derniers disparurent comme par enchantement). Le manteau fut échangé avec les fermiers des environs contre un petit porc qui nous cala les joues.

Quand les autres eurent tout pillé, je récupérai, penaud, sur le sol, une boîte de Meccano pour toi.

Dès que mes pieds m'en laissèrent la possibilité, je quittai le village, obsédé par l'idée de vous rejoindre. Même si j'avais peur, depuis le début de ma captivité, j'avais eu tellement de chance dans mon malheur qu'il m'était impossible de ne pas y voir la main de Dieu me protégeant et me guidant.

Hélas, les Américains nous interdisaient de prendre la route à pied pour ne pas les gêner.

J'en avisai deux, stationnés près d'une auto civile, et je leur fis part de ma situation. En échange d'une bouteille de cognac trouvée dans la cave du vétérinaire, je négociai un aller simple pour Cologne, en clandestin. Caché dans la malle, j'y arrivai enfin après un voyage de fou : ayant bu à deux toute la bouteille, mes conducteurs étaient ronds comme des queues de pelle. C'est avec un vrai soupir de soulagement que je les abandonnai et mis pied à terre.

Seules quelques grandes allées avaient été déblayées pour laisser passer les convois et je me dirigeais comme je pouvais dans la ville effondrée, quand soudain une jeep avec deux soldats, un énorme MP blanc peint sur le casque, s'arrêta à ma hauteur ; ils m'ordonnèrent de rejoindre un camp. Je sortis ma vieille carte d'employé SNCF et, leur pointant du doigt mon identité, je m'évertuai à leur expliquer que j'allais retrouver ma femme. Ils y jetèrent un coup d'œil distrait, puis me firent signe de continuer. Je n'avais pas fait vingt pas que, par-dessus mon épaule, je les vis consulter des papiers, puis sans prendre la peine de faire demi-tour, en marche arrière, revenir vers moi et me redemander ma carte. Mystère… Mon nom était sur une liste, avec une annotation en anglais. Je n'y comprenais rien, mais leur ton se fit soudain bien plus amical, j'y décelai même de francs accents de camaraderie et une sollicitude qui me réjouit au plus haut point.

Ils me firent monter dans la jeep et foncèrent comme s'ils avaient le feu au derrière. Nous sortîmes de la ville et nous nous arrêtâmes pile devant une grande bâtisse (sans doute une mairie ou une école dans l'heureux temps d'avant la Guerre). Là, ils me conduisirent dans un bureau du dernier étage dont le toit avait été défoncé par un obus. Un officier engoncé dans un uniforme trop petit tapait à la machine, le corps transi, exposé à tous les vents. Un seau posé à terre recueillait les gouttes d'eau jaunâtres d'une canalisation des toilettes criblée de balles. Ils tinrent conciliabule et, plusieurs fois, j'entendis le nom de « Schmidt ». Ils me firent asseoir à droite d'une gouttière éventrée, m'offrirent des cigarettes, des petites tapes fraternelles dans le dos. Avec des gestes, je leur fis comprendre que c'était bien gentil tout ça, mais, moi, j'avais les dents qui me démangeaient, j'aurais volontiers cassé la croûte. Ils téléphonèrent et, à nouveau, je ne compris que le mot « Schmidt », prononcé plusieurs fois. Ça, et que j'allais bientôt pouvoir décharger mon angoisse sur un jambon ou un pâté.

« Moritz, *moment* ! » dit l'un d'eux, puis il me fit apporter un peu de bon pain, chaud s'il vous plaît monsieur, du fromage, et surtout une bonne viande qui, dirent-ils, venait d'être chassée. Je ne me sentais plus de joie, ma petite souris !

Tout en dévorant goulûment mon repas, mon regard dériva vers la fenêtre, et je vis deux soldats occupés à dépecer du gros gibier, celui-là même qui avait fourni mon manger. J'en étais à lécher les bords de mon assiette quand les soldats se tournèrent, me laissant apercevoir en un instant de pur effroi qu'ils avaient tué une biche, et pas n'importe laquelle, celle-là même que Hennie avait nourrie à la main quelques mois plus tôt, avec son joli miroir blanc autour de la queue.

Ça m'a explosé en pleine figure : un drame, un horrible, un monstrueux drame, était arrivé.

Aujourd'hui

Toutes ces années...

Toutes ces années et ce dernier geste que Moïse a eu, à la fin...

Je le prenais pour un fou, alors qu'il était brisé. Son cœur était brisé. Je crois qu'il n'a jamais aimé qu'elle, Hennie.

Je crois qu'il attendait de la retrouver un jour. Voilà pourquoi il avait été si longtemps si croyant, dans l'espoir de retrouvailles. N'est-ce pas d'ailleurs pour cela que tant de gens croient ? Parce qu'ils aiment et sont séparés ?

Parfois, dans les rares moments où il parlait, Moïse nous montrait le ciel, et l'étoile polaire, ou alors c'était sa petite bible aux coins ferrés et on l'entendait dire : « Dieu est amour », mais il se trompait : l'être humain est amour, oui.

C'est parce que les Hommes comme toi, Moïse, aiment et guettent des étoiles qu'ils font entrer Dieu dans leur vie, parce qu'ils ont trop peur de ne plus revoir ceux qu'ils ont éperdument aimés, adorés, chéris.

Et c'est parce que toi, Moïse, tu as perdu celles que tu aimais, que tu as fait ce que tu as fait, à la fin. On naît, on gravit cette montagne qu'est la vie, on vieillit, on parvient au sommet, alors on se retourne et on voit, avec la meilleure profondeur de champ, ce qui a été le bien, ce qui a été le mal, et ce qu'on aurait voulu changer. Ce sommet, c'est le moment du bilan le plus élargi, de l'ultime constat.

Et toi, grand-père, ton dernier aveu sur le monde des Hommes, celui qui nous hante, papa et moi, et nous hantera jusqu'à l'heure de notre propre inventaire, est d'avoir jeté dans la poubelle de ta chambre ta vieille bible aux coins ferrés, offerte par ta grand-mère le jour de ta naissance.

Alors oui, ton fils et moi allons retrouver Anne-Lise, pour ne pas donner raison au chagrin et au désespoir de ton dernier geste.

Nous la retrouverons.

Et nous le ferons pour te donner tort.

3 avril 1995
Derrière la porte

L'officier que je pressais de questions ne pigeait rien à mon allemand rudimentaire et la conversation n'alla pas bien loin. Le temps passait, long, terriblement long. J'étais sur les dents, je vomis deux fois ma viande ; des autos arrivaient, repartaient, et à chaque fois je pensais : « Ça y est, c'est pour toi, tu vas enfin savoir. » Quand soudain des bruits de pas résonnèrent dans l'escalier, on frappa à la porte, et Willy fut devant moi. Willy qui me prend dans ses bras, m'embrasse sur les joues, puis fond en larmes, de vrais sanglots de môme, qu'il semblait avoir retenus trop longtemps.

Je chevrotai : « Hennie ? Anne-Lise ? » et lui, après s'être assis et avoir repris contenance, il me raconta tout. Lors de l'offensive américaine, on avait rapporté à Hennie que mon Kommando creusait des tranchées dans des conditions épouvantables. Elle avait alors cuisiné des gâteaux secs, avait ajouté un petit cadeau enveloppé dans du papier de soie, puis, en dépit de Willy et d'Anna qui s'y opposaient ferme, elle avait enfourché son vélo et était partie un matin.

« Ce sont des soldats allemands qui nous l'ont

ramenée, grièvement blessée. Leur troupe était en train de se replier, c'était une cohue indescriptible, elle s'est retrouvée au milieu d'eux sans le vouloir… Elle est tombée de vélo à cause de la bousculade, ils ont été bombardés et Hennie, touchée sous le sein gauche par un éclat, s'est évanouie. Heureusement, elle avait ses papiers, et cela s'est passé presque à l'entrée du village… »

Un docteur était venu tout de suite, il avait sondé la blessure avec une canule et grimacé.

« D'après lui, l'éclat de shrapnel est fiché dans le cœur, elle peut vivre quelques jours, quelques semaines, il n'en sait rien.

— Les Américains n'ont pas des médecins avec eux ? demandai-je.

— Tu penses bien que je les ai appelés, leurs docteurs ! Et dès qu'ils ont pris la ville ! Ils n'ont pu que confirmer : elle est intransportable, Moritz. »

Entre-temps, Herr Doktor, son parrain, était accouru de l'hôpital et n'avait pu que se résigner devant l'inévitable.

« Hennie a repris conscience avant-hier, et une seule chose la tracasse : l'avenir de votre petite Anne-Lise… »

Je ne me souviens plus exactement de l'âge que tu avais, un an peut-être, mais tu trottinais comme une petite souris, tu mesurais 74 centimètres exactement, et moi j'étais là, dans le sixième dessous de cette pièce sans plafond, un genou à terre, effondré à cause de tout ce ciel blanc qui me tombait sur la tête. On m'assaillait de questions et d'informations toutes plus insupportables les unes que les autres.

« Le vœu le plus cher de ma sœur, continua Willy sans me laisser le moindre répit, c'est que tu nous la laisses, à Anna et à moi. Elle ne cesse de répéter : mais si Moritz la prend en France, à part lui qui l'aimera ? »

L'officier me fit boire quelque chose de fort.

« Tu dois réfléchir à ta décision avant de rentrer à la maison, ajouta Willy en insistant lourdement sur ce dernier mot. Parce que ce sera sans doute la première question qu'elle te posera. »

Il attrapa mes mains, les pressa très fort.

« Tu sais, la petite est une Schmidt. Pour nous, elle est comme notre fille et elle sera heureuse, je t'en fais la promesse, tandis que si tu nous la prends, si tu l'amènes avec toi, pour tout le monde elle sera la petite Boche. Ce ne sera pas une vie… non… »

Bien sûr, à l'époque, ce qu'il affirmait était vrai. La Première Guerre avait tant saigné la patrie et la Seconde n'avait pas encore révélé l'immensité du désastre. Les Français détestaient et détesteraient les Allemands… Ta vie en France aurait été un enfer.

« Nous DEVONS penser à son avenir ! » ajouta-t-il en remontant ses manches, comme pour symboliser l'ampleur de la tâche à accomplir. Ce faisant, il dévoila son poignet, autour duquel était accrochée une montre de grande valeur que je ne lui avais jamais vu porter.

Ce geste… Toutes ces années après, j'en examine encore le degré d'innocence. Willy l'avait-il commis à dessein ? Parce que cette montre en or, ma petite Anne-Lise... Elle m'a frappé, et c'était comme si je me réveillais d'un songe naïf et pur où la Guerre rendait tous les hommes égaux.

D'un coup, je me sentis inopportun, et si vaniteux. Moi ? Appartenir à cette famille-là ? La honte d'être pauvre me serra la gorge. Honte de n'avoir pas eu assez d'instruction, honte de n'avoir pas su tenir la promesse d'homme faite à Willy : protéger sa sœur ! Qui étais-je face à eux ? Eux si intéressants, si riches, si cultivés, si... importants ? Alors que leur chère Hennie allait mourir par ma faute ! Moi, un stupide prisonnier de Guerre dont elle avait eu la faiblesse de tomber amoureuse ! Je crois même avoir pensé (et j'en rougis encore) : « *Ils vont perdre un membre de leur famille par ta faute, Moïse, tu DOIS leur en rendre un autre...* »

C'était une évidence : pour toi, ils étaient la meilleure solution. Assommé, vaincu, j'ai acquiescé : « Oui, bien sûr. » Mais c'était terrible : en quelques jours, j'allais me trouver amputé de toi, amputé de Hennie.

J'ai pensé que j'en souffrirais, peut-être toute ma vie, et c'est bien ce qui s'est passé, ma petite souris : pas un jour n'est passé sans que ton souvenir me morde cruellement, me brûle et me dévore à petit feu. Le purgatoire existe, ma chérie, je le sais, je l'ai souffert en ce monde.

Pour préparer Hennie, son frère passa un coup de fil à sa femme. Je me levai comme un somnambule, banni de moi-même, et nous partîmes. Le régime nazi s'effondrait, les bonnes vieilles habitudes revenaient déjà : Willy disposait d'une jeep et d'un chauffeur à présent. Nous arrivâmes vite à la maison, la chienne m'avait déjà reconnu et, pendant que Willy entrait, je la caressai pour me donner du courage.

« Qu'est-ce qu'on va faire, ma pauvre Dann, hein ? Qu'est-ce qu'on va devenir ? » lui murmurai-je doucement à l'oreille.

L'animal gémissait dans sa niche et me prodigua quelques coups de langue bienvenus, qui me remirent un peu de chaleur dans le cœur. Il n'y a pas de riches ou de pauvres pour les chiens, seulement des humains qui frappent ou d'autres qui caressent.

Ensuite ?

Ensuite, Willy a ouvert la porte et il a fallu affronter la réalité.

3 avril 1995
Le dernier cadeau de Hennie

Hennie était dans son lit, transféré dans la salle à manger, au milieu d'une atmosphère de cathédrale. Ses beaux cheveux ambrés rehaussaient la demi-obscurité de la pièce où quelqu'un avait mis du camphre à brûler. Elle n'avait pas changé et seuls ses yeux cernés la marquaient. En me voyant, elle murmura en allemand : « Mon Dieu, mon Dieu », je l'embrassai sur les lèvres, puis je tombai à genoux, sa main contre ma joue. On aurait cru un pénitent jeté en travers d'une statue de gisant. Mes larmes coulaient, intarissables. Elle dégagea sa main et me caressa la tête : « Sois courageux, mon amour », répétait-elle, mais elle aussi pleurait.

T'entendre t'éveiller de ta sieste à l'étage me força à retrouver une contenance pendant qu'Anna montait te chercher. Des jours et des jours que je ne t'avais pas vue, et oh mon Dieu, que tu étais belle ! Tout le portrait de ta mère ! Blonde, bouclée, les mêmes grands yeux bleus pailletés d'or ! Tu ne semblas pas surprise d'être dans mes bras, tu levais les mains, me montrais la cuisine, ta mère, ta tête, en babillant toutes sortes de mots que je ne comprenais pas pendant que ta mère me traduisait tes gazouillis.

Anna me fit changer de pantalon et de veste, au prétexte qu'ils avaient besoin d'un bon coup de brosse, ce qui était vrai. J'enfilai donc un vêtement en velours côtelé du père des enfants Schmidt, puis Hennie me voulut allongé sur le lit, à son côté.

« Merci, chuchota-t-elle.

— De quoi ?

— Pour la petite… Je n'ai jamais douté de la décision que tu prendrais.

— Je la veux où elle sera la plus heureuse, mon amour.

— Alors, crois-moi, c'est ici, avec mon frère et Anna. »

L'infirmière, une religieuse, s'était éloignée par discrétion, non sans m'avoir montré comment me servir de la bouteille d'oxygène et du masque posés à la tête du lit. Je voulus obliger Hennie à se taire pour se reposer, mais elle me répondit :

« J'ai trop à te dire, et si peu de temps… D'abord, pardonne à ta femme. Fais-le pour tes enfants. Qui sait, elle s'assagira peut-être, et si elle ne le fait pas, sois sûr qu'un jour tu trouveras une autre femme qui te rendra un peu de l'amour que j'ai pour toi. Et j'en ai plein, Moïse, si tu savais. »

Ses mains étaient si froides !

« Je ne devrais pas pleurer aujourd'hui, puisque c'est un beau jour pour moi : le retour de celui que j'aime… un beau jour, oui… », annonça-t-elle sans colère, tandis que deux grosses larmes coulaient sur ses joues. Je les embrassai doucement.

« C'est si triste de mourir si près du bonheur. »

Elle pressa sur ses lèvres mes doigts qui voulaient la faire taire.

« On va te soigner, Hennie, les médecins y arriveront, tu verras ! Tu guériras, je te le promets ! »

Elle allongea le bras vers un petit paquet posé sur le buffet de l'entrée.

« C'était pour toi », chuchota-t-elle.

Il me fallut une force surhumaine pour ne pas m'effondrer : c'étaient les biscuits qu'elle m'avait cuisinés, et la petite surprise emballée dans son papier de soie rouge.

Quel gâchis affreux, injuste et révoltant ! Le cœur de mon amour était en miettes, alors que pas un seul gâteau sec n'était brisé. Oh Dieu, pourquoi ?

Je déballai le présent soigneusement enveloppé par Hennie, une petite boîte en fer-blanc gravée, et j'allais pour lire la gravure puis l'ouvrir quand sa main se posa sur la mienne.

« Plus tard, supplia-t-elle en secouant lentement la tête. Ce n'est pas le bon moment… Crois-moi. Pas le moment. »

J'ouvris la bouche pour lui en demander la raison quand Anna nous interrompit en venant te poser entre nous deux, ma petite Anne-Lise, assez bas pour que tu ne puisses pas causer de douleur à ta mère en t'agitant.

Entre mes doigts, la boîte en métal qui renfermait le cadeau de Hennie me semblait horriblement froide et dure. Je la serrais pourtant comme le trésor qu'elle était.

Aujourd'hui

Un soir, j'ai demandé à mon père pourquoi il m'avait confié cette photo, à l'hôpital, le jour de son malaise.

C'était, me dit-il, parce que mon grand-père la tenait dans sa main, à la toute fin. Ainsi qu'une petite boîte en fer-blanc.

« Pourquoi cette photo ? »

Il a tressailli, puis il a dit : « Regarde-la. »

Je l'ai prise, l'ai tournée dans tous les sens.

« Les images ont des pouvoirs, fiston, a murmuré mon père. Rien que le mot photographie, "écrire avec la lumière"... Comme si les ombres, ces trous entre les lueurs, n'y étaient pour rien, elles. »

Était-ce dans le sourire emprunté de mon grand-père ? Dans sa démarche qu'on devine rigide, mécanique ?

J'ai posé le cliché sur la table.

« Je ne vois rien, papa. Je t'assure. »

Le pauvre m'a répondu avoir longtemps cru que Moïse collait cette photo sur son cœur à cause de lui.

« Tu vois, là, ton grand-père, la façon dont nous marchons tous les trois... C'était ma seule preuve qu'un jour il m'a tenu la main. »

Ce dernier geste était pour mon père comme une manière de ramener, enfin, son fils à lui. Un mouvement pour dire combien, malgré leur incapacité à s'être trouvés dans ce monde, ce fils avait compté à ses yeux au point de le vouloir à ses côtés avant le grand voyage.

« Mais je me trompais, a dit papa. Ce n'était pas ça. Pas ça du tout... »

Un voile gris est tombé sur ses traits. J'ai serré sa main plus fort sans rien comprendre ni de la vérité qu'il avait surprise ni du mal qu'il avait dû ressentir et qui demeurait en lui à cet instant.

« Je suis désolé, papa. »

Sa paume s'est détachée lentement de la mienne. Il s'est levé, a expliqué combien il était fatigué et est allé dormir un peu.

« Continue à lire les carnets... Nous parlerons du mystère de cette photographie quand tu les auras terminés. »

« La gare belge voisine organise un train de plaisir pour aller à Ostende, passer une journée à la mer ! m'expliqua Jules, un soir. Tout le chantier y part, mais, comme c'est trop cher pour ta petite bourse, les gars se sont tous cotisés pour toi ! »

Quatrième partie :

L'ULTIME MYSTÈRE DE LA PHOTOGRAPHIE

Agapè : amour du prochain, acte gratuit envers lui, spontané. C'est l'amitié poussée jusqu'à l'universel, inconditionnelle et sans contrepartie, pour tous et toutes.

3 avril 1996
Le bruit cadencé
des Ukrainiennes

« L'éclat s'est profondément enfoncé dans le ventricule, il n'y a rien à faire, m'expliqua leur oncle chirurgien. À vrai dire, elle devrait déjà être morte, c'est un vrai miracle qu'elle vive encore… »

En 1945, on ne pouvait pas opérer le cœur. Et dire que, quand je t'écris, en 1996, cela se fait quasiment tous les jours.

« En ton absence, j'ai fait venir des spécialistes, continua-t-il. Tous n'ont pu que constater leur impuissance… »

Affectueusement, il me prit par l'épaule :

« Sois courageux, Moritz ! »

Je me souviens comme si c'était hier des mots qu'il a enfin prononcés :

« Elle peut mourir d'un moment à l'autre. Elle s'éteindra comme une bougie, mais elle ne souffrira pas, sois-en sûr. »

Et la longue épreuve commença…

Le jour, je ne laissais Hennie que pour la toilette et ses besoins intimes.

La nuit, je m'étendais sur le lit de camp de la religieuse. Elle ne me l'avait cédé qu'après maintes recommandations.

« De toute façon, je dors ici, à l'étage. En cas de besoin… »

Nous arrivâmes au 7 avril, le lilas commençait à fleurir. Peu d'événements de ma vie ont été plus crucifiants que cet amour qui meurt dans ce printemps précoce. Tout semblait célébrer cette Guerre finissante, et tout m'était intolérable. Personne n'avait eu le cœur à fêter ton anniversaire.

Comme d'habitude, après dîner, je m'étais étendu près d'elle, main dans sa main. Avant de s'endormir, elle m'avait encore dit : « Je t'aime, mon petit chéri. » Je me souviens de la phrase en allemand : « *Ich liebe dich, mein kleiner Liebling.* »

De la cuisine nous parvenait un bourdonnement de voix : Herr Doktor était venu dîner. Je crois que ces murmures m'ont bercé. N'ayant guère pris de repos, je m'assoupis en quelques secondes. Au bout d'un moment, une force étrange me tira de la somnolence, et c'était comme une lutte entre elle et la fatigue : je refis surface un instant, le temps de sentir que la main dans la mienne était inerte. Je me redressai d'une secousse, guettant son souffle. Hennie ne respirait plus. D'un bond je fus debout, criant à l'aide, et je me précipitai sur la bouteille d'oxygène. Son parrain m'aida à poser le masque sur son visage, mais il n'y avait plus rien à faire. Elle souriait, elle n'avait jamais été aussi belle, aussi apaisée, son parrain voulut couvrir sa tête avec le drap, j'arrêtai sa main et j'embrassai ses yeux, ses yeux si beaux et qui semblaient encore me parler, puis c'est moi qui abaissai ses paupières, avant de monter dans ma chambre, bien décidé à la suivre dans la mort avec les pilules que son parrain nous avait données.

C'est alors seulement que je compris l'insistance d'Anna à vouloir laver mes vêtements le jour de mon retour : cette fine mouche les avait subtilisées en nettoyant mon pantalon… Épuisé de chagrin, je m'écroulai sur le lit. Quelques minutes plus tard, le docteur entra avec une seringue à la main, et je ne sentis même pas la piqûre.

Quand je m'éveillai, le jour poignait, j'avais dormi presque trente-six heures. En quelques secondes, tout me revint à l'esprit, je dégringolai l'escalier, espérant secrètement je ne sais quel miracle. Mais la religieuse était à genoux et priait, Hennie paraissait dormir. Une telle paix émanait de son visage pâle, je me penchai et l'embrassai sur le front, mais c'était déjà un front de morte, froid comme du marbre. Le pasteur Müller, le très bon ami de la famille qui avait procédé à ta déclaration de naissance, était dans la chambre et priait lui aussi.

On me servit un café, du pain, on m'obligea à boire et à manger, puis, comme je n'y arrivais pas, Anna te mit dans mes bras. Tu m'as souri, et quel déchirement, alors ! Tes yeux, tes cheveux… ma main caressait ta figure, que je couvrais de baisers, il me semblait que Hennie renaissait, je me sentais comme coupé en deux. Je n'arrêtais pas de songer : « Mon Dieu, qu'est-ce qu'il m'arrive ! Qu'est-ce qu'il m'arrive ! », et dire que je t'avais donnée ! J'avais conscience que la meilleure part de ma vie était derrière moi maintenant.

Avant qu'on ne mette Hennie en bière, Anna sur ma demande lui coupa une mèche de cheveux que je rangeai précieusement dans mon portefeuille. Ce fut un enterrement en grande pompe, tout le pays était là, le cercueil disparaissait sous les gerbes de lilas à peine éclos, mais ce qui me toucha le plus, ce furent les Ukrainiennes de la fonderie. Comment avaient-elles su ? Mystère… Malgré leurs habits en loques, mais lavés pour la cérémonie, elles avaient tenu à rendre un dernier hommage à celle qui les avait si souvent défendues. Quand le cercueil passa devant elles sur le parvis, un grand silence plana au-dessus de la foule, puis les Ukrainiennes se balancèrent lentement, de droite à gauche, leurs visages pâles tournés vers le ciel, et le bruit cadencé de leurs sabots accompagna Hennie jusqu'à sa dernière demeure.

En dépit de Willy, de son parrain et d'Anna, qui me voulaient près d'eux, j'avais tenu à rester du côté des soldats. Cela m'aurait paru déplacé, et à vrai dire honteux pour eux, de les montrer associés à un gueux de ma sorte.

3 avril 1996
Le secret de la boîte en métal

J'avais demandé à Willy la possibilité de remettre le parc et le verger en état avant de m'en aller. Il accepta. Cela m'aida autant que cela me fit mal. Je passai ma journée au jardin, et tout me parlait d'elle, ma petite Anne-Lise.

Chaque soir après avoir soupé, accompagné de Dann, j'allais au cimetière, où tantôt je parlais à Hennie, tantôt je restais silencieux, jusqu'à ce que la nuit tombe sur nous. Être auprès de sa chienne m'aidait à traverser la nuit sans elle. Je ressassais ma promesse non tenue, ne me pardonnant pas d'avoir été ce ver de terre amoureux d'une étoile. C'était encore auprès de sa chienne que la réalité m'était le moins insupportable.

Quand le soleil se couchait, je tournais mon regard vers la Petite Ourse, respectant scrupuleusement ses instructions : « Si nous sommes séparés, chaque soir, regarde l'étoile polaire. Où que je sois, je le ferai aussi. »

Peut-être Hennie la voyait-elle d'où elle se tenait ? Ne dit-on pas que Dieu réunit ceux qui s'aiment ?

(Toutes les années qui ont suivi, et elles ont

été nombreuses jusqu'à aujourd'hui, je n'ai jamais manqué un crépuscule. Particulièrement lorsque, chaque 3 avril, je termine de rédiger ta lettre. Il est souvent tard dans la nuit, mais impossible d'aller me coucher sans avoir, les carnets dans la main, posté bien droit devant la fenêtre et sous les étoiles, une pensée pour ma Hennie.)

Tout à mon chagrin, je ne faisais pas très attention à la chienne, qui ne s'alimentait plus. Un soir au cimetière, elle ne put se remettre debout. En la caressant, une poignée de poils me resta dans la paume. Je lui pris le museau de la main et, je te le jure, Anne-Lise, deux grosses larmes coulèrent de ses yeux avant qu'ils ne s'éteignent.

Nous l'enterrâmes dans le fond du jardin et, sur sa tombe, je replantai le plus beau rosier de Hennie.

Les jours passaient et je n'arrivais pas à m'en aller, Anne-Lise. Tu étais si calme avec ton pauvre papa, si sûre de ton pouvoir sur moi.

« Moritz, me dit un jour Willy, il va bien falloir te décider. Plus tu attends, plus ce sera douloureux. »

Il avait raison. Je préparai mes affaires et, deux jours plus tard, je me tenais droit comme un i, dans le hall, ma valise aux pieds. Je me composai un visage serein, puis Willy nous emmena vers la gare de triage, d'où partait un convoi de prisonniers rapatriés.

Sur le quai, Anna m'embrassa : « Sur ma vie, je te jure que la petite sera heureuse avec nous, et nous lui ferons apprendre le français ! » Elle te tendit vers moi pour que je te tienne quelques minutes, mais je refusai et de te prendre et de t'embrasser, c'était trop difficile.

Willy, qui avait compris, tint à m'accompagner jusqu'à l'entrée de mon wagon.

« Courage, Moritz, courage... », me glissa-t-il par la fenêtre du train en m'étreignant la main.

En le regardant vous rejoindre, Anna et toi, je m'aperçus pour la première fois qu'il n'avait plus de canne pour marcher.

« Mais ! Tu ne boites plus, Willy ! »

Il se retourna, sourit et cria :

« Je crois qu'avec ma jambe je les ai tous bien roulés ! »

Puis il m'adressa un salut militaire.

La tête passée par la petite fenêtre du train, je ne vous quittais pas des yeux. Anna te serrait dans ses bras et, jusqu'à votre disparition à l'horizon, je la vis te faire envoyer des baisers de ta main minuscule.

Le train traversa la ville, tout n'y était encore que décombres et ravages. Plus les copains euphoriques riaient et chantaient, plus je pressais ma besace sur mon cœur, tant et si bien qu'un petit objet métallique en vint à me faire mal. Je défis les lanières de mon sac pour l'en sortir quand, caché sous du linge, je trouvai le petit cadeau dans son papier de soie d'un beau rouge kermès, celui que Hennie n'avait pas voulu me voir déballer devant elle et qui accompagnait les gâteaux secs qu'elle m'avait préparés. J'avais complètement oublié de l'ouvrir, ce cadeau pour lequel elle avait risqué puis perdu la vie.

Ce que j'y ai trouvé, mon Dieu ce que j'y ai trouvé… En voulant bloquer mes larmes, la même sensation de mourir me reprit soudain : « Mon Dieu, qu'est-ce qu'il m'arrive ?! » me répétai-je en pressant convulsivement ma main sur mon cœur. Que j'ai haï la lenteur infernale de ce train, qui prenait tout son temps pour te quitter.

C'était une petite cassette en fer-blanc, frappée d'un M et d'un H, et gravée d'une inscription « LA RÉPONSE À TA QUESTION » et dedans… Il y avait… Oh non, vraiment, jamais je ne pourrai l'écrire, mon Anne-Lise, car ce serait laisser pour toujours une trace de notre malheur, à ta mère et moi.

Et aux malheurs, disait ma mère, il ne faut pas faire de publicité.

3 avril 1996
Couronnée

Ma Lisette,

Mon fils Denis, ton frère, a retrouvé une vieille photographie prise par Dubreuilh le jour de l'accident de train. Je lui ai demandé la permission de pouvoir garder le cliché, il a dit oui. Cette photographie m'a bouleversé et laissé muet des jours et des jours. Je crois que notre histoire, à Hennie, toi et moi, n'en finira pas de me hanter. Enfin, continuons-la, puisqu'elle n'est pas, ne sera jamais peut-être, terminée ici-bas.

Sur la route du retour, les gens nous faisaient des signes d'amitié, on se serait cru déjà en France, c'était la Paix, la Paix fêtée partout.

Nous arrivâmes à Metz dans l'après-midi du 5 mai 1945.

Le lendemain, on nous obligea à passer une visite médicale éclair.

« Je sais pas quoi faire contre ça, expliquai-je au toubib en levant les mains. J'ai la tremblote. Tout le temps. Dès le matin, ça remue, sauf que je n'ai pas froid.

— D'où venez-vous ?

— Cologne. »

Il haussa les épaules.

« Pas étonnant. Vous êtes tous dans cet état, ceux de Cologne. À cause des bombardements. Quelques mois et ça disparaîtra, croyez-moi. »

Ce ne fut jamais le cas, ma petite. J'ai été vieux très jeune, moi. Dès la trentaine.

Nous fûmes démobilisés. On nous remit des rations de biscuits, avec quelques paquets de cigarettes et une somme de 1 000 francs, qui alors ne représentait plus rien… comme nous en eûmes la preuve au bistrot de la gare où nous bûmes un verre pour nous dire adieu : la bouteille de rouge nous coûta 60 francs !

Tout seul dans le wagon, le bruit des roues scandait dans ma tête « Anne-Lise, Anne-Lise », puis « Hennie, Hennie ». Je crus que j'en deviendrais fou… Rentrer, c'était tourner cette page de ma vie. J'avais trop peur. Je m'arrangeai donc pour rejoindre un foyer de soldats à Charleville.

« Épouillage et douche obligatoires pour tous », avertissait un écriteau à l'entrée.

Hélas, quand je revins des bains, mon portefeuille avait disparu.

« L'argent, je m'en fiche, expliquai-je à un responsable, mais il y a des photos d'une jeune femme blonde et d'un bébé, ainsi qu'une mèche de leurs cheveux. Elles n'ont pas de prix pour moi… »

Le type haussa les épaules, j'étais en rage. C'était donc devenu cela, la France ? Je découpai des petites affiches en carton et j'en placardai un peu partout.

« Gardez l'argent, mais rendez au moins le reste, je vous en supplie. »

Plusieurs jours durant, je restai assis sur un banc, les yeux dans le vide, attendant des nouvelles de mon portefeuille. J'avais envoyé une lettre à Vireux pour informer ma famille de ma libération. Rien ne pressait : le 10 mai était notre anniversaire de mariage, à Couronnée et moi, mais, n'ayant rien à fêter, je me décidai finalement à rentrer le 11.

La perte de Hennie et la tienne, associée à l'idée de revoir Couronnée, ternirent mes retrouvailles avec le Déluve et le mont Vireux. À la gare, des employés inconnus, et personne pour m'accueillir. Un jeune homme me prit en stop. J'aurais dû courir embrasser ma mère en premier ! Pourtant, soudain, je me sentis comme entraîné par plusieurs personnes en moi… J'avais trop de griefs. Toutes les solitudes subies durant la Guerre me revinrent de plein fouet, et toutes les brimades, toutes mes pertes, toutes mes peines, me semblèrent soudain imputables à une seule et même personne : Couronnée.

Aujourd'hui

Anna avait dit cette phrase : « Je te jure qu'elle sera heureuse avec nous. Et nous lui ferons apprendre le français ! » C'était exactement ce que je me devais de savoir, soixante-treize ans après : si elle avait été heureuse et si elle parlait le français. Si Anna et Willy avaient tenu la promesse faite sur ce quai de gare. S'ils l'avaient tenue, tout était bien. Sinon, mon grand-père ne connaîtrait jamais la paix.

Il fallait la retrouver. Il le fallait absolument.

Pour la première fois, je me rendais compte que j'aimais mon grand-père, et c'était comme si j'avais tordu le bras de la Mort elle-même.

3 avril 1997

Le crime de Couronnée

Ma petite Anne-Lise, ma petite souris,

À cinquante mètres de la maison, Louise arriva, les yeux bouffis de sommeil, suivie de ma femme, ventripotente, bizarrement coiffée, affichant une mine vulgaire que je ne lui connaissais pas (« Hier, il y avait bal, et ça a fini ce matin, assez tôt », m'expliqua mon chauffeur). Dans ses bras, mon fils. Bien que menu, il allait pourtant sur ses 5 ans et parut bien étonné sans doute de ce papa qu'il n'avait jamais vu (et dont, sans doute, il avait bien peu entendu parler). C'est sans le vouloir vraiment que mon esprit s'ingénia à débusquer dans ses traits ceux de ce maudit voisin, Jean Chambras, qui flirtait avec Couronnée et pouvait se prévaloir des mêmes yeux bleus que moi…

« Tu as parlé à ta mère ? » furent les premiers mots de ma femme.

Sur ma réponse négative, elle se dépêcha d'ajouter : « J'aime mieux cela, viens, je veux te causer », puis tout de go : « Je t'ai trompé, je préfère autant que tu l'apprennes par moi que par quelqu'un d'autre. »

La bonne blague. Comme si je ne le savais pas !

Par quel miracle, avec tout le ressentiment accumulé, ai-je pu réagir avec tant d'impassibilité ? Sans doute les dernières volontés de Hennie me hantaient-elles suffisamment pour brider ma rancœur ? « D'abord, Moritz, pardonne à ta femme. Fais-le pour tes enfants… » Sa voix sereine me revenait et me poussait à la paix.

« Très bien », dis-je avant de gagner la salle de bains, sans la questionner davantage. Je crois bien que ma froide indifférence la heurta plus qu'une gifle.

Après un brin de toilette, c'est habillé en cheminot – tout ce qui restait de mes affaires : un uniforme – que j'allai embrasser ma mère, Simone et Georges, laissant Couronnée dans un abîme de perplexité. Évidemment, personne ne me souffla un mot sur la conduite de ma femme.

Ce n'est que le lendemain que j'appris ce qui s'était passé, et avec qui…

M'étant rendu à la mairie pour mes cartes de ravitaillement, le maire, monsieur Postry, avait tenu à me recevoir dans son bureau.

Après les paroles de bienvenue et d'usage, il tapa droit au plexus : « Pour votre femme, je n'ai rien à dire, mais, pour votre fille, j'espère que votre retour la remettra sur la bonne voie. Sa mère la traîne dans tous les endroits où l'on s'amuse… » Il marqua une pause, me fixa droit dans les yeux : « Où l'on s'amuse de bien vilaine façon, Moïse. Dans les cafés où on dansait avec beaucoup d'Allemands d'abord, beaucoup d'Américains ensuite… » Et il me dit, croyant sans doute que je le savais : « Depuis qu'elle est sortie de prison, c'est la grande vie. »

Le maire, c'était un petit homme, dans tous les sens du terme. Plein de passions tristes. Gêné autant qu'excité à l'idée de me délivrer un secret su de tous, sauf bien sûr du principal intéressé. La prison ? Tu peux imaginer avec quelle délectation il distilla son poison… Ma femme avait travaillé pour les Allemands. Oh, rien de vraiment répréhensible, au début.

« Elle était aux cuisines, à leur préparer la popote, et bien mauvais esprit celui qui lui reprocherait ça, car la faim vous pousse à bien des choses. »

Hélas, par la suite, Couronnée avait noué beaucoup de relations.

« Certains l'ont vue entrer plusieurs fois à la Kommandantur…

— La faisiez-vous suivre ? »

Il haussa les épaules, mais garda cette gourmandise dans le regard.

« Tous ceux qui passaient à la Kommandantur intéressaient la Résistance.

— Qu'allait-elle y fabriquer ?

— Aucune idée. Mais des bruits ont couru qu'elle se laissait tirer les vers du nez… Des résistants ont été arrêtés. Puis déportés. À tort ou à raison, on lui a fait porter le chapeau. Elle a juré qu'elle était en mission, qu'elle fricotait avec eux pour le compte du maquis.

— Vous en pensez quoi ? C'est que j'aimerais bien savoir, hein. Pour les enfants... »

Il gonfla les joues et lâcha une série de pft-pft-pft circonspects.

« Tout ce que je sais, c'est que certains ont juré de lui faire la peau...

— Qui ?

— Les fils Robinet, entre autres. Quand le vent a tourné, elle s'est retrouvée internée au camp des pauvres près de Rethel, comme toutes celles qui avaient plus ou moins fricoté avec les Boches. Elles... »

Il hésita, se dandina sur son siège, mal à l'aise.

« Elles quoi ? demandai-je.

— Elles y ont été tondues. »

3 avril 1997

Ce que fait la guerre
aux belles personnes, nul ne le défait

Je quittai monsieur le maire sans un mot. Sans doute en ai-je étonné plus d'un à l'époque. Qu'attendaient-ils de moi, tous ces gens ? Que je traîne ma femme par les oreilles devant la fontaine du village où, après l'avoir humiliée, je la répudierais ? Eh bien non, il n'en serait rien. Mon cœur était plein, oui, mais c'était le malheur qui occupait tout l'espace. La Guerre avait épuisé la brute en moi et il ne restait rien pour la vengeance. Tant pis ! Ou tant mieux ?

Jamais je ne me suis senti aussi maître de mon destin que ce jour-là, quand j'aurais pu, je crois, tuer ma femme en place publique sous les applaudissements, mais que je me suis senti, grâce à l'amour de Hennie, libre de ne pas le faire.

Comme je passais devant l'école, l'envie me tenailla soudain de retrouver ma cour et la plaque d'égout où nous jouions aux billes, Couronnée, Jean et moi. Si nous pouvions, une fois dans la vie au moins, tout recommencer ! Je gagnai l'entrée et tapai à la vitre du bout de ma clef. Un homme au visage doux vint.

« Bonjour, j'ai été écolier ici, est-ce que je peux revenir ?

— Revenir ? »

C'est, je te le promets, le terme exact que j'ai utilisé.

Il m'ouvrit la porte.

« Est-ce que madame Gaufrette est là ? »

Il ne parut pas comprendre.

« L'institutrice. Madame Gaufrette. Elle s'est mariée avant la Guerre et on l'appelait madame Riou, après. »

Il me fit un signe du bras, et je suivis du regard la direction pointée par son doigt.

Ce fut affreux, mon Anne-Lise. Ma pauvre madame Gaufrette… Elle était au milieu de la cour, sale, hirsute, enflée de partout, en tablier, avec ses gants et son balai, à récurer les water-closets. Elle ne pouvait plus enseigner. Par compassion, le directeur de l'école lui donnait des petits ménages à effectuer, histoire de. Elle marmonnait toute seule, toute la journée, attendant le retour de son mari et de ses enfants morts sous les bombes, enfermée dans une folie douce qui ne la quitterait plus jamais.

Elle a levé la tête en entendant du bruit et ses yeux m'ont traversé. Sans me reconnaître.

Ce qui m'a marqué au point de m'en souvenir près de cinquante ans après : dans ses cheveux embroussaillés, posée comme une cible pour le Bon Dieu, une toile d'araignée délicate. Ça, vois-tu, je ne l'ai pas supporté.

Son petit soldat de la Raison et de la Science triomphantes s'est enfui.

J'avais honte. Combien, comme elle, n'en étaient pas revenus, de cette Guerre ? La vision de cette toile d'araignée perlée de rosée était une chemise de fer posée sur mon existence : je devais vivre et tâcher d'être heureux. Alors j'ai essayé.

L'homme est comme ça, madame Gaufrette, c'est vous qui me l'avez appris : triste de n'avoir point de gant, jusqu'au jour où il rencontre un manchot.

Aujourd'hui

Anne-Lise aurait 74 ans.

Mon père et moi avons décidé de cuisiner un gâteau pour elle le 3 avril de chaque année. Comme ça. Symboliquement.

La vie des Hommes est courte. Je veux la retrouver avant qu'elle ne parte, avant qu'elle ne dise adieu au Printemps, aux Heures, aux Siens. Je dois faire vite. Parce que personne ne sait si on retrouve ceux qu'on a aimés, ni ceux qui nous ont aimés. Personne ne le sait, c'est pourquoi on écrit et on se cherche dans l'obscurité de cette ignorance-là. Et on s'étreint avec force dans l'obscurité de cette angoisse-là.

Couronnée, on lui a tondu le crâne. À cause des Allemands. Elle avait une trentaine d'années, deux enfants, pas de travail, le ménage à faire, les patates à émincer. Ces Allemands, ces bars où elle dansait jusqu'à s'étourdir, ses trahisons, c'était peut-être le seul acte de femme libre de toute son existence. Je me dis ça, puis je ne me dis rien. C'est passé. Elle est probablement morte sans laisser de lettres, elle.

On ne connaîtra jamais sa vérité.

3 avril 1998
Les mensonges

La vie reprit, presque comme avant. Je remis Louise à l'école. Souhaitait-elle se rendre à un bal ? Je l'accompagnais. Si je ne pouvais pas, elle restait à la maison. La Guerre avait effacé toute complicité entre nous. Nous étions devenus deux inconnus. Les bombes ne détruisent pas que les maisons, ma petite souris.

La pénurie de livres obligeait les élèves à copier de longs résumés, et c'est moi qui m'y attelais pour ma gosse, la nuit, à la lueur d'une chandelle. D'abord, parce que je n'arrivais pas à dormir. Ensuite, je ne désespérais pas d'offrir à mes enfants l'ascenseur social dont la vie m'avait privé. Madame Gaufrette aurait été heureuse de voir que je n'abandonnais pas.

J'avais été un bon prisonnier, je pouvais être le bon père de cette famille-là.

Mais quelle douleur, après vous avoir perdues, toi et Hennie ! Le soir, je regardais l'étoile polaire, l'esprit assailli de comparaisons idiotes et stériles, qui ne me laissaient jamais en paix. Hennie et moi… Je devinais confusément, avec une grande frayeur mêlée d'une grande mélancolie, qu'il n'y aurait jamais d'usure dans notre couple : c'est la loi, quand la personne que vous avez le plus aimée au monde est morte si jeune. J'avais 35 ans à l'époque. 35 ans. Tu te rends compte ? Aujourd'hui, nous sommes le 3 avril 1998 et j'ai 88 ans. Ce matin, j'ai vu mon fils Denis et mon petit-fils jouer ensemble dans le jardin.

Je suis heureux qu'il ait réussi avec son fils où j'ai échoué avec lui.

3 avril 1998
Le retour au pays

Bien sûr, avec ma femme, nous avions des rapports. Mais sans amour. Couronnée insistait, et je me laissais mollement aborder. Elle pleurait, parfois, de ne pouvoir allumer en moi un commencement d'émotion, mais la vérité était plus moche : je n'avais pas d'autre vengeance que celle-ci.

Bien sûr, c'est moi qui tenais l'argent, mais les temps étaient durs, car Louise avait passé son certificat d'études ric-rac et avait de l'ambition.

« Je veux devenir secrétaire. À Paris. »

On était en octobre 1946, j'étais prêt à tout pour mériter son affection. Je fus nommé à Champigny, où j'eus la chance de nous trouver une chambre, à deux pas de la gare. Le propriétaire, monsieur Savary, était sympathique. Il parlait sans cesse du respect qu'on devait à ceux qui avaient fait la Guerre. S'il avait su : j'avais pas fait la Guerre, moi, j'avais fait dans ma culotte ! Savary avait été prisonnier, tout comme Henri T… (je ne me souviens plus de son nom), qui louait une chambre au même étage que nous, mais chauffée, elle. Mes anciens camarades, Duvernois et Dubreuilh, passaient le dimanche et nous prenions l'apéritif tous les cinq, entre anciens PG. On ne parlait pas trop, mais on se comprenait. Je crois qu'on n'en était pas vraiment sortis, de l'Allemagne.

Duvernois était en instance de divorce, il habitait avec sa maman, couturière à domicile. Il proposa donc à ma femme de venir ourler, raccommoder, repriser avec elle.

« Ce sera toujours quelques sous à prendre... », expliqua-t-il.

Bientôt, quand j'étais de nuit, Couronnée préféra coucher chez madame Duvernois mère, au prétexte qu'elle finissait tard et avait peur des rues désertes.

Un après-midi, l'autre locataire, monsieur Henri, me fit entrer dans sa chambre et m'informa tout de go :

« Mon vieux, je suis embêté de te le dire, mais quand tu n'es pas là, le soir, ta femme me cherche. Primo je suis fiancé, et deuzio commettre cette saloperie contre un copain de captivité, ça non !

— Merci, Henri, lui répondis-je, un peu las. Moi qui pensais qu'il n'y avait que Duvernois avec qui elle voulait coudre. »

D'ailleurs, dans un excès de cynisme un peu désespéré, lorsque Couronnée et moi faisions l'amour, je ne pouvais m'empêcher de sourire dans le noir en me flattant : « Et dire que je fais Duvernois cocu... »

3 avril 1998
Ma défaite

Un jour, elle eut du retard dans ses règles. Aussitôt, une de ses copines lui apporta une plante à faire infuser et boire. Bien loin d'imaginer qu'une ridicule décoction aurait des conséquences désastreuses, je fis mine de ne rien voir. D'ailleurs, étais-je bien sûr de la paternité de cet enfant ?

Le lendemain, elle se tordait de douleur dans le lit et eut plusieurs syncopes. Le docteur accouru ne savait quel remède proposer ; il ne sut que nous parler d'une voisine, morte le mois dernier pour avoir voulu faire passer l'enfant.

« C'est bien gentil, vos histoires sinistres, mais on vous paie pas pour ça », lui dis-je en bouchant les oreilles de Couronnée, étonné moi-même de la façon dont j'osais parler à un médecin. Avoir côtoyé les Schmidt m'avait insufflé une hardiesse que je ne me connaissais pas. On s'habitue vite à être quelqu'un.

Le toubib recommanda, au doigt mouillé, des pochons de froid sur le pubis. Tous les matins, un sac sur l'épaule, j'allais au bar du coin courir la glace, que j'entreposais à la cave (nous n'avions pas de frigo). J'avais posé un congé et, toutes les nuits, la main dans la sienne, je la veillais. C'était l'enfer dans son bas-ventre. En fin d'après-midi, je lui donnais le bras sous les tilleuls du parc en face de chez nous, histoire de ventiler ses poumons. C'est là-bas qu'elle mit, un soir, sa tête contre mon épaule.

« Mo'! » dit-elle d'une voix brisée.

Ainsi m'appelait-elle lorsque nous étions enfants, puis adolescents. Du temps que nous étions amoureux et des parties de volant.

« Cou' ! » lui répondis-je.

En tremblant, elle sortit de sa poche la vieille montre d'exposition que Jean et elle m'avaient rapportée bien des années plus tôt, en se bagarrant. Ce n'était pas, loin de là, le beau chronographe en or rhodié aperçu à la manchette de Willy, mais je ne pus m'empêcher de trembler de joie quand elle me la passa au poignet.

« Mo', je te demande pardon pour tout le mal que je t'ai fait et je te jure que je ne recommencerai jamais, mais, s'il te plaît, en souvenir des amis que nous avons été, parle-moi. Je ne supporte plus tes silences. Non, vraiment, je ne les supporte plus. »

Elle était très peu maquillée et paraissait si fragile, si faible. Peut-être sur le moment était-elle sincère. Sans doute, aussi, que je ne demandais qu'à la croire ? Toujours est-il que le visage de Hennie me revint en mémoire, encore une fois, et que je pardonnai.

Ce qui animait Couronnée, les ressorts énigmatiques de sa conscience, tout cela me restera un grand mystère, car quelques mois plus tard nous nous séparâmes pour toujours.

C'était un jeudi.

Elle vint dans ma chambre et se campa devant moi.

« Voilà, je veux refaire ma vie. »

Ma réaction la piqua au vif.

« Pourquoi ris-tu, Moïse ? »

Je haussai les épaules.

« Je pensais que, depuis quelques mois, c'était chose faite, vois-tu ? »

Son regard se glaça. J'aurais pu jouer le grand jeu, la supplier de rester, être menaçant, même, elle avait si peur de la mort. J'aurais pu. J'aurais pu aussi leur flanquer une bonne trempe à elle et à Duvernois.

Je me contentai d'un pragmatique :

« Les enfants ? Tu y as pensé ? »

Elle me répondit :

« Notre fille, à son âge, j'étais mariée et notre fils aura sa grand-mère. »

Je ne souffrais même pas, comme si cela concernait quelqu'un d'autre… Elle n'était plus dans mon cœur. Hennie, ta mère, mon amour éternel, y avait volé toute la place.

« Voilà tout ce que ça te fait ? » aboya-t-elle, blessée dans son amour-propre.

Pauvre Couronnée. Je crois bien qu'elle m'aimait encore un peu.

« Tu pourrais dire quelque chose, me retenir, parler, crier, enfin réagir, quoi ! »

Je ne répondis rien.

Elle me gifla. Elle avait deviné.

« Comment elle s'appelle, hein ? Comment ? »

Elle me flanqua un petit coup de poing sur le cœur.

« Comment ? Dis-le-moi ! DIS-LE-MOI ! »

Elle hurlait, rouge de colère, jalouse d'une morte. Pourtant, là encore, je restai de marbre, tant et si bien qu'elle finit par s'en aller.

Ma victoire, c'est qu'elle ne l'a jamais su.

Ma défaite, c'est que personne n'a jamais su, ma petite Anne-Lise.

Aujourd'hui

Dans le grenier de nos parents, posée sur un carton de déménagement solidement emballé, la veste que j'ai toujours vue sur les épaules de Moïse.

Dans la poche, une photographie prise avec mon père.

En habit militaire, celui-ci tente une approche, la main timidement tendue vers son épaule. Grand-père est assis sur son fauteuil. L'inséparable fauteuil. L'effort de papa est d'une délicatesse inouïe, d'une fragilité qui dit tout.

J'ai tendu la veste à ma sœur (elle m'a accompagné, je ne me sentais pas la force d'y arriver seul), sorti le carton de déménagement.

Ce que les déménageurs avaient mis dans le carton ? Sa musique. Tous les vinyles qu'il écoutait, inlassablement, à chaque heure du jour, année après année.

Je les ai tirés à la lumière et j'ai vu.

Ma mère est arrivée, suivi de mon père, inquiets de m'entendre pleurer. Tous les quatre, nous nous sommes serrés très fort les uns contre les autres.

Ils étaient tous là : Bach, Bizet, Mendelssohn, Mozart, Schumann, Franz Schubert et, bien entendu, son préféré, Antonio Vivaldi, et son fameux *Concerto n° 4*.

Tous.

Ils attendaient.

Peut-être qu'Anne-Lise aussi attend ?

Moïse...

J'ai cru voir son visage dans la poussière qui recouvrait les disques.

Quel gâchis ! Je voudrais que la personne qui lit ces lignes et a cette chance infinie d'avoir encore son grand-père, sa grand-mère, l'appelle et lui dise : « Raconte-moi maintenant tout ce que tu n'as jamais dit. Après, il sera trop tard. »

3 avril 1999
Toujours pour les papas

Le temps passait, on allait arriver à Noël 1946 et j'eus le besoin impérieux de te revoir.

Les mots de ma mère, prononcés bien des années plus tôt, quand j'espérais le retour de mon père, m'obsédaient : « Il y a toujours un train ou un autobus pour les papas. »

Pourquoi surgissaient-ils maintenant ? Je ne sais pas. Tu t'habitues, puis, un matin, tu ne sais pas pourquoi, tu décides de ne plus subir.

Je fis la queue dans le froid une grosse heure à la porte de la Samaritaine, au bâtiment des jouets. Tu méritais mieux que la camelote pour enfants de pauvres qu'on trouvait dans les magasins de mon quartier… Ici, dès que les portes s'ouvraient, les gens se bousculaient pour arriver les premiers et acheter n'importe quoi, mais cher. C'était le progrès. Moi, ce fut un nounours, un beau, le plus onéreux de la boutique, parce que j'ai pensé qu'il te plairait et que, plus on est sans le sou, plus on sait combien l'amour est cher quand on veut le montrer.

Mon visa pour Cologne fut refusé, comme c'était le cas, alors, pour tous les anciens prisonniers. Ça faisait mauvais genre de vouloir y retourner. Fallait pas trop laisser penser aux gens qu'on pouvait avoir aimé ça, l'Allemagne. Heureusement, par un ancien PG, secrétaire de colonel, j'obtins un ordre de mission pour Cologne.

Je venais de passer facteur enregistreur, on m'avait offert une belle tenue toute neuve, avec des bottines cirées, ainsi que des étoiles d'or à la casquette. Ton papa, pour toi, était mieux accoutré qu'un prince.

Je partis, le précieux nounours enveloppé dans son papier de soie et, sous le bras, une bonne bouteille qu'on avait touchée pour Noël. À Cologne, ému comme jamais, je pris le tram (la contrôleuse me reconnut et me fit même grâce d'un ticket !). La ville était un vaste chantier, on reconstruisait tout. Je revis la maison avec un serrement au cœur, ma petite souris. À mon coup de sonnette, ce fut une dame blonde qui vint m'ouvrir.

« Monsieur Schmidt ? Madame Schmidt ? »

Elle me fit entrer, et Anna, derrière une vitre, me reconnut. Dans le premier instant, je la vis marmonner quelque chose, et ses traits se couvrirent fugitivement d'une appréhension qui me frappa au ventre. Cependant elle accourut tout sourire et me présenta la dame blonde, l'épouse d'un officier américain à qui ils louaient la zone de la maison qui aurait dû nous revenir, à Hennie et moi, si le destin avait été différent. Toi, à 2 ans et demi, tu menais ta petite sieste bon train. Anna me prit le bras et, sur la pointe des pieds, nous allâmes dans ta chambre espionner ton sommeil. Je n'ai vu que tes cheveux, tout pareils à ceux de ta mère… Quand Anna voulut faire demi-tour, je lui demandai quelques secondes de plus. Mais c'est seulement lors de ton réveil, quand Anna te descendit dans ses bras, que je dus m'asseoir, terrassé par l'émotion. Tu étais déjà tout le portrait de ta mère, je te l'ai déjà dit, jusqu'à pencher la tête de manière identique.

« C'est Moritz, fit Anna. Il vient de Paris pour te dire bonjour. C'est ton parrain. »

Comme j'ai eu mal en entendant ce dernier mot ! Heureusement, toi, tu m'as tendu les bras, et je me souviens avec bonheur de ces quatre jours parmi vous, quatre jours où tu ne me quittas guère. On aurait juré que tu savais bien au fond qui était ton papa… Bien sûr, je ne comprenais pas toutes tes phrases, et souvent Anna me les traduisait dans un allemand plus intelligible. Ton nounours t'enthousiasma au-delà de mes espérances et tu l'appelas Moritz, comme moi.

Te souviens-tu encore d'une peluche surnommée ainsi ? Comme je serais heureux si tu t'en souvenais. J'aurais ainsi l'impression d'exister encore un peu, dans un endroit de ta mémoire.

3 avril 1999

Le nounours Moritz

Willy dirigeait encore l'équipe qui remettait Cologne sur ses rails, un officier américain œuvrait à ses côtés.

J'avais retrouvé avec un mélange de tristesse et de vive amertume ma chambre sous les toits. C'était là que Hennie et moi nous étions aimés la première fois… Bien sûr, j'allais au cimetière tous les jours, surtout quand la nuit tombait. Je savais bien que, sous cette terre glacée, je n'avais rien d'autre à imaginer qu'un tas d'os, mais peut-être que Hennie, où qu'elle fût, pouvait m'entendre ?

Je regardais l'étoile polaire et je lui chuchotais :

« Tu veilleras bien sur notre fille, mon amour ? Surtout, arrange-toi pour qu'elle soit plus heureuse que nous. »

Au jardin, Willy avait fait mettre une plaque au mur où j'avais enterré Dann. Pour autant que je puisse me rappeler, voilà ce qu'on y lisait : « Dann, chienne fidèle, s'est laissée mourir sur sa tombe quand sa maîtresse nous a quittés. »

Le pasteur Müller vint me saluer : je fus content de le revoir, c'était un brave homme. Lui, Anna et

Willy témoignèrent beaucoup de compassion au récit pénible de mon retour au pays. À tel point qu'une idée folle germa dans ma tête :

« Tu vois, Willy, je me dis que je pourrais venir m'installer dans le coin. Du travail, j'en trouverais, la fonderie a dû reprendre ! Même que je pourrais vous donner un coup de main au jardin comme avant… »

Il hochait la tête, impénétrable.

« Je ne vous demanderai rien, je le promets. D'abord, je sais bien qu'elle est heureuse avec vous. Ensuite, être parrain, je finirai bien par m'y habituer. Mais j'ai peur qu'elle ne m'oublie si je ne viens qu'une fois tous les deux ans… Et je voudrais bien la regarder grandir, aussi. »

Il me jura d'en parler avec Anna. D'y réfléchir. Chose étrange, j'avais l'impression qu'il brûlait de m'annoncer quelque chose, mais qu'il n'y arrivait pas.

Ces bons jours passèrent vite. Hélas, c'était la fin de ma « mission » et on me rappela en France. Willy me reconduisit en jeep à la gare. Malgré le froid, ils étaient tous à la grille (avec le recul, voilà qui aurait dû me mettre la puce à l'oreille). Anna te portait dans ses bras et t'apprenait à envoyer des baisers avec ta main droite tandis que ta gauche serrait fort ton nounours Moritz. Tu le tenais sur ton cœur, dans ton petit poing, que je revois soudain avec une stupéfiante netteté et qui frappe encore mon souvenir avec la rage d'un boxeur professionnel.

Le trajet jusqu'à Paris fut supportable. Je repassais dans ma tête ces jours merveilleux, mon projet de quitter définitivement la France prenant corps, mais, à la Bastille, j'eus un instant de cafard en regardant ces milliers de fenêtres éclairées où des gens vivaient, étaient heureux. J'observai ces foyers, et pas un n'était pour moi.

Tu me manquais affreusement.

3 avril 2000
Un sombre pressentiment

Ma petite Anne-Lise,

Je vais sur mes 90 ans, et j'espère trouver la force encore d'achever mon récit, même si je connais cette terrible vérité pour la sentir chaque matin s'inscrire dans mon corps : il faut bien rendre les clefs un jour, car nul ne saurait être éternellement. Me voilà bientôt arrivé au bout de mon chemin.

À mon retour d'Allemagne, la vie reprit. Louise encaissa la nouvelle du divorce avec fatalisme et un certain désintérêt. « Mon pauvre papa, vous n'étiez pas vraiment faits l'un pour l'autre, c'est peut-être mieux ainsi. »

Si seulement elle nous avait connus adolescents ! Que nous était-il arrivé ? La vie, avec une Guerre au milieu. D'ailleurs, mes tremblements ne cessaient pas. C'était comme ces vieux bonshommes qui peuvent à peine tenir une cuillère de bonne soupe sans en renverser partout.

Le dimanche, Louise et moi allions au bord de la Marne, dans les guinguettes. Elle aimait ça, danser, et, moi, j'aimais ne pas lui déplaire. Elle s'était liée d'amitié avec des petites Parisiennes de son âge, plus riches et plutôt idiotes. Évidemment, un jour, elle me demanda sans ambages de ne plus l'accompagner. Son pauvre papa la dévalorisait auprès de ses copines aux poches profondes et aux têtes creuses.

J'acceptai, évidemment. J'acceptai, puis, seul, sur le chemin du retour, les oreilles encore pleines de musique, j'eus un grand moment d'exaltation en prenant la décision ferme et définitive de quitter la France pour toujours.

Je voulais retourner à Cologne, près de tes balbutiements d'enfant et de la tombe de Hennie. Ton image me remplissait d'un bonheur qui m'avait déserté depuis longtemps déjà, et il me fallait suivre cette joie. C'était, parmi tous les chemins possibles, celui qui me ressemblait le mieux.

Je soumis mon projet à mon ami Dubreuilh et lui réclamai conseil.

« Le plus sûr, me recommanda-t-il, est de rédiger ta demande de congé sans solde, mais avant de l'envoyer tu pars en vacances pour huit jours. Si tout va bien, tu me passes un coup de fil et je la remettrai à l'inspection en douce… »

Quand je partis, j'avais comme une appréhension. Dans le train, je ne cessais de me répéter : « Arrête de te mettre la rate au court-bouillon, imbécile ! Tu te tourmentes sans aucune raison ! » Pourtant rien n'y faisait : du ciel de Paris aux nuages tristes amoncelés au-dessus de la gare, en passant par le chapeau gaufré posé sur la morne figure du commis voyageur partageant mon wagon, je cherchais de quoi me rassurer, je fouillais l'immensité, le moindre mot aperçu sur la moindre annonce m'était un signe, je lisais le monde, et malheureusement tout me promettait :

« Tout ne va pas aller pour le mieux, Moïse. »

Aujourd'hui

C'est arrivé ce matin : soudain, coincé entre deux lettres, un cheveu. Abandonné précisément entre les pages où Moïse écrit son désarroi d'avoir perdu une mèche prise sur sa fille et Hennie. La coïncidence m'a paru si improbable qu'une vision absurde m'a traversé l'esprit : mon Moïse serait sorti cette nuit de son tombeau, aurait arraché de son crâne chenu ce petit morceau de lui, puis l'aurait déposé là comme pour nous encourager : « Retrouvez Anne-Lise ! »

Sur la table, j'ai disposé côte à côte la photographie, le cheveu, les disques, les carnets. Tout était là. Ordonné. Avec le rien qui pousse sur le crâne de mon père depuis l'accident. Le rien, on peut le mettre partout.

Oui, tout était là. Mais pas Moïse.

Pourtant, j'en suis resté heureux des heures, et j'ai dit plusieurs fois merci, comme ça, dans le vide, merci à personne, merci à tout le monde, merci comme ça. Chaque famille a ses secrets qui la rendent unique.

Une pensée lumineuse m'a traversé : mon père et moi avions essayé de remonter la piste d'Anne-Lise par les moyens conventionnels, sans succès. Mais j'avais un nouveau plan. Une idée géniale.

Mieux qu'une bouteille à la mer : des milliers de bouteilles dans une mer de lecteurs.

3 avril 2000
L'horrible trahison de Willy

Ma petite Anne-Lise, ma petite souris,

Je suis arrivé à Cologne dans l'après-midi avec plus d'angoisse en poche que d'argent allemand. J'ai sauté dans le tram, et une demi-heure après j'étais devant le manoir. Quelques mois avaient passé depuis la précédente visite. À mon coup de sonnette, une femme inconnue est venue à la grille :

« *Herr Schmidt* ? » articulai-je du ton de l'écolier ayant bien appris sa leçon, mon béret à la main.

Elle secoua la tête négativement. Comme j'insistais, elle finit par lever les bras pour les laisser retomber : « Monsieur Schmidt, *Amerika.* Travail, femme, fille : *Amerika.* »

Anéanti, j'ai couru voir le pasteur Müller. Il était dans son jardin, en train de tailler ses fleurs. Affectueusement, il me prit le coude, puis il me laissa entrer dans son bureau, où il me fit asseoir :

« Ils sont partis, Moritz. Tous.

— L'Amérique ?

— L'Amérique. »

L'officier américain qui logeait chez eux, en réalité un agent de recrutement, était chargé d'embaucher des techniciens…

« Des ingénieurs en électricité. Willy a beaucoup hésité, mais ta visite de Noël l'a décidé. Il craignait ton retour, et Anna aussi. Il s'effrayait à l'idée que la petite soit de plus en plus attachée à toi. Je suis désolé… »

Je me levai sans répondre, digne je crois, et, attrapant ma veste, je décidai d'aller sur la tombe de ta mère.

Au cimetière, je me suis assis à même la stèle, le cœur en mille morceaux. J'étais un homme pauvre. Ils étaient riches. Nous n'habitions pas le même monde. Partir ? Sans doute. Mais traverser l'océan Atlantique m'effrayait moins que m'imaginer voyager de ma condition à la leur. Avais-je vraiment espéré détenir le droit d'être « quelqu'un » pour toi ? Je me faisais l'effet d'être traître à ma classe… Tu n'étais plus la fille de n'importe qui ! Comment avais-je pu croire partager la moindre fraternité avec cette famille-là ? C'était la Guerre qui nous avait réunis, mais la Guerre était finie !

Heureusement, c'était comme si Hennie, mon merveilleux, mon lumineux, mon douloureux amour, me parlait : « Sois courageux, petit chéri, nous avons fait un choix pour la petite. Pense à notre bébé, notre jolie petite fille. C'était le seul moyen, la seule voie, tu le sais ! Que cela te soit une consolation : elle est et sera heureuse. Garde-nous toujours une place dans ton cœur, mais va ! Va courageusement ! La vie te réserve encore de beaux jours de bonheur… »

J'ai peut-être pleuré, je ne me souviens plus. Peut-on pleurer sans s'en apercevoir ? Ce qui me fait dire ça, pour les larmes, c'est que je me souviens d'avoir beaucoup reniflé quand, dans un état second, je revins chez les Müller, où nous soupâmes.

« Je pense que Willy a bien agi, Moritz, pourtant je comprends et compatis à ta peine. As-tu toujours ta petite bible ?

— Oui.

— Alors serre-la fort quand la peine est trop grande, et tu sentiras Dieu à travers elle. Et surtout n'oublie pas, non, n'oublie jamais : Il réunit ceux qui s'aiment. »

Je suis reparti dès le lendemain (je me souviens d'avoir longuement remercié le pasteur et sa femme, mais de quoi ? Ce fut sans aucun doute une des nuits les plus éprouvantes de toute ma vie).

La journée dans le train fut interminable.

Un soir rouge tombait au loin sur Paris.

À Champigny, il faisait froid.

Je savais que mon existence reprendrait son cours sans grandes joies, mais sans accrocs ni à-coups. Elle reprendrait comme ça.

Je me trompais, évidemment.

Aujourd'hui

Moïse, je lui devais un aveu :

En décidant de retranscrire son récit, mû par la volonté de lancer une bouteille à la mer et le désir qu'une vague de lecteurs le porte jusqu'à Anne-Lise, j'avais osé retoucher certains mots. C'est qu'il utilisait le verbe « faire ». Tout le temps. Pour tout. Comme dans « faire ses besoins ». Il écrivait : « Les caténaires des trains faisaient des éclairs bleutés dans la Nuit. » Avec une majuscule à Nuit. Pourquoi la majuscule ? Je ne sais pas, il en mettait au mot Guerre, aussi. J'ai réécrit derrière lui : « Les caténaires des trains lançaient des éclairs bleutés dans la nuit. » Avant de remettre la majuscule à Nuit. J'avais donc substitué un mot par-ci, un mot par-là, et ces phrases avaient paru moins brutes, moins... frustes. Elles trahissaient moins nos origines, certes, mais, ce faisant, c'est moi qui trahissais mon grand-père et le désavouais.

J'avais espéré faire revivre Moïse jeune pour le comprendre et nous consoler. Oui, j'avais voulu écrire une histoire, celle de sa vie, qui toucherait les gens et leur donnerait envie de nous aider à retrouver sa fille. J'avais voulu lui offrir une preuve d'amour.

3 avril 2001

Ma Lisette,

J'ai 91 ans et, si je ne vois plus très bien, j'entends. Hier, j'ai surpris une discussion entre Denis, mon fils, et Jean, mon petit-fils. Ils me pensaient en train d'écouter ma musique, mais le casque n'était pas branché. Voilà une technique que j'utilise souvent, car c'est ma manière à moi d'être avec eux, de les entendre vivre sans me confronter à la vie.

« Une fois, disait Denis, ton grand-père et moi étions au pré aux vaches, au bord de la Marne, un bel endroit où on allait à pied de la maison. Nous étions allongés sur une nappe à pique-nique, ton grand-père faisait la sieste, et dans un demi-sommeil, il m'a pris contre lui et serré fort. C'était la deuxième fois. Je sais, j'ai compté toute sa tendresse », et mon fils de lever trois doigts de la main avant d'ajouter : « Il a été tendre trois fois. En quarante-huit ans. »

Ça m'a fait mal, ma petite souris. Mais le pire, c'est quand Jean lui a demandé : « Tu l'as déjà vu rire aux éclats ? », que mon fils a répondu : « Dans tes rêves ! », mais que j'ai entendu : « Dans mes rêves. »

J'ai tout raté. Tout.

Je ne sais pas pourquoi je t'écris cela, ça n'a aucun rapport avec notre histoire, et je m'étais promis de ne pas le faire. Parfois, ça déborde, pardon.

Reprenons.

3 avril 2001
La sourdine

1948, j'avais 38 ans, j'étais de nuit. C'était calme comme tous les dimanches et, pour passer le temps, l'intérimaire avait acheté un hebdomadaire, *Ici Paris*. Sur la couverture on lisait : « Vous avez été malheureux ? La vie a été dure pour vous ? Envoyez-nous votre histoire, les plus intéressantes seront publiées. »

Effectivement, suivaient quelques récits de gens que l'existence avait malmenés sur le plan sentimental.

Je ne sais pas ce qui m'a pris, mais je me suis emparé d'une feuille de papier et, sous le titre « La coupable, c'est la Guerre », j'ai raconté par le menu le naufrage de mon ménage, mais en me gardant bien de vous évoquer, Hennie et toi. Comprends bien qu'à l'époque, ma petite souris, le pays entier sécrétait une haine contre les Allemands que les nouvelles générations peineraient à imaginer aujourd'hui.

« Dans quelle galère es-tu en train de t'embarquer ? » me demandai-je sur mon grabat, les mains croisées sous ma tête, après l'avoir postée.

Par curiosité, j'achetai *Ici Paris* plusieurs semaines de suite, mais rien, on ne parlait pas de ma lettre.

J'allais abandonner quand, enfin, mon histoire parut (je me souviens encore du titre en gros caractères et du coup au cœur ressenti en le lisant).

Oui, vraiment, dans quelle galère m'étais-je embarqué ?

Trois femmes m'écrivirent. Toutes avaient, comme moi, été meurtries par la vie. Une de Paris, une de Fontaine-sur-Saône, et la troisième d'Alsace.

La lettre de Fontaine-sur-Saône avait eu, dès l'abord, ma préférence. Fille unique de boulanger, Paulette s'était mariée en 1942, avait eu un fils Gilbert en 1945, son mari gardien de la paix était mort d'hydrocution en se baignant dans la Saône. C'était en 1946, et cela avait été si brutal qu'elle avait peine à s'en remettre.

Je ne sais pas pourquoi, mais elle m'inspirait confiance.

Nous prîmes rendez-vous place de la République, à Lyon, dans un café. Nous nous plûmes, je crois, nous dînâmes ensemble, puis nous allâmes au cinéma, où nous échangeâmes notre premier baiser (ce qu'elle n'aurait pas accepté si ses parents n'avaient pris auparavant des renseignements sur mon compte).

Oh, je pensais toujours à toi, et à Hennie, bien sûr, Anne-Lise… Il te faut comprendre : à l'époque, l'idée que je ne te reverrais jamais, je me l'étais martelée si fort dans le crâne… nuit et jour… Quant à ta mère, elle était toujours près de moi, cachée, près de mon cœur, comme ces portraits portés en médaillon. Si Hennie avait pu me voir, elle se serait réjouie, je le sais.

Bien entendu, plusieurs fois, avant mon remariage avec Paulette, j'ai été près de tout lui raconter, mais je ne suis qu'un homme. Faible, inquiet, lâche. Elle avait une telle haine des Boches…

Paulette aurait-elle compris combien cette histoire était belle ?

Je l'ignorais.

Je l'ignorais et moi, tu comprends, je suis comme les autres : j'ai peur de la solitude. Alors je n'ai pas osé parler, et plus le temps a passé, moins j'ai osé. Je me suis tellement enfermé là-dedans, et puis tout était réglé comme du papier à musique dans ma vie.

La fragilité de ce que j'avais, c'est cela qui m'a vaincu, Anne-Lise, cela qui a mis cette sourdine invincible sur mon secret…

3 avril 2001
Ma nouvelle et dernière vie

Nous fixâmes notre mariage au 15 avril 1950. Je m'arrangeais comme je pouvais pour me boucler un treizième mois : jardiner pour des riches au beau temps (Hennie m'avait tout appris sur les rosiers) et arranger des chaudières de chauffage central l'hiver, chez des riches aussi (Willy m'avait enseigné quelques rudiments en électricité et en plomberie).

Grâce à eux, je savais m'occuper des maisons des riches.

Nous décidâmes de concevoir un enfant, et le 27 janvier 1953, ma femme donna le jour à un beau garçon, Denis.

De leur côté, Couronnée et Duvernois s'étaient mariés en 1952, puis ils avaient décidé d'aller vivre à Beyrouth, où Louise et son mari enseignaient le français et leur avaient promis du travail. Ils y restèrent plusieurs années, avant de quitter le pays une main devant une main derrière, criblés de dettes que Louise s'efforça d'éponger. Je crois qu'elle a trouvé moins d'excuses à sa mère après ça.

Les années passèrent avec de bons et de mauvais jours.

Maman mourut après de longues hospitalisations, d'un double ulcère des jambes.

Sa vie s'est terminée silencieusement. On l'enterra avec une photo de ses deux maris et, posé sur son minuscule corps, le reste du dessus-de-lit qui n'avait pas été transformé en chaussettes pendant la Première Guerre. Jusqu'au bout, elle refusa à ses fils la moindre démonstration de tendresse.

Parfois, Lisette, j'espère et je crois que nous nous reverrons tous dans un monde meilleur, « cette vie qui est la tienne et qui te blesse n'est que l'œuf de la prochaine, Moïse ! » que je me répète, et parfois je me dis que tout ça ce sont des foutaises. Dieu, je ne sais plus, mais le diable, ça n'existe pas, j'en suis sûr… Les Hommes sont suffisamment mauvais pour mal user de leur liberté. J'ai toujours ma petite bible, mais je ne l'ouvre plus guère. À quoi bon ? Cela ne te ramènera pas et je ne me fais aucune illusion : c'est si banal, la Guerre. La paix, c'est ça qui est rare. Ça qui est extraordinaire.

Je le sais, car l'amour que j'ai eu pour Hennie n'a jamais cessé de me faire souffrir. Il était enfoui tout au fond de mon cœur et je le ressortais chaque soir au crépuscule, comme un petit animal triste qui me faisait la Guerre. Cet amour, il était toujours aussi chaud, toujours aussi intact au moment de regarder l'étoile polaire.

Jusqu'au jour où le passé est véritablement revenu frapper à la porte.

Aujourd'hui

Avec mon père, nous avons imaginé une femme. Ronde. Joues cramoisies. L'air bonhomme, mais rien d'excessif non plus. Elle est en vacances. Et en tongs. Août se termine dans deux jours, elle rentre d'une excursion à la plage, s'assoit dans le hall de son hôtel, y commande un gin tonic, s'impatiente, ses amies devraient déjà être là, elle attrape un de ces vieux bouquins à la tranche jaunie, aux pages collées et affichant mille et une auréoles de thé, un de ces bouquins de vacances inoubliables mais oubliés, qui traînent toujours sur les étagères des petits hôtels, tannés par le soleil, tout gondolés d'éclaboussures marines.

Son titre ? *Toutes les histoires d'amour du monde*, écrit par un jeune romancier français. Ça ne la gêne pas : elle parle très bien français, italien, russe, allemand, portugais, anglais et chinois.

Elle l'ouvre sans savoir ce qui l'attend.

Des lettres. Adressées à une certaine... Anne-Lise Schmidt. Comme elle !

Son cœur bat. La peau de ses paumes est moite. Elle a toujours pressenti qu'il manquait une part de vérité à son existence, que tout ne lui a pas encore été dit (je ne connais pas d'êtres humains qui n'éprouvent pas cela, encore moins depuis que je te lis, Moïse).

Ses amies arrivent, alors Anne-Lise prétexte un abattement soudain, claudique jusqu'à sa chambre pour continuer sa lecture.

On y parle de la guerre, d'un petit garçon qui devient tour à tour homme, époux, père, soldat, puis menhir silencieux.

Ta vie, mon Moïse.

Il est 2 heures du matin quand, tout à coup, l'uppercut : la date de naissance, 3 avril 1944, la ville, Cologne – elle est née à Cologne !

Alors elle se renseigne sur l'auteur (qui a pris soin de laisser l'adresse de sa maison d'édition à la dernière page du livre, sous une citation d'un poète portugais et un appel à l'aide aux lecteurs).

Elle veut me voir. Me voir vite. Elle a trop attendu – 76 ans, elle a mal à toutes les articulations du monde.

Nous viendrons.

L'avion atterrit. Nous nous accrochons à la rampe, cherchons notre respiration.

Allez ! Nous serrons les mâchoires, passons directement la douane (oui, dans l'histoire que nous imaginons, rien ne peut nous arrêter : n'y a-t-il pas eu bien assez de frontières, bien assez de barrières, bien assez de tout ce qui sépare les êtres depuis que le premier homme et la première femme se sont vu refuser l'accès à ce foutu jardin d'Éden ?).

Nous allons la voir et lui révéler, enfin, tes derniers secrets.

3 avril 2002
Le passé

Ma souris,

Un matin, en 1956, comme je prenais mon service à midi, un remplaçant m'attendait à la gare :

« L'inspection t'attend aujourd'hui à la Bastille pour 14 heures.

— Pourquoi moi ? »

Bien que n'ayant rien à me reprocher, c'est toujours avec appréhension que je me rendais à l'inspection.

« Je ne sais pas. On m'a donné un dimanche contre ta journée. J'ai dit oui. »

À 14 heures tapantes, je frappai au bureau de l'inspecteur… Seul Dubreuilh y était.

« Je te jure sur la tête de Dieu que j'ignore le pourquoi de cette convocation ! J'ai seulement ordre de te conduire dans le bureau de l'assistante sociale. »

Intrigué et vaguement inquiet, je m'assis et attendis, oh, à peine dix minutes. La porte s'ouvrit et Dubreuilh s'effaça, pour laisser entrer qui ? Le pasteur Müller ! Qui me tendit les bras et m'expliqua être réjoui de me voir, car il devait me parler…

Je l'embrassai de bon cœur, il s'enquit de ma

santé, me demanda si j'étais heureux, il savait que j'avais eu un beau petit garçon. Bien sûr, je lui répondis par l'affirmative, en mettant en avant les nombreuses qualités de ma nouvelle épouse et notre parfaite entente. J'avais trop peur qu'il me croie encore attaché au passé. Il est facile de mimer le cours normal d'une vie heureuse et sans grands soucis : laissez l'habitude vivre à votre place.

Il en parut satisfait et m'affirma :

« Je suis sûr que Hennie nous voit, et qu'elle en est bien heureuse. »

Puis, après m'avoir questionné sur ma profession, il ajouta à brûle-pourpoint : « Penses-tu toujours à Anne-Lise ? » et, sur ma réponse prudemment affirmative, il m'invita à m'asseoir.

« Je vais te donner des nouvelles… Je viens de passer un mois auprès d'eux, en Floride, où Willy fabrique des fusées. Au début, il y est entré comme simple ingénieur, et Anna donnait des concerts dans les villes environnantes, concerts fort appréciés et qui leur rapportaient plus que le salaire de Willy, pourtant déjà bien payé. Mais Willy a rapidement grimpé en grade et, en ce moment, il a une vingtaine d'ingénieurs sous ses ordres. Rapidement, Anna a laissé ses concerts pour se consacrer entièrement à la petite. Elle a perdu ses parents, ils ont vendu la demeure familiale, sous condition que la tombe de la chienne Dann et la plaque de marbre restent en place. »

J'écoutais sans bouger, essayant d'adopter un air détaché. Pourtant j'avais le cœur en dehors.

Les Schmidt avaient acheté une belle propriété

de vacances en Californie (avec piscine s'il vous plaît !). Toi, tu grandissais, aussi jolie que l'avait été ta mère.

« Sauf que le bleu de ses yeux n'est pas celui de sa mère : ils ont le bleu des tiens, comme certains gestes, attitudes, sont de toi. »

Pourquoi, mais pourquoi me disait-il de telles choses, le bon vieux pasteur Müller ? Pourquoi ?

« Elle parle et écrit correctement l'anglais, bien sûr, l'allemand, le français, et s'est lancée dans l'espagnol, et elle n'a que 12 ans ! Bien que ses professeurs soient les meilleurs de la ville, ils sont sidérés : sur une année, elle apprend une langue et la sait mieux que ses enseignants ! Elle est très bonne en musique, moins bonne en maths, mais dans les premières de sa classe quand même, elle fait de la natation et joue au tennis. Elle adore son père et sa mère… »

Là, mon masque d'indifférence dut se fissurer un peu, car il ajouta précipitamment :

« Oh pardon, Moritz… Mais ils sont vraiment ses parents, tu sais, et Anna a mis de côté une belle carrière pour elle. »

Je ne lui en voulais pas, au pauvre pasteur ; d'ailleurs, j'avais bien besoin qu'on me rappelle quelle était ma place dans tout ça, mais pourquoi devais-je endurer tous ces détails ?

« Vraiment, Moritz, ton sacrifice n'a pas été inutile. Console-toi. Elle n'est pas gâtée, ni capricieuse, c'est déjà une petite fille bien raisonnable. »

Silencieusement, des larmes coulaient de mes yeux.

Le pasteur me tapa sur l'épaule :

« Ne pleure pas, tu peux être fier de ta fille, même si tu ne la revois jamais. Je ne pense plus que ses parents lui diront un jour la vérité : pour eux, elle est vraiment leur fille et cela pourrait la traumatiser, tu comprends ? »

Hélas…

« Que veut-elle devenir plus tard ? bredouillai-je en étouffant mes sanglots.

— Interprète, répondit-il d'un air satisfait. L'ONU ou un grand machin dans ce genre-là ! Au train où elle va, elle saura parler et écrire une dizaine de langues. Après le portugais, et l'espagnol, elle projette de s'attaquer au russe, et si elle est comme sa mère, tu te rappelles ? Hennie avait mis six mois pour l'apprendre !

— Est-ce que, au moins, j'ai droit à une photo ? Je la regarde juste un instant, puis je vous la rends.

— Mieux que ça : ils ont une caméra et ils adorent tourner des petits films en famille. »

Il me décrivit l'amabilité de l'assistante sociale, qui lui avait prêté l'appareil de projection utilisé par la direction.

« Je vais t'en passer un, le meilleur. »

Aussitôt dit, aussitôt fait, il déplia l'écran que j'avais bien remarqué en entrant, il prépara la pellicule, me montra sur quel bouton appuyer pour le lancer, puis sortit de la pièce.

Je me levai, seul, en tremblant, je démarrai l'appareil.

Et ce fut la magie.

3 avril 2002
Ta magie

Ce n'était pas toi, ma petite Anne-Lise, mais ta mère, Hennie, en plus jeune, bien sûr. Je ne voyais qu'elle. Je ne pensais qu'à elle. Ce que tu faisais, je ne me le rappelle presque plus, tu te baignais dans la mer, peut-être, tu jouais avec tes parents, puis vous sortiez d'un grand parc où il n'y avait que des fleurs (j'appris plus tard que c'était le premier parc Disneyland au monde, en Californie), mais je n'avais d'yeux que pour toi, ce qu'il y avait autour je ne le voyais pas, pour moi c'était ta mère ressuscitée, là, devant moi, offerte pour quelques instants.

Quand le film s'arrêta, je restai immobile, les joues mouillées de larmes, me demandant si je ne devais pas le remettre pour le revoir une seconde fois ou tout simplement me rouler en boule puis hurler comme un fou. Je suis resté dans cette pièce vide et sombre et froide si longtemps que le pasteur a fini par entrer, inquiet. Tout en rangeant son matériel, il murmura, sans pouvoir me regarder :

« Je vais te confier quelque chose qui te causera de la peine ou au contraire un peu de joie. Tu te souviens de ce Noël où tu étais venu chez eux et où tu avais apporté un ours en peluche ? Eh bien elle l'a encore et s'endort avec. C'est même son préféré, car tu penses bien qu'elle en a d'autres… Elle se souvient de toi, une personne en uniforme avec une casquette et des boutons dorés qui l'embrassait sans cesse. Willy lui a expliqué que c'était un prisonnier français qui lui avait sauvé la vie et qui était revenu les voir après la Guerre. "Il travaillait dans les chemins de fer et passait souvent dans les environs", qu'il lui a dit. »

Cette histoire de nounours. Qui porte mon nom. Cela me mit un peu de baume au cœur. Je n'étais pas totalement évacué de ta vie. Hélas, le temps passait et le pasteur devait prendre le train de nuit, pour Cologne. Je le remerciai et, comme je l'embrassais, il me dit : « Je prierai pour toi, mon petit. »

Les mois, les années passèrent. Je m'autorisais une pauvre lettre par an, le jour de ton anniversaire, où je te racontais ma vie, et donc la tienne, sans trop d'épanchement, pour ne pas retomber dans mon chagrin.

Une par an, c'était peu, mais c'était déjà trop.

3 avril 2003
Tous ces fantômes de toi,
à tous les coins de rue, tout le temps

Ma petite Anne-Lise,

Apprenant que j'allais partir à la retraite, plusieurs secrétaires se cotisèrent et vinrent m'offrir une platine à vinyle : « Tiens, on sait que tu aimes écouter ta musique. »

J'avais été un bon, un honnête travailleur. Depuis mes 13 ans, on peut dire que je n'avais pas démérité. Maman aurait été fière : aucun de ses fils n'avait fini en prison.

(Mon petit-fils Jean vient de passer son bac. L'année prochaine, il entre à la fac de médecine. Quelle idée !)

Hélas, ma retraite n'était pas suffisante, et je retrouvai le chemin du travail, comme garçon de salle d'opération. C'était très dur de manier ces corps inertes à mon âge… En plus des panseuses, il y avait deux femmes de ménage, dont l'une était jeune, blonde, aux yeux bleus.

Nous formâmes de suite une fine équipe.

Madame Wasserman, c'était son nom, me traitait un peu comme son père, elle ne descendait manger à la cantine qu'avec son vieux Moïse et quand, par hasard, j'étais occupé pour aller chercher un malade, elle remettait mon repas au chaud à la cuisine. Le soir, quand elle voyait que j'avais beaucoup de travail, elle nettoyait une salle d'opération pour moi.

La vie, c'est le combat de soi contre soi, ma Lisette, et madame Wasserman ne sut jamais combien ses traits, ses cheveux et la couleur de ses yeux m'aidèrent à tenir toutes ces années sans trop souffrir. Car la douleur revenait, surtout en cas d'opération cardiaque (je demandais à les voir toutes). Chaque fois que je contemplais un cœur ouvert, je ne pouvais m'empêcher de penser à Hennie : si on avait pu accomplir de telles prouesses en 1945, elle ne serait pas morte, et ma vie aurait pris une autre direction… Aurais-je été plus heureux ? Dans un milieu autrement plus noble que le mien ? Aimer un gueux, Hennie s'en moquait, elle aurait tout fait pour m'élever jusqu'à eux… Mais l'aurais-je pu ? Aurais-je été à la hauteur ? Je m'en veux, à l'âge vénérable qui est le mien aujourd'hui, de continuer à m'attacher à ces considérations : eh, quoi, quand la partie est finie, roi et pion ne retournent-ils pas dans la même boîte ?

Sais-tu, ma petite Anne-Lise, que pour les hommes comme moi, qui ont connu un grand amour et l'ont perdu, quand on erre seul dans la rue les dimanches soir, les passants, un parfum, la bonne lumière au bon moment, tous ces minuscules éléments sont autant de clefs qui ouvrent des portes dans le temps ? Grâce à eux, j'ai été si souvent près de ta mère et toi dans les rues de Paris ! Parfois, je croisais des petites filles, blondes tout comme toi ; je leur souriais, et elles me souriaient en retour. C'était idiot, mais moi je me disais : « C'est ma petite Anne-Lise qui passe comme un éclair au travers d'elles, c'est ma petite Anne-Lise qui file depuis l'autre bout du monde, elle pense toujours à moi. »

J'en voyais partout, oh ça oui ! À croire que tu avais donné le mot à toutes les petites filles blondes : « Hantez-le ! Hantez-le toujours ! C'est mon père, il ne faut pas qu'il m'oublie ! »

(Tiens, ma Lisette, regarde l'étendue de ma naïveté : toutes ces lettres, dans ma tête, je les ai écrites pour une petite fille blonde d'environ 6 ans, avec un nounours dans les bras. Nous sommes en 2003 : tu as dû fêter aujourd'hui tes 59 ans !)

3 avril 2004
La promesse

Ma Lisette, ma chérie, ma petite souris, mon Anne-Lise,

Je crois que vient bientôt le temps de nous dire au revoir. Je suis vieux, maintenant, j'y vois de moins en moins bien, et écrire me coûte un effort surhumain.

Ce que je peux te dire de mes dernières années de travail ?

À l'hôpital, j'ai vu des malades mourir, et j'en ai vu d'autres vraiment sauvés de la mort qui les avait tenus quelques minutes dans ses griffes.

Je me souviens aussi d'avoir pleuré avec un gosse handicapé physique, que l'on opérait pour la cinquième ou sixième fois et qui ne voulait plus que je le mette sur la table d'opération. Mes larmes ont coulé aussi. Tout à coup. Ça l'a scié, il s'est retrouvé à me tendre son mouchoir et il est monté de bon cœur sur le billard pour me consoler moi !

« Pourquoi tu pleures, monsieur Moïse ? » me questionna ensuite madame Wasserman.

Parce que, quand on est vieux, tout résonne, oui, tout. Moi, j'ai porté cet enfant comme j'ai porté les autres, lors de cette nuit à Cologne. Comme j'ai porté et posé pour toujours ce petit garçon sur sa balançoire… Je porte des corps, mais, plutôt que de les soustraire à la vie, je les porte vers la guérison, alors moi ça me rend heureux. Heureux et triste à la fois, tu comprends ?

« Pourquoi je pleure ? Mais pour rien, madame Wasserman, lui répondis-je. Pour rien. »

Il y a eu cette fois, ma petite Anne-Lise, cette fois où j'ai bien pensé arrêter de t'écrire chaque année, et j'ai presque réussi, parce que je voulais guérir de toi, passer à autre chose, et pourtant… À la clinique, je suis allé mettre à la morgue une petite fille blonde aux yeux bleus, 7 ans, étouffée par un grain de raisin. Son corps était encore chaud, et je n'arrivais pas à la croire morte, aussi, en douce, je suis retourné la voir tout l'après-midi, juste pour toucher sa main.

À chaque fois, sa paume était moins chaude. La troisième fois, elle était tiède, et quand elle a été complètement froide, j'ai pleuré en cachette sur son drap. La petite fille était vraiment disparue, et je l'avais mise – de mes propres mains – dans cet endroit sombre et glacé où le monde l'oublierait pour toujours. Alors je me suis entêté à déposer, année après année, le jour de ton anniversaire, les mots de cette histoire dans trois carnets. Comme un cadeau. Bientôt je mettrai les carnets dans une boîte. Puis je mettrai la boîte au grenier et je m'en irai.

Parfois je pense à ce qui est arrivé, puis à ce qui

aurait pu arriver et n'a jamais été, et je mords l'intérieur de mes joues, j'ai honte de cette immense douleur, et je pleure encore comme celui qui sait bien que, finalement, le bonheur est un projet surhumain sur cette terre.

Pourtant j'ai espoir qu'un jour une personne découvre mon secret : je ne t'ai jamais oubliée, je t'ai aimée comme un papa sait aimer, au point de me priver de toi, et cet amour-là n'a jamais ni changé ni faibli. Et j'ai écrit pour que tu saches, un jour peut-être, qui était ton père : un homme qui n'a pas failli.

Je t'aime,

Moïse.

Avec mon père, nous avons imaginé que nous apercevons une silhouette debout : la femme aux tongs.

J'en suis tout ému, sur le coup. Tellement que j'en vois la mer. Et les yeux de mon grand-père plantés dans ce visage d'Américaine, fille de la Guerre et de l'Amour.

Nous nous prenons dans les bras. Les gens autour aussi sont émus : ils n'ont aucune idée de ce qui se joue entre nous, mais ils sentent bien que ça les répare un peu.

Anne-Lise veut tout entendre. Tout. Mon père reprend l'histoire depuis le commencement. Elle écoute. Mon père parle sans s'arrêter. J'ai écrit, et enfin, lui, il parle. C'est grand, c'est doux, c'est puissant. On se serre les mains très fort. Elle demande si elle peut nous tutoyer. On rit.

« Ce qu'il tenait entre les mains à la toute fin de ton roman, est-ce vrai ? Est-il vraiment mort comme dans ton livre, ce père dont la guerre m'a privée ? » s'inquiète-t-elle, avant d'ajouter sans imaginer le coup porté contre mon cœur :

« Mon petit ?

— Oui. Il est mort couché sur le côté, en position

fœtale. Il est mort seul et on aurait juré un petit garçon en train de dormir. Il… Il serrait dans ses mains… »

Oh, Moïse, comme elle me heurte, la vérité de cette condition humaine qui nous met au monde sans qu'on le veuille, nous reprend de la même manière et nous broie le cœur au milieu.

« Nous voulions vraiment te retrouver, tu sais, Anne-Lise ? Nous voulions te retrouver parce que ces carnets t'appartiennent, et qu'en te les donnant, mon père et moi montrerons qu'il n'y a pas de pays si lointain qui ne puisse être atteint, pas de frontière qui ne puisse être franchie. Oh, la Guerre et le Temps peuvent bien jeter sur nos corps mille pelletées de terre, il n'y a pas de passé si ancien qui ne puisse être ravivé. Tous les mystères peuvent être élucidés, et toutes les douleurs – même les plus vives – soulagées. Nous avons tous peur, nous avons tous envie d'être aimés, mais nous ne nous le disons pas, voilà tout… Nous voulions vraiment te retrouver pour tout ça !

« Moïse tenait, serrées dans ses mains, posées sur sa poitrine, deux choses : une photographie et le dernier cadeau de Hennie, une petite cassette en fer-blanc, gravée d'un M., d'un H., et de cette inscription écrite en français : "LA RÉPONSE À TA QUESTION". »

Je m'applique à ne rien oublier, à ne rien taire.

« Sur le cliché, on voit papa âgé de 11 ans, ma grand-mère… et TOI ! »

Comprendre qu'il n'était pas la raison de cette dernière étreinte, mais que c'était cette étrange petite fille qui traversait le cadre, là, juste au-dessus de son épaule, ce fantôme du passé que Moïse confiait dans ses dernières lettres voir à chaque coin de rue, et qui venait le hanter jusque sur ses propres photos de famille, voilà ce qui avait brisé le cœur de mon père...

« Car c'est ton image qu'il serrait là, contre lui, à la fin, dit-il. Sa... fille.

— Et si c'était parce que vous étiez tous les deux sur cette photo, papa ? je lui suggère. Pas elle, pas toi, tous les deux ? »

Alors un grand silence tombe sur nous. Je repense à cette poubelle, au pied du lit. Avec la bible dedans. Jetée aux ordures. Qu'a-t-on à opposer contre ce dernier geste ? Qu'a-t-on, sinon, par exemple, à chercher auprès de faux descendants ce qui en l'Homme est digne d'être chéri et défendu ?

« Et dans le dernier cadeau de Hennie, murmure-t-elle, tu ne m'as pas dit ce qu'il y avait dans la cassette en métal, mon petit ? C'était quoi "la réponse à sa question" ? »

Qu'a-t-on, Moïse, sinon toutes les histoires d'amour du monde ?

« Dans la petite boîte, répond mon père, il y avait, réunies en deux petits fagots parfaitement symétriques, trente vieilles cigarettes roulées de main de maître. »

« Jamais personne ne s'est perdu,
Tout est vérité, et chemin. »
Fernando Pessoa

Si vous avez la moindre information
ou piste pour m'aider à retrouver Anne-Lise Schmidt
ou sa famille, à Cologne ou aux États-Unis,
écrivez-moi s'il vous plaît :

À l'attention de Baptiste Beaulieu
Éditions Mazarine
Librairie Arthème Fayard
13, rue du Montparnasse
75006 Paris
France

Elle s'appelle Anne-Lise Schmidt, sachant que mon grand-père a probablement orthographié le nom phonétiquement (il peut s'agir de Shmit, Shmitt, Schmidt, Smeetz, etc.) et qu'ils pourraient même s'appeler Smith aujourd'hui, puisque les ingénieurs allemands évacués vers les États-Unis après la guerre se voyaient parfois proposer un changement d'identité avec le plus fréquemment un glissement (les Schmidt devenaient Smith).

Elle serait née le 3 avril 1944, près de Cologne, en Allemagne. Ses parents adoptifs auraient émigré très tôt aux États-Unis (vers 1947-1948). Son père Willy aurait travaillé pour la NASA en Floride. Sa mère Anna aurait été musicienne. En 1956, ils auraient été propriétaires d'une belle propriété en Californie.

Anne-Lise Schmidt aurait les yeux bleus. Passionnée de langues étrangères, elle en parlerait plusieurs.

Le 3 avril 2019, elle fêtera ses 75 ans.

Mon père et moi lui préparerons un gâteau, comme chaque année.

Je crois qu'elle mérite que son histoire lui soit rendue.

REMERCIEMENTS

Mon père, évidemment.

Ma mère, mes sœurs, mes tantes.

Florian, sa douceur, sa présence, sa compréhension et sa patience d'ange.

Nicolas et Francis.

Mon oncle Gil, tout particulièrement. Yves, Claire, Marco et Maëlle.

Daniel B.

Titou et Richard, ma famille numéro 2.

À la bande de P., Julien, Flo, Kevin, Rémi, Caro et Vivien sans qui je ne tiendrais pas.

À Solveig, Sébastien, Anaïs et Marine.

À Arezki et PEJ et Fella.

À Rémi Gomez et Clara De Bort, pour le squat du dimanche soir.

À Laura Clemente et Kamel Clemente.

Ma maison d'édition, Fayard/Mazarine.

Mes éditrices, Alexandrine Duhin, avec qui tout a commencé, et Éléonore Delair.

Merci pour vos conseils, votre patience et vos bonnes idées.

Sophie de Closets pour ses explications lumineuses, Carole Saudejaud, Marie Lafitte, Dominique Fusco, Pauline Faure, Ariane Foubert, Lily Salter, Véronique Héron, Agathe Mathéus, Jérôme Laissus, Florence Ameline, Diane Feyel, Marie-Félicia Mayonove, Laurent Bertail, Katy Fenech, Valentine Baud et Maryline Thérou.

Mes plus sincères remerciements vont à la famille Grare et Caplain, et particulièrement Marion, Alain et Jacques. Votre confiance m'honore.

Tous mes remerciements vont aux personnes nombreuses et motivées qui m'ont aidé au cours de mes recherches, avec en tête la talentueuse et tenace journaliste Emmanuelle Chaze, qui n'a rien lâché : on n'a rien trouvé, mais au moins j'ai gagné une amie.

Je remercie les archivistes de la Ville de Cologne (particulièrement le docteur Frieidäger), la Ville de Cologne, l'université de Cologne, les employés municipaux de la Ville de Cologne et l'Institut d'élucidation des destins.

Sans eux, j'aurais vraiment eu des difficultés à me pencher sur les mystères de la famille Schmidt.

Catherine pour ses corrections attentives et intransigeantes. Toujours là pour moi. Quel honneur d'être ton ami.

Pour Marion, en espérant que son projet aboutisse et qu'elle soit enfin la maman que tout enfant rêverait d'avoir.

À Ali et Alexia : merci de votre bienveillance, merci de m'avoir offert ma chance.

Les libraires, à qui je dois tout.

Je vous aime tous. Le petit garçon en moi vous aime tous et toutes.

Une pensée particulière pour Lydie Zanini, Nathalie Couderc, Philippe Fournier et Marc, Myriam Robert, Pascal Dulondel et Alexis Dulondel, Estelle Lacoste, Christian Thorel, Sandrine Dantard, Caroline Vallat, Ayla Saura, Solveig Touzé, Hélène Boyeldieu et Peter Van Fankelsteïn (je ne connais aucun Peter Van Fankelsteïn, mais j'aime bien ce nom et ça ferait un chouette libraire, j'en suis sûr).

À Suzanne, qui m'accueille dans son petit café des Ombres Blanches où sortent si bien les mots.

À Virginie Grimaldi, pour les éclats de rire et les heures passées au téléphone à défaire puis refaire le monde.

À Tatiana de Rosnay et Agnès Ledig.

À Caroline et Rémy, Stéphanie et Julie.

À Lorraine Fouchet.

À François R. et Yann M., que je remercie de leurs conseils et amitié. Vous êtes des parrains pour moi. Merci de votre bienveillance (et pour les restos !).

À Martin Winckler, pour ses précieux conseils.

À mes patientes et mes patients.

À Gérard et François.

À Corinne, la meilleure infirmière du monde.

À mon groupe Balint.

À Mary Heller et J.-P. Mauve, qui m'accompagnent, pour leur soutien, et ce fabuleux groupe de parole mis en place ensemble.

À Paris Pas Rose, Max, Purplux, Michel Poulain, Maël, Christian Andreo, Aurélien Beaucamps et toutes/tous les autres.

Je remercie les blogueuses et blogueurs qui lisent, aiment et soutiennent tous les livres. Avec une bise spéciale pour celles et ceux présents sur Twitter et les réseaux sociaux.

Aux personnes qui me confient leurs histoires. Aux lecteurs et lectrices de mon blog.

Aux musiques qui m'ont aidé à écrire le présent ouvrage : Max Richter, Philip Glass, Sufjan Stevens et Hans Zimmer.

Du même auteur :

Alors voilà : les 1001 vies des Urgences
(Fayard 2013 ; Livre de Poche 2015),
prix France Culture « Lire dans le Noir », 2016.
Alors vous ne serez plus jamais triste
(Fayard 2015 ; Livre de Poche 2016),
prix Méditerranée des lycéens 2016
et prix des Lycées français du Liban 2016.
La Ballade de l'enfant gris
(Mazarine 2016 ; Livre de Poche 2018),
grand prix de l'Académie française de pharmacie 2017.

PAPIER À BASE DE FIBRES CERTIFIÉES

Le Livre de Poche s'engage pour l'environnement en réduisant l'empreinte carbone de ses livres. Celle de cet exemplaire est de :
350 g éq. CO_2
Rendez-vous sur www.livredepoche-durable.fr

Composition réalisée par Nord Compo

Achevé d'imprimer en janvier 2020, en France par
Maury Imprimeur – 45330 Malesherbes
N° d'imprimeur : 242424
Dépôt légal 1re publication : février 2020
LIBRAIRIE GÉNÉRALE FRANÇAISE
21, rue du Montparnasse – 75298 Paris Cedex 06

54/1225/3